suhrkamp

Die Veränderung von Lebensverhältnissen durch Trennung beschreibt der Erzähler der beiden Deutschland in dieser Geschichte. Der westdeutsche Fotograf B. und die ostdeutsche Krankenschwester D. treffen einander in Berlin, verbringen ein paar Nächte zusammen – und werden durch die Mauer getrennt. Diese Grenze wird zum Agens der Handlung. Es ereignet sich das Merkwürdige, daß beide sich eigentlich erst durch und nach dem Bau der Mauer auf unbeabsichtigte Weise aufeinander zu bewegen. Das Schicksal zweier Menschen hängt aneinander, das jeweils eine ist durch das jeweils andere bedingt. Zwar nimmt beider Leben einen bestimmten, sogar von beiden gewünschten Verlauf, zwar stimmt der Wunsch auf Vereinigung über eine trennende Grenze hinweg bei beiden überein, aber andererseits ist das Ziel jedes der beiden Gegenspieler ebenso unterschiedlich wie die auslösenden und bewegenden Motive, die zu diesem Ziel hinführen. Das West-Berlin des jungen Herrn B. hat mit dem West-Berlin der Krankenschwester D. so wenig zu tun wie deren Ost-Berlin mit dem seinen. Sie haben ›zwei Ansichten‹, zwei Ansichten von Berlin ebensogut wie von ihrem Leben.
»Die Trennung der beiden Gegenspieler wird in keiner großartig symbolischen Manier behandelt, sondern beobachtet in den winzigen Details dessen, was sie tun, was sie denken und fühlen, in einer Sprache, die schön knackfrisch, exakt und unemphatisch ist. Das sind die Leute, wirklich noch trotz ihrer selbst, deren Leiden alle Humanitätsheuchelei torpediert, die auf beiden Seiten dahergeredet wird.« *The Times Literary Supplement*
Uwe Johnson, geboren 1934 in Kammin (Pommern), gestorben 1984 in Sheerness-on-Sea, England, erhielt 1960 den Fontane-Preis der Stadt West-Berlin, 1971 den Georg-Büchner-Preis. Sein Werk erscheint im Suhrkamp Verlag.

Uwe Johnson
Zwei Ansichten

Suhrkamp

Umschlag: Hermann Michels
Umschlagabbildung aus: »Nicht alle Grenzen bleiben«,
Die bibliophilen Taschenbücher, Harenberg Edition,
Dortmund 1989

suhrkamp taschenbuch 2183
Erste Auflage dieser Ausgabe 1992
© Suhrkamp Verlag Frankfurt am Main 1965
Suhrkamp Taschenbuch Verlag
Alle Rechte vorbehalten, insbesondere das
des öffentlichen Vortrags, der Übertragung
durch Rundfunk und Fernsehen
sowie der Übersetzung, auch einzelner Teile.
Druck: Ebner Ulm
Printed in Germany

1 2 3 4 5 6 – 97 96 95 94 93 92

Für S. B.

1

Der junge Herr B. konnte die Hand auf großes Geld legen und kaufte einen Sportwagen.

Er hatte mehr als nötig verdient mit den Fotografien, die er in einer mittelgroßen Landstadt Holsteins täglich an den lokalen Teil der Kreiszeitung verkaufte. Er blieb aber in einer möblierten Bude über dem Stadtkino und fuhr einen Wagen, der zehn Jahre alt war und inzwischen täglich zu fünftausend Stück hergestellt wurde.

Dann gelang es ihm, die Fotografien zweier Jahre zum zweitenmal zu verkaufen als einen Sammelband, den die Stadtverwaltung an Touristen, Kurgäste, langjährige Ehepaare, scheidende Bürgermeister und Abgesandte der Industrie verteilte. Nach dem zweitausendsten Exemplar hätte B. einen neuen Wagen der alten Art kaufen können.

Leider war das Geschäft erst zustande gekommen, nachdem B. verzichtet hatte auf einige Bilder, die die städtischen Hilfen für Alte und Bedürftige zeigten wie sie waren. Tage danach noch beim Rasieren wandte er den Kopf, wenn er im Spiegel auf die eigenen Augen traf. Als ihm die Visitenkarten ausgingen, ließ er sein Bankkonto in die Neuauflage setzen.

Brauchbar und tüchtig ging er in die Knie, bog sich in der Hüfte und im Kreuz, legte sich auf Bauch und

Rücken, hockte, kauerte, kniete, hielt die Kamera seitlich und übern Kopf und nahm auf. Er sparte.
Endlich verirrte sich ein ausländischer Sportwagen in den sommerlichen Straßenausbesserungen der Stadt und taumelte ins Schleusenbecken. Der junge Herr B., der die Bergung fotografierte, brachte sich mit dem Besitzer ins Gespräch. Der Mann hätte auch weniger genommen, um das Unglücksauto und die fremde Stadt rasch verlassen zu dürfen. B. wies ihm seinen Kontoauszug, handelte die fälligen Reparaturkosten ab und gab die Ersparnisse von fünf Jahren für den triefenden roten Ponton, den der Kran aus dem staubigen Wasser hievte. B. hielt sich nicht für abergläubisch.
Die Instandsetzung griff auch nach dem Verdienst künftiger Monate, aber einen solchen Wagen würde es nur ein einziges Mal geben im Umkreis von zweihundert Kilometern. Zudem sprach B.s Geschick für Verhandlungen sich herum, und er nutzte schon die erste Ermutigung, seine Fotografien zu einem höheren Preis zu verkaufen. So machte es ihm nichts aus, den alten Schlitten zu verschenken an ein Mädchen, von dem er sich im Januar getrennt hatte, eines anderen wegen.
In der ersten Nacht, als der heile und reine Wagen auf dem Hof des Kinos stand, konnte B. nicht schlafen. Das war im Juli. Jeden dritten Tag war er mit Wasser und Poliermitteln zugange, rieb die Ledersitze ein, wischte sie blank, putzte den Lack. Noch

an pulvertrockenen Tagen hatte das hochbeinige sprungsüchtige Ding am Rinnstein ein Aussehen, als stünde es im Schaufenster. Er bedankte sich für die Bewunderung der umstehenden Jungen und fuhr sie hin und her über den Marktplatz.

Ein wenig Unschicklichkeit war ihm bewußt, wenn er mit dem Karren vorfuhr bei Grundsteinlegung und Scheunenbrand und Verkehrsunfall, und dem Besitzer der Zeitung war nicht recht, daß sein Erzeugnis in den Verdacht kam, damit sei solche Masse Geld zu schneiden. B. glaubte auch zu bemerken, daß er es mit diesem Wagen leichter hatte bei den Mädchen, und einmal hätte er sich fast geradeheraus erkundigt. Aber er vergaß es über dem vollkräftigen Toben der Maschine auf der dreibahnig ausgebauten Umgehungsstraße, die er allabendlich aufsuchte, dem Motor zuliebe.

Er führte den Wagen mit sich wie andere Leute die Uhr, er kam ohne ihn nicht aus. Der weiche Zubiß der Türschlösser, das teure Fabriksignet, die Radspeichen, der rote Farbfleck im grauen Hofloch, alles war ihm unentbehrlich. Manchmal ging er nur ans Fenster, um danach auszublicken. Er wurde fünfundzwanzig Jahre alt im August 1961.

Leider kam ihm dieser Wagen im gleichen Monat abhanden. Er hielt sich damals in Westberlin auf, und als er am zweiten Morgen, erst halb gewaschen, ans Fenster ging und seinen massigen schwitzenden Rumpf über die Straße hängte, war der Platz unter

9

dem dünnen Neongeflecht des Hotels leer. Da lag noch ein Tropfen Öl im Schmutz. Inmitten der Lieferwagen, Ampelfeuer, Ladenstraßen, der bequemen Fahrbahn, im knittrigen Morgenlicht fehlte ihm unverhofft Vieles.

2

Die Krankenschwester D. war noch nicht lange von einer großen Klinik in Ostberlin angenommen, da bot ihr die Verwaltung einen Platz im Personalhaus des Kombinats an. Dem Mann hinter dem Schreibtisch wischte grünes Gartenlicht hinter seinem Rücken das Gesicht dunkel, ein Platz in einem Zweibettenzimmer galt als Vergünstigung, sie stand.

Sie zögerte mit der Antwort, um einem Einfall Zeit zu lassen, sah den Funktionär das Paßbild am Kopf des Fragebogens vergleichen mit ihr und begann, sich so blond, unverdorben, vertrauenswürdig zu geben, wie der andere glauben wollte. Sie fühlte sich überhaupt an die Schule erinnert.

Sie lehnte ab. Sie gab Bescheidenheit vor, sie erwähnte Anhänglichkeit ihrer Familie, deretwegen sie lieber jeden Tag eine Stunde von und nach Potsdam fahren wolle, als einer älteren Angestellten die Ehre und den Platz zu nehmen. Sie hätte fast geknickst.

Sie wurde gefragt: Steigen Sie auf der Fahrt durch Westberlin nicht manchmal aus? aus Neugier, oder wie es sich ergibt?

Sie war weniger sicher. Sie wollte keinen Platz, den Kolleginnen aufgaben, um einen im Gebiet Westberlin zu suchen. Sie mochte nicht sich belohnen lassen für Anstelligkeit und Fleiß, da die älteren Schwestern sie anstellten und fleißig hielten. Die Wohnerlaubnis für das Gebiet Ostberlin hoffte sie anders zu bekommen. Im Schwesternflügel konnte man immer geholt werden zu Sonderdiensten und Versammlungen. Dem Pförtner hätte sie nicht alle ihre Freunde zeigen mögen.

Sie lächelte strahlend und sagte: Schon lange nicht mehr, dies mit einem mehr erwachsenen Ton. Leider legte Verlegenheit ihr dabei die Hände zusammen vor der Brust. Eine solche Ungeschicklichkeit ärgerte sie noch, als sie zur Station entlassen wurde.

Ihre Mutter glaubte sie in Untermiete bei einer Freundin und war nicht anhänglich. Die Kinder ließen sie allein leben, und es hatte sie gründlich enttäuscht, daß die Tochter den ostdeutschen Staat nicht verließ, nachdem der ihr die Erlaubnis zum Besuch der Oberschule und Studium der Medizin verweigert hatte. Die Tochter hätte etwas Besseres werden sollen. Mit ihr allein in der Wohnküche zankte die Mutter, den Brüdern ließ sie kaum Ruhe beim Skatspielen mit Fragen nach der Gesundheit und Löchern in der Wäsche, denen lief sie Bier holen. Die D. fuhr selten nach Potsdam.

Sie hatte heimlich in Ostberlin, am Rand der nördlichen Innenstadt, bei einer humpligen Witwe ein möbliertes Zimmer gemietet. Es war teurer als die Wohngebühren in der Klinik. Der graue Raum mit den klebrig gegriffenen Möbelstücken bedeutete für sie den ersten Versuch, nach Elternhaus und Schule allein zu leben.

Sie brauchte die Adresse auch für die Briefe eines jungen Westdeutschen, mit dem sie etwas angefangen hatte im Januar, eine Liebschaft, eine Bändelei, eine Woche, ein Verhältnis, einen Anfang, sie wußte das Wort nicht und nicht warum. Am Ende der Woche hatte sie ihn nicht zurückgehen lassen um Mitternacht nach Westberlin, um zu sehen, ob er die Scherereien wegen des verfallenen Passierscheins fürchtete. Er erwähnte die Scherereien, wiederholte aber den ulkigen Satz mit seiner Liebe. Sie hatte auch sehen wollen, ob sie eine Entscheidung selbständig tun konnte. Als er wiederkam im März, hatte sie ihn nicht so bald erwartet.

Nach der Unterredung über das Schwesternheim gab sie sich im Dienst gleichgültig, fast aufsässig, damit ihre Briefe nicht durch die Poststelle des Krankenhauses gehen mußten und sie in dem dunklen Hofzimmer allein bleiben konnte am Abend, mochte auch die weiche Sommerluft brackig werden zwischen den versengten Mauerresten. Sie ging tanzen ab und an, aber am liebsten war sie in der Freischicht für sich, müde und mit dem Gefühl, sie habe viel nachzudenken. Sie wurde bald einundzwanzig Jahre alt.

Wenn sie nun die Zimmertür verschloß, hinter der sie nicht vermutet wurde, war sie noch lange nahezu stolz. Sie hatte etwas zu verteidigen, sie hatte sich zur Wehr gesetzt, mit Erfolg.

13

3

Der aufwendige Sportwagen hatte dem Touristen B. den Rücken gesteift bei seinem neuesten Besuch in Westberlin. Er glaubte sich mit gleichem Recht eingeordnet in die Kolonnen, die um den Raum zwischen den langen Hausblocks kämpften; er hatte mit mehr Schwung gebremst vor Fußgängern, war heiterer angefahren in die fremden Gegenden. In Lokalen war der Autoschlüssel doch nicht lange in der Tasche geblieben, lag auf dem Tisch jedem Blick offen; es hatte ihm wohlgetan, bei der Rückkehr den exotischen Wagen umstanden zu sehen von Passanten, die sich über das kleinstädtische Nummernschild wunderten. Dann in aller Ruhe einsteigen, anlassen, über die Schulter blicken. So wenig das paßte für großstädtische Passanten, er dachte doch vor ihnen sicher zu sein; und abends vor dem Hotel hatte er von seinem Wagen auf den prächtig beleuchteten Straßenzug gesehen mit Genuß und mit Vorfreude auf die Stadt, die ihm gefiel. Nach dem hellen Schlaf war er aufgewacht mit der Aussicht, länger zu bleiben. Undeutlich schob er den Diebstahl des Wagens auf die Eigenarten der Stadt, und gleich widerstand ihm das hiesige Frühstück. Er war für den Nachmittag an einer ostberliner Straßenecke verabredet, und er grübelte, wie er ohne Wagen über die Entfernung kommen sollte. Beim

Essen flatterte ihm der Magen, zerschürften die Bissen die Mundhöhle, fühlte er Schwärze hinter der Stirn. Er hatte einen Verlust erlitten.
Vor dem Hotel fand er, daß sein rotes Ding nicht ohne Geschick aus der engen Parklücke gelüpft worden war. Undeutlich besann er sich auf die vier Stromkreise, die den Wagen gegen falsche Schlüssel geschützt hatten, und das Heulen war ihm nahe. Er ging auf die Fahrbahn und stellte sich, mit Blicken zum Fenster und Eingang, nicht ohne Anerkennung vor, wie sein Eigentum wegkam. Als ein Taxi vor dem unschlüssigen Fußgänger die Fahrt verringerte, hob er die Hand, stieg ein und fragte nach einem Autoverleih, in der Hand schon wieder eine Zigarette. Dem Fahrer war an solchen Fuhren, die Interesse und Unterhaltung anregten, gelegen. B. hätte das merken können an den gelegentlichen Rückblicken und dem Arm, der entspannt auf der freien Vorderlehne lag. Der Mann wußte aber mit den mürrischen Blicken des jungen Kerls und mit dessen Lippenbeißerei nichts Deutliches anzufangen und steuerte deshalb nicht gleich die Firma mit dem größten Leihbestand an. Es fiel ihm auch nicht ein, den Fahrgast auf den frühen Geschäftsschluß hinzuweisen. Sollte der doch rauchen, wenn er nicht anbot. Als B. sich schließlich zu Erkundigungen und Gesprächsansätzen bereitfinden mußte, war es kurz vor Mittag. Der Taxameter zeigte eine Summe, die er mit Unbehagen umrechnete auf Benzin für den ver-

lorenen Wagen. Er suchte aber in seiner Lage noch immer Hinweise auf die richtigen westberliner Verhältnisse, statt auf sein unpraktisches Verhalten, als er endlich nicht einmal mehr unter den Angeboten wählen konnte und gezwungen war, eine recht abgestoßene Kutsche zu mieten, und zwar bis übers Wochenende. Als er abgefertigt vor dem altertümlich gerundeten Schaufenster stand, war sein Wollhemd durchgeschwitzt, und seine feuchten Finger schmierten Flecken auf den Stadtplan.
Der Taxifahrer konnte das hohe Trinkgeld nicht zusammenbringen mit dem Benehmen seines Fahrgastes, sah ihm über den Geldtaschenbügel hinterher. B. gönnte sich ein kleines Pils auf dem Bürgersteig vor einem Schultheiß, um den Nachmittag aufzuschieben. Er war inzwischen unzufrieden genug, die Stirn zu runzeln, als ein Mädchen, das er angelegentlich gemustert hatte, neben ihm niedersaß und überschwenglich auf eine frühere Begegnung zurückkam. Über der schwarzglasigen Brille die Augenbrauen nicht, die Lippen nicht, erst eine übers Ohr in die Haare greifende Handbewegung brachte ihn auf eine schnelle betrunkene Nacht und den Fahrstuhl, in dem er mit diesem Mädchen auf und nieder gefahren war, seine Handrücken auf den Schaltknöpfen und in den Händen ihren Rücken. Er bestellte ihr was und nannte sie bei Namen.
Sie kamen überein auf ein gemeinsames Abendessen. Fürs erste hatte sie nichts dagegen, mit ihrer mehr

vollständigen Ortskenntnis für ihn einen Übergang nach Ostberlin zu suchen. Da ihr die Straßen aber nur vom Autobus vertraut waren, und nicht alle, fuhren sie lange Umwege, und die unbewegliche Heißluft stemmte ihnen kaum Fahrtwind entgegen. Sie fanden einen Übergang, den nur Ausländer passieren durften. Beim südlichen Übergang für Westdeutsche warteten dermaßen viel Wagen, daß er nach kurzer Zeit über den Bürgersteig aus der Schlange scherte. Auf dem Weg zum nördlichen Kontrollpunkt redete er schon nicht mehr mit ihr, überlegte mit verkniffenen Lippen, in welchem Monat er diese und in welchem er die D. mitgenommen hatte, oder etwa beide in einem. Er hatte sich oft vorgestellt, daß die D. in Ostberlin ihn in dem neuen Wagen nicht erkennen würde und suchend am Rinnstein weitergehen, und er daneben fahrend wollte auf ihr Gesicht achten. Jetzt saß er in einem klapprigen Kasten, den nicht einmal ein ostberliner Mädchen bewundern würde. Das Mädchen neben ihm hatte seine zerstreuten Blicke auf ihre nackten Knie unter dem Rockrand bemerkt, und beobachtete die Bewegungen seines Kehlkopfes über dem angeschmutzten Hemdkragen. Nach längerem Schweigen fragte sie nach seiner Verabredung, und indem er fast am Ziel war, sagte er ihr auch: Ich will da eine Freundin besuchen. An einer Kneipe vor der Grenze öffnete er ihr über sie gebeugt die Tür, sah ihr beim Aussteigen nicht zu.

Er fuhr langsam auf die Brücke zu, um seine Gedanken in Ordnung zu bringen. Die ersten ostdeutschen Posten standen in der Mitte über dem leeren Gleisfeld. Sie ließen ihn bis zur zweiten Kontrollkette. Die schickte ihn zurück, da der gemietete Wagen nicht in Westdeutschland eingetragen war. Die ließen sich auf Einwände nicht ein, zeigten gegen Bitten hängende Schultern, wiesen ihm mit müde schlenkernden Fingern einen Wendekreis. Die Erschöpfung und die mühsame Geduld der Soldaten bewirkten, daß er nicht einmal wütend war, eher unsicher, weil alle einen Bescheid wußten, den er hätte kennen sollen. Eben deswegen bat er aber die Posten auf westberliner Seite nicht um Rat, sondern fuhr zurück in die kahle Straße, geblendet vom harten Mittagslicht, von Unglück.
Das Mädchen, das im Vorgarten der Kneipe unter einem Sonnenschirm wartete und ihm verträglich entgegensah, hatte allerdings die Freundin in Ostberlin nicht vergessen, und verschwieg mit blanker Stirn, daß ihm noch ein Zugang über die Stadtbahn offenstand, oder der Fußweg über die Brücke. Einen Weg zu Fuß hätte er sich nicht denken können. Ohnehin war es zu spät für die Verabredung. Dennoch Schuldbewußtsein bei beiden fraß am Auskommen, zerhackte das Gespräch, und am Ende war es an ihm, das Andenken an die frühere Gelegenheit zu ermüden, damit die Puppe ihm nur den Wagen abnahm und dem Verleih zurückstellte. Vom

Abendessen war nicht mehr die Rede, und ihre Bekanntschaft erschöpfte sich mit dem starren Lächeln, das ein unzerstrittener Abschied ihm abverlangte mittlerweile.

Auf der Fahrt zum Hotel fragte er den Taxichauffeur nach nichts, weil er sich nicht zu erkennen geben mochte als Besuch aus einer unwissenden Provinz. Der Fahrer beobachtete den Fahrgast im Spiegel, als er den ersten Umweg begann, und drückte den Blinker ohne Sorge für noch einen. Die langen Nachmittagsschatten auf dem Fahrdamm und der vielbahnige Verkehr stimmten B. etwas ruhiger. Auf dem Bürgersteig hielt er einen Polizisten an und fragte ihn nach dem bequemsten Durchlaß nach Ostberlin. Der Streifenmann verkantete überlegend die Zähne, blickte sinnend auf die Schuhe des Fremden, schob auch den hinteren Mützenrand höher; vielleicht kannte er sich da nicht aus und wollte das deutlich machen. B. glaubte vielmehr, dem sei eine solche Frage nicht recht gewesen.

Im Hotel ließ er sich das Telefon auf die Theke des Empfangs stellen. Er sprach mit mehreren Polizeistationen und versuchte den Diebstahl seines Wagens anzumelden, den er etwas zu laut als kostbar beschrieb. Er versuchte eine ostberliner Nummer anzurufen, aber schon nach den ersten Nummern dröhnte das Besetztzeichen im Hörer. Er wirbelte herum und schlug mit geballter Faust auf die Telefongabel. Er stand noch im halbseitlichen Schwung

krumm, als er die Wirtin aufblicken sah hinter den Brieffächern. – Heiß heute: sagte sie entschuldigend. B. holte eilig nachdenkend Luft ein, aber er wußte sich nicht herauszuhelfen. Er wünschte sich fort aus der Stadt. Er stand krumm an der Theke und bezahlte die Rechnung, zog mit hängenden Schultern in die fremde Spätsonne.
Bis in den Abend wartete er auf dem südlichen Flughafen auf einen freien Platz nach Hamburg. Er dachte nicht an den Landweg, nachdem die ostdeutsche Kontrolle bei der Ankunft sein Handschuhfach alle fünfzig Meter noch einmal durchsucht hatte, ohne ihm das zu erklären; den drei Soldaten, jünger als er, hatte wohl mehr an Abwechslung gelegen, er mochte von denen aber nicht nach dem ganzen Wagen gefragt werden. Das Fliegen war ihm unheimlich. In den drei Viertelstunden bis Hamburg war er zum erstenmal über der Erde, er nahm es nicht sonderlich wahr. Denn er begriff seine Abreise nicht mehr. Da war noch Geld gewesen für längeren Aufenthalt, er hatte Verabredungen fahren lassen, er hatte die D. nicht gesehen. Ein Einfall, der zu allem nicht paßte, hatte ihn weggeschickt. Er konnte sich an einen ähnlich kopflosen Entschluß nicht erinnern, es sei denn aus der Kindheit. Er dachte unruhig nach, überwachte was er dachte, traute sich nicht.
Und bei der Abfertigung der Passagiere war ihm ein B. aufgefallen, den er nicht gekannt hatte. Dieser B. weigerte sich, entschieden bis zur Kurzluftig-

keit, den Polizeibeamten seinen Ausweis vorzulegen. Er sagte rasch, in angestiegenem Ton sehr viel. Seines Wissens gab es kein Gesetz, das westdeutschen Personen das Mitführen von Personalpapieren im Inland vorschrieb. Auf gemessene Vorhaltungen sprach er lauter, schrie, schlug mit der Faust auf den Tisch, bis sie achselzuckend ihn durchließen. Er war umstanden von Leuten, die alle schon ihre Ausweise zu oft hatten zeigen müssen, und obwohl es in der Wartereihe Bemerkungen zu seiner Aufführung gegeben hatte, sah er im Gedächtnis schweigende Gesichter ihn anstarren. Ihn befremdete auch, daß er dann ohne Scham auf das Flugzeug zugegangen war, unzerknirscht, mit offenen Augen, fast zufrieden.
Hamburg hatte er seit Jahren nicht anders als im Auto aufgesucht, und er fand nicht leicht nach Hause. Der beleuchtete Turm des Omnibushofes erinnerte ihn an seinen Besuch in dem westberliner Autoverleih, er stand unschlüssig auf dem überlaufenen Bahnhofsvorplatz zwischen zwei lamentierenden Zeitungshändlern. So kam er erst nach Mitternacht an mit wechselnden Zügen, denn er hatte nicht fragen mögen und verpaßte Anschlüsse. In den trüblichtigen Abteilen geriet er in eine etwas taube Verfassung, dem Schlaf ähnlich. Mit ihm fuhren Ferienkinder, Wochenendausflügler, Alte vom Einkaufen zurück, er vergaß sie im Anblick. Wie im Traum bekam er das Bild des Mädchens, das er

in Ostberlin hatte wiedersehen wollen. Das Gesicht stand unbeweglich und fiel weg, als blättere er durch Aufnahmen, und betrachtete ihn von neuem, verschattet vor sandkörnigem Hintergrund, als sei am Negativ geschabt worden. Als er die Eisentreppe hinter dem Vorführraum hinaufgestiegen war, zögerte er vor seiner dunklen Tür, blickte hinter sich auf die beleuchteten Giebelspitzen der Hauptstraße vor dem windig gefalteten Himmel, und hoffte hilflos, er könne alles ungeschehen machen, und sei es mit Vergessen. Am Morgen war er erstaunt, daß er hatte schlafen können.

Gleich am Vormittag bewarb er sich in der Drogerie am Marktplatz von neuem um Beschäftigung in der Abteilung für Fotoarbeiten. Dem Besitzer kam eine Hilfe eben recht, aber nachdem B. die Stelle bei ihm einmal gekündigt hatte, um als Fotograf frei zu arbeiten, machte er ihm zur Bedingung, auch hinter dem Ladentisch zu bedienen. B. hielt diesen erzieherischen Einfall für lästig, ihm blieb aber nicht viel Wahl, zusätzlich Geld zu beschaffen. Außerdem hatten beide damals sich verstanden. In den ersten Stunden kam es ihn hart an, Meter um Meter von Amateurfilmen, Leute nackt und Leute bekleidet an Ferienstränden, zu entwickeln, und ihm stieg die Wut in die Schläfen vor der Aussicht, mit solcher Arbeit einen neuen Wagen verdienen zu müssen. Die abhängige Stellung kratzte ihn, nachdem er die Hälfte der Kammer über dem Kino zu einem eige-

nen Atelier ausgebaut hatte. Seine Berichterstattung machte B. nun auf umständlichen Gängen in der Stadt, aufs Land fuhr er mit der Polizei, mit Bekannten, mit dem Autobus, und konnte den Ruck nicht vergessen, mit dem der verlorene Wagen ihn im Sitz zurechtgerückt hatte beim Anfahren. Dabei, und morgens beim Frühstück im Kinocafé im Gespräch mit der Bedienerin, und hinter der Drogerietheke schien er allen unverändert. Tatsächlich gab er sich ausgeglichen, anstellig, fix, denn ihm war zu tun um jede freundliche Antwort, ein Lächeln, den Anschein von Gewohnheit, von Trost.
Es gelang ihm, eine seiner Aufnahmen von der zwischen die beiden Berlin gezogenen Mauer an die Zeitung loszuwerden, außer der Reihe. Gedruckt zeigte es nur mehr eine aus großen Vierecken zusammengestellte Fläche, über die Holzstangen und stacheldrahtige Winkeleisen hinausragten, das hatte er nicht gemeint. Hätte er etwas zeigen wollen von seinem auswärtigen Aufenthalt, so wäre es ihm angekommen auf das von schlampigen Mörtelfugen gerahmte, rißscharfe Feld eines einzelnen Steines, das dem Betrachter die Fingerkuppen schmerzen machte. Er traute sich aber nicht, das der Redaktion anzubieten, er fürchtete es erklären zu müssen, und überdies wollte er Spott hinter seinem Rücken vermeiden. Das unerhebliche Honorar für das andere Bild genierte ihn, er trug es gleich auf die Bank, zum Erstaunen des Kassiers.

Aus der Schulzeit, den Jahren beim Wehrdienst, bei der Zeitung hatte er in der Stadt Leute, die von ihm vorher eine ordentliche Antwort gewöhnt waren auf die Frage nach dem Ergehen, aber auf die Erkundigung nach seinem unpassenden Auto gab er flüchtige Auskünfte. Er habe es verliehen, dagelassen. Die Lüge war ihm peinlich, sie konnte herauskommen; aber er brachte es nicht über sich, von den vier Stromkreisen und dem leeren Platz vor dem Hotel zu erzählen, mochte daran auch nicht denken. Sein Unglück schien ihm eigentlich blamabel. Er glaubte versagt zu haben vor der größeren Stadt, die seine Schulbücher und Zeitungen gefährlicher gemalt hatten als andere, beschämender für den, der da scheiterte. Er ging vorbei an den Gartentischen vor dem Ratskeller, er sah nur aus den Augenwinkeln das tonlose Auflachen, das prustende Gewieher seiner Bekannten, das er gefürchtet hatte. Es galt nicht ihm. Sie wunderten sich über das stille Benehmen des langen Kerls, der schwitzend die Steine trat, etwas zu elegant in seiner kragenlosen Joppe, schon lange nicht mehr mit einem Mädchen. Der Vertreter der Versicherung hatte zu verstehen gegeben, daß der junge B. bei der Anmeldung seines Autos nichts bezahlt hatte gegen Diebstahl, und alle waren nur belustigt in ihren Vermutungen über die heikle Sache, die dem auswärts passiert war. Sie lächelten wohl über das voreilige Geschenk, das er der aufgegebenen Freundin mit dem alten Wagen gemacht hatte. Der Besitzer der Drogerie, nicht ohne Verständnis für die Niederlage seines früheren Lehrlings, faßte die Stimmung zusammen in einem Ruf nach neuem Bier und der Bemerkung, so junge Leute müßten schon von allein kommen, dann sei eine Einladung zum Schnaps ja nicht ausgeschlossen.

Die Stadt saß auf der ebenen Erde um den Kirchturm wie ein Nest. Die vielgesehenen Giebel der Hauptstraße, die Katzenköpfe des Marktplatzes, der Druckereigeruch im Zeitungshof, die Erinnerung an Liebe vor Jahren in einem Brennesselgarten, kaum etwas Gewohntes wollte B. beruhigen. In den Ausläufen der Stadt lagen sandige Wege reglos in Baumschatten wie zu Friedenszeiten, die Busse mit den Feriengästen kamen abends vom Strand wie sommers vorher, B. war nicht wie sommers vorher zu Hause. Einige Nebenstraßen der Stadt liefen zwischen Kleingärten und Feldern zu Landwegen aus, Paare gingen aus der bewohnten Gegend ins Korn, an die See, in der Nacht die Rücklichter parkender Wagen wankten leise unter Bewegungen im Innern, da ging ein einzelner vorbei. Er war allein, er nannte es doch bald Entbehrung. Er fühlte sich selbst gekränkt durch die Einsperrung der D. in ihrem Berlin, er hatte eine private Wut auf die Sperrzonen, Minenfelder, Postenketten, Hindernisgräben, Sichtblenden, Stacheldraht, Vermaurung, Schießbefehle und Strafandrohung für den Versuch

25

des Übergangs. So war ihm noch nichts fehlgeschlagen. Denn zwar war sein Gefühl gegen die D. am Anfang mitleidig und, wenn es hochkam, auf Fürsorge aus; auch gegen Eltern wäre er auf der Seite der D. gewesen. Inzwischen war er auch seinetwegen besorgt. Erziehung durch Mitschüler und Filme hatten ihn darauf eingestellt, ein Liebesversprechen für endgültig zu halten, bis beide im Streit auseinandergingen. Streit hatte es gegeben mit ihr, er hatte ihr aber danach das dumme Zeug geschrieben von seiner Liebe. Angesichts der hilflosen Lage, in die ihre Staatsmacht sie versetzt hatte, war ihm bange vor einer undeutlichen Verpflichtung, die er eingegangen war, bevor sie ihm klargemacht wurde.

Deswegen schreckte er zurück vor dem Wunsch, sie wiederzusehen. Die fremde Staatsmacht benahm ihm nicht, einen halben Tag lang durch Ostdeutschland nach Westberlin zu fahren und da an der ostberliner Grenze um Erlaubnis für einen Aufenthalt zu bitten. Es gefiel ihm aber nicht, sie dort zu treffen, weil er sie abermals hätte zurücklassen müssen und ein solcher Besuch ihm vorkam wie der bei einem Kranken, der aufgegeben ist. Er mochte auch einen Ausfall von Verdienst nicht noch hinnehmen, denn von seinem Wagen hatte er keine Nachricht. In den Zeitungen erschienen die ersten Berichte über gescheiterte Fluchtversuche aus Ostberlin, Leichenbilder; gelungene Durchbrüche an den Grenzen westberliner Stadtteile, von denen er nicht einmal die Namen kannte. Ihm war die Vorstellung dringend, die D. beim Zurückgehen in den Westen zu umarmen, und als er sich entsann, daß er sie früher nur an der Schulter berührt, ihr die Hand gegeben hatte bis zum nächsten Mal, erschrak er vor dem Versprechen, das sie aus der Veränderung des Abschieds hätte nehmen können. Bei den gleichmäßigen Arbeiten im dunklen Labor liefen seine Gedanken immer wieder in das starrsinnige Verlangen, sie wiederzusehen an einem Ort, der ihr nicht weniger zugänglich war als ihm, so daß er nur für sich aufkommen mußte. Er stellte sich da Westberlin vor und das Hotel, in das sie mitgekommen war. Die Fenster waren auf den Hof gegangen. Er wußte nicht wozu, und versuchte sie zu erreichen. Auf einer Benzinrechnung aus dem März fand er die Telefonnummer ihrer Arbeitsstelle in Ostberlin. Nach mehreren Versuchen bekam er eine Verbindung mit dieser Nummer, aber es gelang ihm nicht, von der Zentrale an einen der inneren Apparate zu kommen, bis schließlich die gleichmütige Frauenstimme in der Leitung wie aufwachend ablehnte, überhaupt private Anmeldungen aus Westdeutschland weiterzugeben. Er rief immer noch lauthals nach einer Erklärung, mochte aber nicht ausgesprochen bitten, da die Vermittlung auf dem Apparat im Verkaufsraum der Drogerie angekommen war. Er hatte die zum Bürgersteig offene Tür doch vergessen und wußte nun nicht, wie lange schon der

Kunde vor ihm stand, und zur Vorsicht rüttelte er verächtlich die Schulter, als er den Hörer auflegte und dem Mann ins Gesicht blickte. Der war nur erstaunt, daß der Verkäufer, dem überdies der weiße Mantel offenstand, über eigenen Angelegenheiten ihn warten ließ. B. entschuldigte sich, in der Hoffnung auf ein begütigendes Wort; der Kunde hatte sich aber ganz dem Vorrat an Einsteckkämmen zugewandt und konnte ihn nicht trösten über die drei Stunden Wartens auf ein mißlungenes Gespräch. Er beschaffte sich auch die Schallplatte, nach deren Musik die D. am liebsten mit ihm getanzt hatte, und gab sie ihr auf die Post. Er fand das Schächtelchen nach wenig Tagen wieder auf seiner Fußmatte, außen bestempelt und innen versehen mit einem Vordruck, nach dem die Staatsmacht der D. die Übersendung von Schallplatten nicht gestattete und diese nur aus Höflichkeit noch einmal freigab. B. legte das gepreßte Lied unausgepackt zuunterst, zu den Aufnahmen von der D., die anzusehen ihm jetzt widerstand. Er ging neuerdings zur Zeit der Mittagszustellung an seinen Briefkasten hinüber, und obwohl er vom Fuß seiner Eisentreppe die leeren Rippen im Sichtfenster sah, stieg er ihnen doch bis zu drei Stufen darunter entgegen und wandte sich dann für Beobachter so schnell hinunter, als habe er Unaufschiebbares vergessen, saß dann lange grübelnd am Mittagstisch, den Kopf belastet von Bier. Er versuchte es noch einmal mit der Nummer in

Ostberlin, kam aber nicht über das Postamt hinaus, das ihm nur von der Verweigerung des Gesprächs berichten konnte. Nachträglich verstand er nicht, wieso er an eine Verbindung hatte glauben können und einen Freund um die Überlassung von Telefon und Wohnung bitten von Dämmerung bis Mitternacht, als hätte er einen ganzen Abend mit ihr zu reden gewußt. Er brachte die ostdeutschen Vorschriften für den Inhalt von Geschenksendungen in Erfahrung und stellte danach ein Päckchen zusammen aus Waren, die es in Ostdeutschland nicht gab, brachte kein Wort zuviel in der Verpackung unter und traute sich auch nicht die Strümpfe beizulegen, die ihn auf das Zusammenpacken gebracht hatten; im Grunde war das eine kleine Grube neben der Kniescheibe der D. gewesen, sichtbar bei übereinandergeschlagenen Beinen. Und eine Kleinigkeit mußte er doch versehen haben, so daß deren Staatsmacht alles einbehielt, denn die D. erwähnte das Päckchen nicht in ihrem Brief.
In ihrem Brief bat sie ihn auf Briefe zu verzichten. Der Ton war verbindlich, ohne Anspielungen, wie an einen Fremden gerichtet.
Er hatte den Fund nach dem Frühstück gemacht, in zufälligem Rückblick die Treppe hinauf, und lief damit gleich durch einen Katzenweg an den Hintergärten zum alten Teil des Friedhofs, damit niemand ihn beim Lesen sah. Der Umschlag war nur mit seiner Adresse versehen, nicht mit ihrer, er hoffte

29

ihre Schrift nach den Zahlen der Telefonnummer erkannt zu haben. Schon auf den ersten Blick konnte er nicht zweifeln, denn sein ausgefallener Vorname stand da ohne Verschreibung, sie hatte mit ihrem unterzeichnet. Er verstand die Ablehnung von Briefen nicht, er war zu verlegen gewesen ihr je zu schreiben seit ihrer Einsperrung. Der Dom warf kühlen Schatten über ihn. Die Touristen, die den Sternen in ihren Reiseführern folgten und ihre Belichtungsmesser um Rat fragten wegen des trockenroten Flimmerns an dem berühmten Gemäuer, sahen befremdet einen jungen Mann am Rand der Grabplattenwiese laufen, auch mit Kameras, aber weg von der Sehenswürdigkeit. B. erwischte den hamburger Bus vor der Post, beredete den Fahrer zu warten, riß in der Bank dem Kassierer das Geld aus der Hand, rannte dem anfahrenden Wagen hinterher und stieg eben noch ein. Von dem Abfall der Ernteäcker zur See, dem steinern strahlenden Himmel, dem Korngeruch von offenen Erntewagen hatte er nicht viel. Er fluchte wortlos auf die enge Chaussee, in der Ferienverkehr und Landwirtschaft den langen Bus aufhielten, und rätselte wirr an einem Hinweis in dem Brief aus Ostberlin. Nach seiner Kenntnis der Zeitungen und nach dem politischen Unterricht in seiner Zeit bei der Bundeswehr hielt er für möglich, daß seine Sendungen der D. eine polizeiliche Überwachung eingetragen hatten, glaubte sie in Gefahr, wußte aber nicht warum er unterwegs war. Der Briefumschlag begann sich unter den schweißigen Griffen aufzulösen, die dünnen Bleistiftspuren auf dem holzigen Papier verblaßten; bei einem längeren Aufenthalt kaufte er in einem Strandladen zwischen nackten Badegästen eine durchsichtige Kunststofftüte, stieg einfallslos in den verlassenen Bus zurück und mühte sich, das knickige Papier in die glatte Hülle zu schieben; saß dann blicklos mit dem Gesicht gegen die Farbstufen der kabbeligen See, einen halben Mundwinkel zwischen den Zähnen, so daß keine der zusteigenden Oberschülerinnen in den knappen Strandkleidern sich neben ihn setzte, sondern eine Umsiedlerin in schlesischer Tracht mit dem schwarzen Tuch, auf dem Schoß einen Pappkarton mit Küken, die jungen Dinger drängten zur Hinterbank, oft umgewandt sah er doch nicht viel mehr als den Rand einer feinsträhnigen blonden Frisur, die der der D. nicht ähnlich war. Auf der Fahrt zum Flughafen war er so verlegen um einen Grund für die Reise, er trieb den Taxichauffeur zur Eile an. In dem windigen Regen, der über das Vorfeld wischte, auf dem Gang zur Maschine hielt er mitten im Schritt inne vor dem Gedanken, die D. könne ihre vierzehn Worte als Abschied gemeint haben, ja geradezu als Freigabe; so daß Leute auf ihn liefen, denn er hatte sich an die Spitze gedrängt. In der Kabine, die unregelmäßige Lufttreppen schüttelten, wurde ihm eng, er konnte nur willentlich stillsitzen, blickte zerfahren um sich. Bei Veränderungen des Motorentons machte Angst ihm deutlich, daß er nicht fliegen mochte. Bei der Landung erwischte er einen Spalt Sicht auf gelbe Dämmerung über farbigen Dächern, blau vernebelte Hauswaben bis in weitläufige Ferne hinter der schräg kippenden Tragfläche, die bevorstehende Fremde machte ihm Sorgen, und inzwischen wußte er nichts Greifbares mehr über den Brief der D. zu denken.

In der überlaufenen Abfertigungshalle mußte er vorbei an Gruppen, die einander begrüßten, nach Hause kamen, er fand sich nicht zurecht. Er stand in der Telefonzelle und suchte ein anderes Hotel, um nicht die Stelle vor dem ersten zu sehen, die eines Morgens leer gewesen war. Er kannte sich nicht aus in den Vorstädten und fuhr mit dem Finger von Straße zu Straße im Buch, überdies besorgt, auf kein teures Haus zu treffen. Vor der durchsichtigen Tür wuchs eine mehrköpfige Schlange, deren stille Blicke ihn einschüchterten; er gab den Apparat frei und stellte sich ans Ende der Reihe; so verdattert war er jetzt über die Erkenntnis, daß er nach wenig Tagen wieder in der Stadt war, die seinen Wagen gestohlen hatte.

War das Hotel in Schöneberg, Wilmersdorf, Steglitz? sein Gedächtnis verleugnete die Gegend. In der hellen Nacht über dem Straßenkanal funkelte Staub. Öfters barst die Luft von niedrig einfliegenden Maschinen. Zwischen den Schaufenstern fuhren die Autobusse schnell und leer, unter den leuchtenden Schriften standen Paare am Glas und betrachteten hoffnungsvoll die ausgestellten Gegenstände. An einer Ecke in einem Wirtschaftsgarten unter niedrigem gelbem Licht waren Leute beim Abendessen unter sich. B. wünschte sich in den heimischen Ratskeller, von dem er nach wenigen Schritten hätte in seinem Zimmer sein können. So dusselig, auch betrübt, ging er voran, bis er an eine Station der Untergrundbahn kam, um die herum Geschäftshäuser und behelfsmäßige Verkaufsbaracken gefällig einen Platz ließen. Inmitten einer Gruppe junger Leute, die den Eingang einer Kneipe umstanden, sah er einen Mädchenarm, der zwischen Haut und Hemd um den Hals eines Nachbarn geknickt war, und aufschreckend erkannte er, daß er gegangen war wie mit Fräulein D. im März. Die Einbildung ihrer Stimme, ihrer Hand auf seinem Arm, ihrer Gegenwart kam ihm so unverhofft, er fühlte sich krank.

An der Theke stehend dachte er so selbstvergessen nach, daß er seine Finger die Wasserkreise nicht ziehen sah auf der Schwarte aus Kunststoff. Die Wirtin blieb öfters ihm gegenüber stehen und betrachtete den Fremden, während sie Gläser ausschwenkte. Sie war wenig älter als er, ausgeschlafen munter, und unterhielt sich hin und her mit B.s Nachbarn, die offenbar alle ihrer Augen, ihrer Haare, ihrer Röcke wegen gekommen waren und um mit ihr zu würfeln, wenn die Skatspieler an den

Wänden gerade noch ausmachten wer bestellte. B. verstand wenig von dem intimen Jargon, aber er wandte sich manchmal halb, um ihr zusehen zu können, und fing einmal ihren Blick und hielt den für ermutigend. Aber sie rief ihm zu: Lassen Sie sich doch ne Leitung legen!, denn er bestellte in einer Groschenkneipe das Bier in der Flasche und so rasch eine von neuem, daß ihr das Bücken zum Kühlkasten schon sauer wurde. B. blieb gekränkt, auch trotzig, sitzen auf dem Holzhocker, vermaß die Schankstube mit Blicken, die nichts aufnahmen, blieb bis nach Mitternacht, als die Tür verschlossen wurde und die verbliebenen Gäste anfingen zu tanzen. Da dachte B. es schon gefunden zu haben. Er war hier, um unter dem hellen Licht in Ruhe nachzudenken, da sollte mal einer kommen. Zweck seines Besuches in dieser Stadt war, leise mitzulachen in dem Gespräch, das ihn umstellte. Es genügte, wenn er seine Streichholzschachtel vor den Mann legte, der sich auf alle Taschen geklopft hatte. Sie stellten ihm den Lederbecher hin, damit er mitwürfelte um das nächste Geldstück für den Kasten mit der Musik. Er drückte Takte für den doppelten Betrag und fing an, mit der Wirtin zu tanzen, die ihm blond und tröstlich an der Brust lag. Er sprach mit ihr, als wollte er wiederkommen. Er fand Befriedigung in der Vorstellung, daß er der D. hier näher war, rein räumlich, verstehste, das genügte für einen Angetrunkenen ganz und gar.

– Sind Sie geschäftlich hier?
– Ja; man hat mir mein Auto gestohlen.
Am nächsten Morgen saß er mit dickem Kopf in einem mit italienischem Kitsch tapezierten Hinterzimmer über kahlem Frühstück und suchte im Gedächtnis den Plan, der ihm in der Nacht eingefallen war. Er fand ihn erst auf der Straße. Die D. hatte ihm gesagt, wo sie ihre Sonntage verbrachte. Er wußte den Stadtteil, in dem ihre Freunde wohnten, er hatte Fotografien des Hauses gesehen. In der weißen Mittagshitze fuhr er mit der Stadtbahn über die leeren Grenzflächen nach Ostberlin. Er stand durch die Kontrolle, immer nach den Empfehlungen des Hotels bemüht, nicht aufzufallen. Er antwortete höflich, manchmal mit kleinem Lachen, weil er meinte, so jungenhaft und liebenswürdig zu wirken. Er wollte die D. nur sehen, ohne daß sie ihn sah, und dann tun was ihm einfallen würde.
Er fand den Stadtteil mit der Straßenbahn. Auf der Bank an der Haltestelle schied er nach dem Plan die Straßen mit den Miethäusern aus, die vor ihm leer wegzogen. Seine Schuhe waren staubig, als er an der Seebucht ankam, die von Einfamilienhäusern umstanden war. Sie hatte von einem Aussichtsturm gesprochen; als er ihn fand, gönnte er sich in dem Kaffeegarten darunter ein großes Bier. Er war sehr zufrieden. Oben verbrauchte er vier Groschen an dem Münzfernrohr, bis er einige Hausgiebel glaubte erkannt zu haben, die denen auf den Fotografien

glichen. Die D. hatte damals die Fotografien aufgefächert in einer Hand gehalten, ihr Haar war ihm an die Schläfe gefallen. Schwarzweiß zwischen den bunten Kleidern und Hemden ging er am Geländer der Aussichtsplattform hin und her, bis das Fernrohr wieder frei war. Mit den Segelbooten auf dem Wasser vor den sommerlich verstaubten Wäldern war ihm, als könne alles nicht so schlimm sein. Das wird schon werden. Die Frau am Stand mit den Ansichtenpostkarten sah dem Kerl groß hinterher, wie er lang und angeregt die Promenade hinunterstelzte.
Das ging nicht gut. Er zweifelte an seinem Gedächtnis, er stellte geradezu seinen Beruf in Frage. Zwei Stunden lang zog er an den Häusern vorbei mit schmerzenden Füßen, die so viel Gehen nicht wieder lernen wollten. Spitze rotziegelige Giebelfronten zogen sich zurück von der seines Wissens, Zäune aus gekreuzten Latten hatten nicht die ihm sicher bewußte Tür, Büsche am Treppenaufgang täuschten ihn und wollten nicht die seiner Erinnerung sein, und kein dreiflügliges Fenster gab sich her, mit der Kante über dem Liegestuhl anzusetzen, in dem die D. vorgebeugt saß mit den Händen um die Knie auf der Fotografie, die sie ihm hingehalten hatte einmal und mitnahm, als sie zurückging hierher. Er fand sie nicht.
(Er ging ein paarmal vorbei an einem flachgedeckten Holzhaus, das auf einer öden Sandfläche stand

mit verschlossenen Fensterläden wie nicht bewohnt.)

Er kannte sie von den paar Tagen her nicht sonderlich genauer als alle die Mädchen, mit denen er in den letzten fünf Jahren zusammengelegen hatte, auch geredet über das Leben und in welchem Land am besten, wie mit ihr auch; er wußte nicht erheblich mehr, als sein Gedächtnis ihm aufbewahrt hatte, meist Anblicke, Lichtverteilungen, zum Beispiel Morgensonne unter der Vorhangkante, schlafkrumme Hand, schneeiges Waldstück mit kurzen Fußspuren; aber ihr Gesicht nur mit Mühe, und nicht oft.

Am Abend im letzten Flugzeug nach Hamburg hetzte er die Stewardeß hin und her zwischen seinem Tablett und dem Eisschrank. Er trank das ölige Zeug in kleinen, ruhigen Schlucken und befaßte sich mit streitsüchtigen Vorwürfen gegen einen B., der sich hierauf nicht hätte einlassen dürfen. Die Arme auf die Brust gestützt, das Glas vor dem Kinn, so fühlte er sich wohl, schwer, unglücklich. Er war bereit, aufzugeben.

4

Tatsächlich verließ die D., in zivilem Zeug, nichts als eine Handtasche unterm Arm, auf der Fahrt durch Westberlin öfters die Stadtbahn, hatte der ostdeutschen Kontrolle eine Zweizimmerwohnung in Potsdam angegeben als Ziel, kam aus Westberlin zurück wie die Tochter von der Mutter, die Schwester von den Geschwistern. In einer nördlichen Villenecke Westberlins hatte sie eine ältere Verwandte zu besuchen, mit der alle Erwachsenen der Familie es verschüttet hatten, so daß sie nur noch die Kinder sehen wollte; übrigens war sie die einzige, die es zu bürgerlichen Höhen und einer ausreichenden Rente gebracht hatte; ging gestaucht von Alter zwischen ihren schwarzdunklen Möbeln am Stock, zeigte Fotografien von Toten, setzte aufgekochten Kaffee vor, lamentierte über die Änderung der Verhältnisse seit 1917 und beendete übrigens solche Besuche, indem sie den jungen Leuten einen längs geknifften Geldschein zwischen die Finger schob mit Redensarten wie für Kinder, die sich Süßigkeiten kaufen dürfen; die D. unterließ einen Hinweis auf ihre einundzwanzig Lebensjahre, um den Pflichtbesuch abzukürzen, und weil die Ostmark stetig auf 22 Westpfennig stand. Dann zögerte sie lange vor dem ländlichen Laden, der sich nach dem Krieg im Souterrain des herrschaftlichen Hauses festgebissen hatte, sah kosmeti-

38

sche Artikel und Genußwaren an auf den Preis und die Eignung, am Körper versteckt zu werden; selten blieb mehr übrig als die Groschen für die Rückfahrt ins Westzentrum, und zu der Peinlichkeit des unverdienten, nicht erwiderbaren Geschenks kam noch die Sorge, an der Ostgrenze, bei der Rückkehr in ein Zoll-Ausland, durchsucht zu werden. Sie stieg aus und holte beiläufig aus der Schuhspitze die Zettel und die Rezepte, die die Ärzte ihrer Anstalt wortlos auf den Schwesterntisch legten, und besorgte die westlichen Präparate in Apotheken, die sie wechselte, schon mit ein bißchen Unruhe im Nacken, denn auch solche Einfuhren waren von den ostdeutschen Behörden verboten, dem Absatz der eigenen Medizinen zuliebe, und zwar strenger. Sie stieg aus und besah die Filme, für die Leute mit ostdeutschem Ausweis kein Westgeld bezahlen mußten; sie stieg aus, um bloß spazieren zu gehen, entzückt von den mit vielen Sorten, reichlich versehenen Schaufenstern, oft befremdet von der Ähnlichkeit, die die Fassaden darüber einhielten mit Häusern in Ostberlin, eigentlich darum verlegen, die Herkunft der Unterschiede zu begreifen. Sie war ausgestiegen mit einem jungen Westdeutschen und eine Nacht geblieben. Sie hatte geleugnet je auszusteigen. Sie war nicht über die Verhältnisse hinaus verlogen. Den Verhältnissen zuliebe hatte sie aufgegeben, ihre Handlungen aus der eigenen Sprache in die ihres Staates zu übersetzen; sie hatte gelernt, sich für eine

39

andere auszugeben bei Leuten, die der Macht und Gewalt des Staates verwandt waren, bekannt oder ähnlich, kenntlich an Wortschatz, Fragestellung, Abzeichen, Uniform und einem Zusammenhang von Blick und Gehabe, den erst sah, wer dem sich anpaßte. Sie log auf die Frage nach Besuchen in Westberlin, weil sie das Verbot begriff für die, die es verhängten, für sich selbst nicht. Die Städte Berlin waren für sie immer Nachbarschaft gewesen, die Gegend nebenan, genutztes Eigentum, und es war ihr nicht recht gewesen, wenn B. in Westberlin doch immer für sie bezahlte mit seinem Geld, als wäre das nicht ihre Stadt, und Ostberlin vermied, als würde das seine nicht. (Daraus hatte es einen Streit gegeben.)

Durch eine Umstellung des Dienstplans Anfang August fiel ihre freie Zeit zu von Sonnabendmittag bis Anfang der übernächsten Nachtschicht, ihre Freundinnen waren im Westen verabredet, so daß sie sich zu einer Fahrt nach Potsdam entschloß. Beinahe hätte sie die Fahrt in Westberlin unterbrochen. Nicht weit von der Strecke kannte sie ein Haus, da war an nahezu jedem Sonnabend eine Wohnung offen für Gäste. Dort, im Januar, war ein junger Mann ihr auf den nächtlichen Balkon nachgegangen, hatte um Erklärung der Gegend gebeten und nicht zugehört, betrachtete sie heimlich von der Seite, mühsam gelang ihm zu sagen was er wollte. (Da waren die Fassaden unter ihnen schon grau ge-

40

worden.) Die staubigen, leeren Straßenkanten des arbeitsfreien Tages brachten sie wieder vom Aussteigen ab. Überdies hatte sie einen Brief von B. bekommen und wollte ihn lange lesen, am Wasser vielleicht; griff aber unterwegs schon in die Tasche und befühlte den Umschlag, überwand sich der Nachbarn wegen. Die Grenzpolizei hatte auf dem letzten ostberliner Bahnhof so viele Leute aus dem Abteil geholt, da schien es fast ausgeräumt. Erst tief im Westen hatten Fahrgäste mit einem Mal eine Tasche zu schwer, einen Mantel zu viel bei sich und zogen in Strähnen hinaus auf den Bahnsteig, liefen mit unstetem Halsrucken zum Ausgang auseinander, so daß die D. im Nachsehen dachte, nicht ohne Bosheit mitleidig: Das Schlimmste kommt euch noch. Jetzt täglich über eintausend Leute warfen den ostdeutschen Ausweis weg, in der Woche ein Dorf, im Monat eine kleine Stadt, und aller Angst vor der Fremde verengte der D. den Hals, als ginge sie heute schon mit.

Zwar waren ihr die Anblicke beiderseits des Viadukts geläufig, in ihrem Gedächtnis lagen die Bauschichten der Kriegszerstörung, danach der Behelfsbauten, endlich der Neubauten um das westliche Zentrum übereinander; sie wäre bedenkenlos über die zwischen Hochhäuser gezwängte Straße gegangen, die der Zug klappernd überquerte, und die Unterschiede des äußeren Anblicks zu Ostberlin waren ihr so bekannt wie die bräunlich gebeizte

Brandmauer neben den Geleisen und die jedes Mal wiederholte Vorstellung, wie neben den fahrenden Zügen zu wohnen wäre. Sie kannte die Linien der hiesigen Verkehrsmittel, die Stadtteile lagen in ihrem Bewußtsein voneinander abgehoben, sie hatte auch keine Scheu im Gespräch mit Westbürgern. Noch das übermäßige Angebot von Waren und die Art zu leben in diesem Gebiet waren ihr nicht unheimlich, aber eigentlich wußte sie nicht, welche Wirtschaft es zusammenhielt und aufbaute. Ihre politischen wie ihre ökonomischen Kenntnisse des Währungsgebietes Westmark hatte sie aus dem anderen Gebiet bezogen. In den Versammlungen ihrer Gewerkschaft war sie zwar meist von Arbeit müde und konnte auch die Sprache schwer verstehen, in der der freien Warenwirtschaft das baldige Ende vorausgesagt wurde; bei Aufenthalten in Westberlin war ihr das Westgeld regelmäßig zu schade gewesen für Zeitungen, und in gefundenen hatte sie meist doch nur gesucht nach Nachrichten über den eigenen Staat, die denen ihres Staates widersprachen. Bei Ausdrücken wie Kapitalkonzentration und Abschreibung wurde ihr leicht schwindlig hinter der Stirn, denn sie war nach der zehnten Klasse abgegangen und war über den Rest der Welt in der Schwesternschule unterrichtet worden von Speziallehrern, die nach langjährigen Rundreisen den dörflichen Ort eher angesehen hatten auf die Kneipe und die älteren Schülerinnen auf Entgegenkommen in den dunklen Gängen. Aber in ihrem Streit mit B. hatte sie sich verhalten, als könne sie die ganze Welt in ihren Gedanken als ein Modell aufbewahren, und so hartnäckig sie sich im Recht geglaubt hatte, in der Erinnerung war sie nahe dem Gefühl, das Kinder beim Lügen haben, und sie wünschte B. einen Augenblick dringlich neben sich, ihm blickweise abzubitten. Beim Aufblicken fand sie die verbliebenen Passagiere zu ihr hinsehen, und endlich setzte eine Frau neben ihr zum Sprechen an, als der Zug anruckte in Richtung auf den Bahnhof, der für Bürger Westberlins schon gesperrt war. Die Nachbarin blickte verwirrt, als sie beide dem ostdeutschen Grenzpolizisten den gleichen Ausweis hinhielten. Die D. hatte ihre Kleidung, auch ihre Schuhe, tatsächlich in Westberlin gekauft, aber ihr war, als sei sie der Frau auch aus einem weiteren Grund wie eine Fremde vorgekommen, und sie hätte ihr am liebsten gerade in die Augen gesehen. Die Nachbarin war aber mit dem Polizisten in Streit geraten, weil der drittens sich nach ihrer Einkaufstasche erkundigte. Erst als er drohte, sie zum Aussteigen zu nötigen, breitete sie ihr Eigentum aus, ließ aber das Nörgeln über die lästigen Kontrollen nicht, bis der Uniformierte gutmütig warnend sagte: Wird schon werden. Dauert nicht mehr lange. Die D. zog den Mantel um sich zusammen, setzte Knöchel neben Knöchel, besann sich doch und bückte sich nach dem Kamm der Frau. — Ist doch wahr: sagte die, um ihr unverhofftes Verstummen abzufangen. Die D. nickte vor sich hin. Sie war miterschrocken, als der Polizist der Frau die Sprache verschlagen hatte.

B.s Brief fiel ihr erst wieder ein auf der Rückfahrt vom Baden. Sie saß auf dem Vorderdeck des Ausflugdampfers, der vor der Caputher Kettenfähre wartete. Umdrängt von einer Klasse Schuljungen, die den Möwenpulk über dem Durchstich mit Brotwürfen zersprengten, verbrannt und lahm vom Schwimmen las sie von dem Papier, durch das Wasserreflexe schienen. In wenigen Tagen, an einer Straßenecke in Ostberlin wollte B. von ihr wissen, ob sie den Streit vergessen könne und einmal mit ihm kommen nach Westdeutschland, vielleicht. Leise auflachend schüttelte sie den Kopf über die ernsthafte Bemerkung. Sie steckte den Brief nicht ins Netz zurück, da die Schriftzüge neben den nassen Badesachen hätten zerlaufen können. Dann wurde sie abgelenkt durch die Ausflugskinder, die sie nach der Uhrzeit, dem Bahndamm im See, nach Wäldernamen fragten und von ihrem Zeltlager erzählten bis zur Anlegestelle, weil die hübsche Erwachsene mit ihnen redete wie mit Erwachsenen. Am Abend in der Küche verglich sie B. mit ihren Brüdern, die zu einem Pflichtbesuch bei der Mutter gekommen waren. Würde er auch auf Wachstuch Karten spielen, mit einem Dumperfahrer, mit einem Elektriker? Und als Fotograf konnte er in diesem Lande nicht arbeiten. Sie stellte sich B.s breiten, flachen

Rücken vor neben den harten Schulterbögen ihrer Brüder, dachte auch unbehaglich an den Bahnhof, in dem sie nicht ausgestiegen war. Der Skat kam nicht auf gegen ihre Unachtsamkeit, sie merkte sich die Trümpfe falsch, spielte wie ein Anfänger, und als sie angeschnauzt wurde, überließ sie ihren Platz ohne Widerrede dem jüngsten Bruder, der seiner Oberschule wegen dem Spiel geringschätzig zugesehen hatte, eigentlich aber darauf brannte, es aufzunehmen mit den Erwachsenen, die schwerer arbeiteten als er. Auf dem Stuhl am offenen Fenster, im friedlichen Lärm, zwischen dem Licht von Küchenlampe und Straßenlaterne schlief sie ein.
Am nächsten Morgen erklärten die ostdeutschen Sender die Grenzen Westberlins für gesichert, und die Rundfunksender der verbotenen Stadt übersetzten: daß ihr Gebiet gesperrt war für alle gewöhnlichen Leute aus Ostberlin und Ostdeutschland, ob einer dort einkaufen wollte oder Freunde besuchen, ins Kino gehen oder in das Lager für Flüchtlinge und durch die Luft kommen nach Westdeutschland in die offene Welt und eine andere Art zu leben. Die D. lief gleich zur Stadtbahn. Die Züge würden nicht mehr fahren. Auf der langen Brücke im Schilfwind über dem Ferienwasser hatte sie vergessen zu heulen, und was sie dachte war schon Schadenfreude gegen alle, die sich zu lange Mühe gemacht hatten mit Nachdenken über ihren Staat, wie sie. Allerdings kannte sie ihre Staatsmacht nicht ge-

nauer als namentlich. Die Inhaber der Macht waren ihr nicht gezeigt worden bei ihrer Ausübung, sondern halb verdeckt durch Rednerpulte, geschützt durch die Brüstung von Opernbalkonen. Der Staat beschrieb seine Vorzüge aus den Nachteilen des vorigen, er führte seine Macht zurück auf den Ausgang des Krieges; da war sie vier und ein halbes Jahr alt gewesen, sie mußte sich auf die Auskünfte der Älteren verlassen. Lange Zeit war der Staat für sie eine Einrichtung der Erwachsenen gewesen, der Beamten wie der Lehrer, gegen die sie sich verteidigen mußte mit Größerwerden, den gewünschten Zeugnissen, der vorgeschriebenen Arbeit. Zu mehr als Arbeit für den Staat war sie nicht gekommen, nachdem sie ihn bei Lügen ertappt hatte, auch aus Gleichgültigkeit gegen Politik, auch weil die Nachmittage schulfrei waren, die Geschwister jünger, die gleichaltrigen Jungen so gierig auf Gänge in den Wald, Fingereien an den Geschlechtsteilen. Später wurde sie ausgeschlossen von den höheren Klassen der Schule und vom Studium, weil der Staat sie nach dem militärischen Rang ihres Vaters, so tot er war, für die Tochter eines Verbrechers ansah; sie war aufsässig geworden gegen die Lehrer, die den Staat verteidigten, hatte gläubige Mitschüler geneckt mit der flotteren Musik der westdeutschen Sender, der modernen Bekleidung in den Schaufenstern Westberlins, mit dem Schulgeld, das auf dem Papier der Verfassung abgeschafft war. Dennoch war ihr Vertrauen unterlaufen gegen den Staat, so unbegreiflich wie allgegenwärtig anwesend und eher, als sie denken konnte. Als sie anfing zu denken, war die Schwesternlehre dringlicher gewesen, auch die Flucht vor der Familie, auch der gefühllose Vergleich zwischen den beiden Arten in Deutschland zu leben. Sie hatte unter diesem Staat gelebt wie in einem eigenen Land, zu Hause, im Vertrauen auf offene Zukunft und das Recht, das andere Land zu wählen. Eingesperrt in diesem, fühlte sie sich hintergangen, getäuscht, belogen; das Gefühl war ähnlich dem über eine Kränkung, die man nicht erwidern kann, es drückte auf die Kehle, erschwerte das Atmen kaum merklich, wollte sich ausdrücken.

In der Nacht war ihr ältester Bruder nach Ostberlin zurückgefahren, Familie. (Die D. konnte ihre Schwägerin leiden, wußte auch den Namen und die Eigenheiten des Nichtenkindes, aber an diesem Vormittag dachte sie nicht in Sätzen, sondern in dumpfen, unüberlegten Gründen: Familie. Krieg. Die Amis. Gestern.) Der Älteste hatte vor seiner Heirat noch mit ihr sich geteilt in die Aufgabe, die jüngeren Geschwister zu beaufsichtigen, die Mutter zu erziehen. An diesem Vormittag fiel es ihr schwer, ihn zu vertreten, so befremdlich auch die Verantwortung für die Familie sie ablenkte von dem harmlosen Badenachmittag, den sie gestern vertan hatte in der Meinung, es sei Frieden und nicht der Tag vor einem Sonntag, an dem der Staat mit Vorliebe seine

47

größeren Eigensuchten durchsetzte. So leicht blöden, halb tauben Bewußtseins blieb sie in der Küche beim Abwaschen, Bratenbinden, Kochen, und wartete, bis die beiden Jungen sich an den Tisch drückten. Der Jüngste hatte nachts angeben wollen vor den Großen mit seiner Unempfindlichkeit gegen Alkohol und klagte über Kopfschmerzen; sie wandte sich nicht einmal um, als sie an das Radio auf dem Schrank griff und das leise Murmeln auf die Lautstärke der Massenkundgebungen hochdrehte, und sie war nicht neugierig auf die Gesichter hinter ihrem Rücken, da sie dazu ihrs hätte zeigen müssen. Beim Weiterarbeiten hörte sie halbwegs auf die unpraktischen Vorschläge des Mittleren, der durchs Wasser nach Westberlin wollte, mit dem Motorrad übern Stacheldraht; ohnehin machte er jeweils Pausen (wo sie hätte antworten können: Wachboote. Stacheldraht ist elastisch) und dachte auf der Faust kauend sich selbst Bescheid. Später rechnete sie gegen sich, daß sie das Schweigen des Jüngsten nicht beachtet, oder doch sich nicht gewundert hatte über seinen in die Hände weggelegten Kopf. Die Sender der abgesonderten Stadt schrien bei offenem Fenster so laut wie 1953 auf die Straße, was sie damals nicht begriffen hatte. Der Streit begann, als ihre Mutter aus der Kirche zurückkam, übel zugerichtet von der geistlichen Handreichung für Zeiten der Not, und gefühlsselig Anstalten machte, flennend der Tochter um den Hals zu fallen. Die D. ließ sie in der offenen Wohnungstür stehen, sie duldete auch die albernen Blicke der beiden Jungen untereinander und auf die verwirrte, schniefende Alte, die jammernd von Schublade zu Schublade schlurfte und Dokumente der Familie suchte. Beim Mittagessen wurde der Jüngste hart aufgezogen mit den Vorzügen dieses Staates, die er noch gestern von seiner Oberschule hatte weitersagen dürfen, und obwohl die D. ihn von klein auf großgezogen hatte, nahm sie ihn nicht in Schutz. Als er zuschlagen wollte, knallte sie nicht dem andern, sondern ihm eine Ohrfeige und schickte ihn vom Tisch, damit es still war. Als die Älteste durfte sie keine Schwäche zeigen.

Auf dem Weg zum Bahnhof wurden ihr die Backenmuskeln steif, sie ging schiefköpfig. Nach dem ältesten Bruder verlangte sie sehr. Manchmal versuchte sie Passanten ein Verhalten vom Gesicht abzulesen, als könne ihr das raten. Unachtsam wich sie aus vor den Posten, ließ sich im Gedränge mitziehen zum Bahnsteig der Fernbahn. Die doppelstöckigen Züge, die jetzt Westberlin in weitem Bogen umfahren mußten, brauchten mehr als zwei Stunden bis zum Ostbahnhof, warteten lange unterwegs, waren überfüllt und heiß. Neben ihr standen Betrunkene, die mit gefährlicher Herzlichkeit erörterten, ob ihr Vorgesetzter seine Schreibmädchen mit ins Bett nahm oder nicht; sie reichten ihre Taschenflaschen auch den Nachbarn, die wollten nicht trinken. Sie hörte

Gespräch, aber nichts über den verrückten Umweg, nichts über die militärischen Lastwagen, die an Bahnschranken aufgehalten und zu sehen waren. Ihr wurde kein Sitzplatz angeboten, niemand sah ihr auf den Busen, ins Gesicht. Die halbhohe Sonne über roten Dachfirsten, darunter stille grüne Hintergärten sahen aus wie eine andere Zeit. Der Ostbahnhof war überlaufen von Leuten, knallte mit Durchsagen, Uniformierte standen an den Wänden und Durchgängen und sahen den Zivilisten unters Kinn, über den Scheitel, kehrten gern den Rücken. Im Kopf der Stadtbahnzüge waren die Stationsschilder von Westberlin ersetzt von handgemalten. Sie machte keinen Versuch, näher an die Grenze zu kommen. Mit wie vielen natürlichen Einzelheiten auch in Gesprächen vorher sie sich ereifert hatte, die Stadt sei nicht zu trennen von der anderen Hälfte, die erste Nachricht hatte ihr die Einschließung unzweifelhaft gemacht.

Vor dem Dienst noch fast eine Stunde lang zu Fuß lief sie zu ihrem Zimmer. Die Straßen waren nicht sonntäglich, aus den Fenstern kam nicht Radiomusik, die Balkons hingen leer. Mehr als sonst Spaziergänger schienen zu warten auf ein Ereignis, das gerüchtweise ausstand, wie auf ein Feuerwerk, ein Gewitter. Einmal lief sie in eine Reihe von jungen Leuten in weißen Hemden und bunten Kleidern, die langsam gingen wie in der Sommerfrische; sie hatte die Lippen schon halb offen, sah ihr aufgerissenes Gesicht gespiegelt in der Sonnenbrille vor einem wortlosen unbewegten Gesicht, sie wandte sich rasch ab. Ihr war als hätten sie gesprochen, aber sie konnte nicht darauf kommen, an wen der Fremde sie erinnert hatte.

Der Biergarten an ihrer Straßenecke war leer, aber das Innere der Kneipe so laut und rauchig von Angetrunkenen, daß sie nicht da durch mochte und fragen, ob der älteste Bruder ihretwegen angerufen hatte. Die Wohnung war leer. In ihrem Zimmer stand eine vergessene Tasse auf dem Fensterbrett. Einen Augenblick lang glaubte sie zwei Tassen zu sehen und B., der auf dem steiflehnigen Stuhl hing, eine Hand hinter dem Kopf, das Gesicht gegen den Hof gewandt, wie beim Warten. Im Ausatmen wurde der Fensterrahmen leer. Sie wartete eine halbe Stunde bei angelehnter Tür auf Schritte an der Treppe, alle gingen vorbei, keiner faßte nach der Drehklingel.

Als sie gegen neun durch die Säle ging, waren die Patienten noch wach. Sie sagte sehr leise die Tageszeit, schaltete das Licht aus. An der Tür wurde sie zurückgerufen von einer alten Patientin, die so lange auf der Station war wie sie auch, sie hatte sich manchmal bei ihr hingesetzt. Sie wurde gefragt was denn werden sollte. Sie mahnte stillzuliegen, sie brachte es nicht über sich zu sagen: Wird schon werden. Auf dem Flur schämte sie sich, aber nicht ohne Trotz. Es war nach der Vorschrift, die Patienten vom

Nachdenken abzuhalten. Und sie hatte es noch nicht gesehen, sie mochte es nicht wirklicher machen durch Reden. In der Nachtschicht kam man in der Regel zum Stillsitzen, und dreimal wurde Kaffee getrunken im Schwesternzimmer, davor war ihr bange, und im Grunde war sie den Patienten dankbar, die in dieser Nacht öfter als in anderen klingelten um Schlaftabletten, Aufschütteln der Kopfkissen, einen Arzt, obwohl sie zu ihren dreißig Betten noch die von Frau S. versorgen mußte, die nicht den Dienst angetreten hatte. So kam sie nicht zur Besinnung. Das Korridorlicht, gemischt aus den Farben von Linoleum und hellem Türlack, erinnerte an die Zeit von gestern. Ab und an lehnte die Leiterin der Station sich aus dem Schreibzimmer, aber die D. war immer noch allein, und um Mitternacht setzte sich die Vorgesetzte zu ihr in die Teeküche. – Sie bleiben auch nicht mehr lange Seitenschwester: sagte sie gelegentlich, und die D. stand vom Tisch auf unter einem Vorwand, ohne etwas zu antworten. Die Laborassistentin, die unverhofft in der Tür stand, konnte angehört haben was klang wie ein Lob für freiwilliges Hierbleiben, die D. hatte aber nicht die Wahl gehabt, und sie fürchtete zudem den Klatsch unter den Assistentinnen, weil sie den Ton im Labor nicht kannte.

Das Wohlwollen der Vorgesetzten hielt jedoch an bis zum Morgen, und als für die D. ein Ferngespräch auf die Station gelegt wurde, ging sie freiwillig aus dem Zimmer, als die D. anfing zu sprechen. Aus Potsdam versuchte die Mutter erst des langen zu erklären, daß sie die Nacht über auf dem Postamt hatte warten müssen, sie schilderte das Benehmen der Schalterbeamten und klagte allgemein über die Morgenkälte und die Undankbarkeit der leiblichen Kinder, bis ihr einfiel zu sagen, daß der Jüngste nach einem zweiten Streit am Nachmittag die Wohnung verlassen hatte, und seine Schulzeugnisse fehlten. Mehr erfuhr die D. nicht, da inzwischen die Zeit für Ferngespräche rationiert war und die Vermittlung die Verbindung mitten im Sprechen trennte. Sie war so müde, daß sie nicht einmal gehörig erschrak.

In der Untergrundbahn saß sie gegenüber einem Fahrgast, der wie zu Hause aus der Morgenzeitung vorlas über die Sperrung der Grenze, nur die Überschriften, aus denen er einzelne Worte, wie Frieden und andere, hörbar wiederholte, mit kleinen verächtlichen Husten dazwischen. Er war ein unauffälliger, bäuchiger Alter mit einem dicklichen Gesicht, er hatte nichts Westliches an sich, trug waschbleiches Arbeitszeug, und vielleicht war er nur nicht ausgeschlafen. Die D. achtete nicht gleich auf ihn, weil er durch einen anderen Fahrgast verdeckt war, auch weil sein Benehmen gestern nicht aufgefallen wäre; das Flimmern des gelben Morgenlichtes zwischen Fensterscheiben und Hauslücken, das Schwanken des Wagens schläferten sie ein, und sie fuhr erst auf, als drei (drei? ja) jüngere Herren in ordentlichen Anzügen, an denen das Abzeichen der staatlichen Partei gestern noch nicht so hervorgestochen war, den Mann vom Sitz zogen zum Türgang und ihn an der Abteilwand mit allgemeinen Drohungen umstellten wie: solche kenne man jetzt lange genug, jetzt gebe es da Gelegenheiten. Die Fahrt ging mittlerweile ratternd in die Erde, aber da mit einem Mal keiner sonst sprach, meinte die D. das Wort Erziehungslager verstanden zu haben. Die abgewandten Köpfe der anderen Abteilinsassen, die Zeitung vorm Gesicht ihres Nachbarn schüchterten die D. ein, und es sah am Ende beiläufig aus, wie sie aufstand und sich neben die brüllende Gruppe stellte, damit der Alte nicht verloren ging. Er stand ruhig unter dem Arm, den einer der Kerle neben seine Schläfe gestemmt hielt, und äußerte sich keinmal über die Scheiße, die die drei in seinem Gehirn vermuteten. Er hielt die Augen geschlossen mit dikken Brauenwülsten und horchte wie ein Blinder den Fahrtgeräuschen die Entfernung zur nächsten Haltestelle ab. Dort schubsten sie ihn auf den Bahnsteig. Der eine traf beim Umwenden den haltlosen Blick der D. und nahm ihr gleich Maß; sie war aber feige genug auszusteigen. Es war für sie ein falscher Bahnhof. Sie sah dem Mann hinterher, der aufrecht aber mit still hängenden Armen zum Ausgang strebte. Sie wünschte sich unverhofft und dringend, ihm geholfen zu haben, um ihn jetzt zu kennen. Sie verließ die Station zur anderen Seite, und wieder kam ihr eine Ecke aus bürgerlich verhängten Fenstern um das Geländer des Treppenschachts vor wie eine Vergangenheit. In der Telefonzelle fürchtete sie eine unsinnige Sekunde lang, alle Leitungen seien unterbrochen.

Der Baubetrieb, bei dem ihr ältester Bruder beschäftigt war, hatte seiner Fernsprechzentrale untersagt, die Arbeitsplätze des Tages zu nennen. Die D. wurde aber mit der Pförtnerkabine verbunden, hörte aus dem Hintergrund Wellen von Lastwagengeräusch, auch hitziges Geschrei, bis sie ihren Namen wiederholte und zurückschnauzte, so daß sie die Adresse des Montageauftrags bekam. Gegen Mittag war sie an der ersten Armeesperre vor der Grenze. Bis zur dritten brauchte sie noch eine Stunde, aber da hatte sie begriffen, daß sie die Schwesterntracht absichtlich nicht gewechselt hatte, und ging wie zu einer Hilfeleistung vorbei an den Posten, wenn die nicht auf einem Wortwechsel mit der jungen Person bestanden, die waren in ihrem Alter aber aus Dörfern. An einem Schützenpanzerwagen war kein Zwischenraum frei, den einer wie dazugehörig hätte überschreiten können. Hier waren nirgends Zivilisten zu sehen als ab und an oberhalb in den schmalen Arbeiterfenstern, die Straße lief weiter zwischen verunkrautete Trümmergrundstücke, im fernsten Knick lud ein Kran gebündelte Betonpfähle von einem Tieflader. Bis zu der letzten Postenkette und den

Bauarbeitern war die Fahrbahn leer. Sie konnte einem Offizier erklären, daß ihr eigener Bruder vorn Scheinwerfer anbrachte. Sie gab sich unbefangen, aber die verhangene Hitze drückte, und vor Hunger hätte sie sich am liebsten angelehnt. Der Offizier las ihren Ausweis bis zum letzten Blatt, dann bis zum ersten, steckte ihn in die Brusttasche, trat zur Seite. Sie kam nicht auf den Gedanken zu laufen. Die Lücken zwischen den Arbeitern verschoben sich unablässig mit deren unvorhersehbaren Bewegungen, und das westliche Gebiet mochte zehn Schritt dahinter sein, der Gedanke an den jüngsten Bruder ließ sie langsam gehen. (Auf dieser Straße war sie nie nach Westberlin gekommen.) Die Adresse erwies sich als falsch. Hier wurden keine Beleuchtungen montiert. Sie begriff nicht, wie der Offizier sie dazu nach vorn gelassen hatte; unentschlossen ließ sie sich von einigen Soldaten in ein Gespräch ziehen und sah wie die den Griffen der Maurer zu. Vor ihr war die Sperre fast in Augenhöhe, in der Dammitte nicht viel tiefer, der jenseitige Bürgersteig noch unverstellt. – Daß ihr euch das traut! fragte sie die mit den Maschinenpistolen und wies mit dem Kinn undeutlich über die Straßenbreite. Die lachten. Sie hatten verstanden: so dicht am Westen, denn zwar war ihnen was von einem Gegner gesagt worden, mehr von dessen Schwäche. Sie hatte gemeint: ihr könnt euch doch nie wieder unter die Leute wagen, und sie war so verblüfft über die Ein-

ladungen zum Tanzen, zum Beischlaf, daß sie schon zurückgegangen war, ehe sie hatte antworten können. Den Blick des Offiziers, der ihr den Ausweis zurückreichte, verstand sie nicht.
Die Krankenschwester kam noch mehrmals in die Nähe der Befestigungen, wenngleich so nahe nicht noch einmal. Ihren Bruder fand sie nicht, nur Angehörige seiner Brigade, die ihn an diesem Tag noch nicht gesehen hatten. Sie wußte gar nicht welchen Rat sie wollte, sie wünschte den Älteren nur zu sehen. Auf dem Ostbahnhof hatte sie die Fahrkarte nach Potsdam schon in der Hand, da erfuhr sie die Sperrung Ostberlins für Einreisen, und besann sich auf ihren Schichtplan. Als sie lange vergeblich an der Wohnungstür geklingelt hatte, hinter der sie den Bruder jedenfalls glaubte, nachdem sie ihn nirgends hatte finden können, war sie zu müde, gleich auf eine gewöhnliche Erklärung zu kommen, und glitt in das Gefühl einer von der Polizei verfolgten Person, die sie in einem Film über den Terror der Nazis in einem ähnlichen Treppenhaus gesehen hatte. Ihre Füße in den Sandalen waren grau vom Staub in der Stadt. Auf den Treppenstufen schlief sie ein mit dem Kopf gegen die zerkratzte Wand, bis sie aufwachte unterm Reden von Kindern, die rätselnd vor ihr standen. Eins davon war ihre Nichte, drei Jahre alt, mit den Augen ihres Bruders, groß genug fürs Spielen auf der Straße, nicht weit genug im Sprechen, um Auskünfte über den Aufenthalt der Eltern zu

geben. Die D. blieb noch eine Weile auf der Haustürschwelle sitzen und befaßte sich mit den Kindern, damit ihre Nichte die Fragen leicht vergaß, und kam dann eben noch pünktlich durch die übermannshohen Stahlblechtore des Krankenhauses.
Durch Gerüchte erfuhr die D. ihre Lage zuverlässiger als aus den Zeitungen ihres Staates. Faßlicher noch als eine Rundfunkstimme aus der Weststadt trug ein Blickwechsel zwischen Tür und Angel der Schwesternzimmer in ihrem Bewußtsein die Veränderungen der Grenze nach: wo Straßen aufgerissen wurden, vermauert, verdrahtet, verstellt, mit Hunden bewacht. Die Grenze war in die Erde gesenkt: die Stationen der Untergrundbahnstrecken, die mit der Weststadt Verbindung hatten, wurden verschlossen. Die Stadtbahn wurde nur auf zwei Strängen in den Westen gelassen, diese Bahnsteige waren Ausland für gewöhnliche Leute. Vor dem Riß zwischen den Städten flatterte ein gefährliches Netz aus Posten, Kontrollstreifen, Sperrstunden. Über den Dächern im dick verwolkten Himmel fielen die westlichen Flugzeuge in ihre Landekurven, stiegen auf in den nördlichen Luftkorridor nach Westdeutschland; jetzt waren sie unerreichbar.
Die Abschließung der Weststadt, die militärische Umstellung des ganzen berliner Gebietes zog Transportmittel und Nachschub aus dem zivilen System; die Lastwagen mit Frischgemüse und Fleisch kamen zu spät auf den Wirtschaftshof des Krankenhauses,

behinderten einander in der Einfahrt, blieben über die mögliche Zeit aus. Diese Verzögerungen waren in den Küchen nicht aufzuhalten und verwirrten die Arbeitsgänge der Stationen, blockierten die Fahrstühle, überlasteten das Telefonnetz. Die Unruhe auf den Gängen übertrug sich auf die Patienten und ließ die Klingeltafeln flackern. Ärzte und Schwestern, die den Sonnabend in der Weststadt verbracht hatten, kamen nicht in den Osten zurück; die Eilboten mit deren Telegrammen verirrten sich in den vielfältigen Bauschichten des Gebäudes. Die Stationen, die große Teile der Behandlung eingerichtet hatten auf Medikamente aus dem Westen, die in Handtaschen, Hosentaschen, Portemonnaies herangetragen worden waren, mußten überdies die Therapien ändern, mitunter ohne Rückendeckung, da auch Professoren ausgeblieben waren. Die Schwestern mußten zusätzlich Teilschichten übernehmen in Abteilungen, mit denen sie nicht vertraut waren; wenn die D. zu müde war für die Fahrt zu ihrem Zimmer, schlief sie auf einer Pritsche im Bettenlager. Über den jüngsten Bruder hatte sie nichts erfahren.
In diesen ersten Tagen machte sie eine Beobachtung, für die sie den Namen Solidarität gelernt hatte. Die beiläufigen Gespräche am Ende des Korridors fanden keinen Weg in die Akten der Verwaltung. Die Schwestern ließen einander nicht allein mit den Funktionären der Gewerkschaft, die zur Einberufung der regelmäßigen Versammlungen nicht Lust

hatten und nun in Einzelgesprächen die Auffassung von der Lage verändern wollten; ehe sie noch ihr Thema angehen konnten, waren die Rufzeichen schon eingeschaltet, und man hatte die Antwort vermeiden können. Frau S., die früher der D. kräftig die Erste Schwester herausgekehrt hatte, war am Morgen nach der Absperrung aus Westberlin zurückgekommen und erklärte ihre Familienverhältnisse, damit die D. den Entschluß verstand. Regelmäßig am Abend wurde einer die Aufgabe gegeben, die Oberin vom Betreten des Schwesternhauses abzuhalten, damit die anderen in den Nachrichten des Westfernsehens die Sperrbauwerke kennen lernen konnten, denen sie nahe genug nicht kommen würden. Der allgemeine Ton war vertraulich. Das verschwand nach einer Woche, als die Zeitungen des Staates ihren Ton nicht geändert hatten und Versorgung wie Betrieb des Kombinats fast wieder liefen wie gewöhnlich.

Eines Vormittags mußte der junge Herr B. tolpatschig genug gewesen sein, sie auf Station anzurufen. Die D. erfuhr nur, daß sie aus Westdeutschland verlangt worden sei; sie wurde aber nicht vermahnt, sie fand auch im Schreibzimmer keine Notiz. Sie war besorgt, die Verwaltung könne jetzt mehr auf sie achten. – Dieser Affe: sagte sie. Frau S. sah wartend auf. Die D. hätte sich auf den Mund schlagen mögen. Sie hatte die Verbindung zugegeben.

Um sechs Uhr öffnet die Schwester die Türen, hält

die Kranken an aufzustehen, zieht die Vorhänge weg, hilft den Unbehilflichen beim Waschen, richtet das Bettzeug. Die Frühstückswagen sind pünktlich aus dem Aufzug zu holen, beim Servieren sind die Diätvorschriften zu beachten, Fiebermessen, Tabletten abzählen, Spritzen sterilisieren, injizieren. Danach Visite, Eintrag der neuen Verordnungen, Vorbereitung von Patienten für die Operation. Schließlich Aussprache mit der Leiterin der Station über den Arbeitsplan, Rüge der Mängel. Da die Patienten aus dem Verhalten der Schwestern Rückschlüsse auf ihren eigenen Zustand ziehen können, muß ein gleichmäßiges, zuversichtliches Betragen zur Schau getragen werden.

Die D. vergaß sich nur einmal, als sie an einem Besuchstag in ein Gespräch mit einem Patienten hineinhörte. Der Vater des Kranken erzählte in beiläufigem, überhörbarem Ton etwas von den Leichenschauhäusern der Oststadt, die von Selbstmorden über die Platzzahl hinaus gefüllt seien. – Und das sind nur die geglückten: fügte er hinzu.

– Regen Sie mir die Kranken nicht auf! sagte sie, sie sagte auch etwas von Quatsch.

Sie konnte schon den Ton der Vollschwester, den eines Stehenden zu einem Liegenden, forsch und nett im Vorübergehen. Der Mann, der mit rundem Rücken dasaß, die Unterarme breit auf den Knien, hob nur den Kopf zu einem gelassenen Blick auf das junge Ding, das ihm dumm vorkam. Sie stand auf dem Korridor mit einer Hand auf der Klinke. Sie hielt dem Arbeiter zugute, daß er von der Herzschwäche seines Sohnes nichts ahnte; aber sie zweifelte nicht an dem Gerücht über die Leichenschauhäuser, und sie bedachte das erstaunte Gerede auf der Station über die D., die offenbar so eine war, den Staat vor einem Gerücht in Schutz zu nehmen.

Sie hatte sagen wollen: Stellt euch nicht so an. Ihr habt es die ganze Zeit gewußt. Heulen dürfen nur solche wie ich, die den Staat verstanden haben als einen strengen, wunderlichen Lehrer, er hat sich zu verstehen gegeben als unser Besitzer. Er hat einen Zaun um seinen Besitz gezogen. Euer Jammern kotzt mich an.

Aber sie versuchte den Mann abzupassen, als die Besuchszeit zu Ende war. Sie hatte sich ein Gesicht zurechtgelegt und einen vertraulichen Ton für die Verabschiedung. Der Mann ging an ihr vorüber, ohne den Kopf zu wenden. Beim Verteilen des Abendbrots sah sein Sohn, ein schwerer Kerl mit krankem Herzen, ihr zu mit blankem, kleinäugigem Gesicht, die Lippen versonnen vorgeschoben.

Und als sie im Drahtgeflecht des Fahrstuhlschachtes eine westberliner Freundin die Treppe heraufkommen sah, trat sie zurück und zeigte sich erst eine Weile später wieder auf dem Korridor, obwohl sie nichts anderes erwartet hatte, als daß die, in einer Ecke zwischen den Schränken, sich zwischen Rock und Bluse in die Hose griff und einen zweiten Aus-

weis herausholte. Sie betrachtete das Lichtbild auf dem zerknitterten grauen Schreibleinen und konnte das Geflüster der Freundin nicht aufnehmen. Ihr Gesicht war im Joch breiter. Ihr Haar war nicht so grau blond. Sie war nicht Studentin. Draußen war Nachmittag, schlieriges Licht in den Regensträhnen der Verglasung gegenüber dem Bahnsteig, auf den Leute mit einem solchen Ausweis traten an Posten vorbei, die nicht genug Zeit hatten für den Blick von Paßbild auf Gesicht und auf das Gesicht daneben. Als letztes würde sie die Spree unter der Brücke sehen, vielleicht einen Kahn, Möwen über dem Schiffbauerdamm. Die nächste Station war in Westberlin.
Sie gab den Ausweis zurück. Ihre Angelegenheiten waren nicht in Ordnung. Sie war mit B. nicht im Reinen. Ihr jüngster Bruder war nicht versorgt. Sie bestand aber darauf, daß sie während der Schicht das Krankenhaus nicht verlassen konnte, und sie verlor damit die Verbindung zu der Freundin, die so einen Grund nicht einsah und verärgert zur Kontrolle zurückfuhr, nicht ohne Angst vor Leibesvisitation mit dem zweiten Ausweis vor dem Bauch. Angst hatte die D. nicht gehabt.

5

Der Himmel über der kleinen Stadt, an den Rändern mit ihr verbunden in unauflösbar vertrauten Anblicken, war hell, unbeschädigt, versprach das Licht des September, den Herbst, die Nebel, Regen und Schnee, eine ordentliche Fortsetzung des Lebens nach der Gewohnheit. Der junge B. kam mit seinen Gewohnheiten nicht zurecht, ohne sie zu bemerken, belästigt von ihnen. Er versäumte keine Termine, er fotografierte den Schulanfang, die Vereidigung von Rekruten auf dem nächtlichen Marktplatz, Fischer mit enormer Beute, dazu wurde er geschickt; ihm fielen aber handelsfähige Motive nicht ein, er war unerklärlich zu müde, Bilder zu suchen, überhaupt müde, er verkaufte nicht gut, und immer öfter wurden jetzt seine Aufnahmen aus dem Blatt verdrängt durch Fotografien von Vorfällen an den Grenzen Westberlins. In Augenblicken ohne Beschäftigung, wenn er die nötige Arbeit erledigt hatte, auch mitten in Verkaufsgesprächen, ja beim Hemdenwaschen fühlte er sich leer, ging auf Ablenkungen ein, suchte sie, saß länger als üblich in der Redaktion auf dem Papierkorb, verdrückte sich in die leeren Nachmittagsvorstellungen des Kinos, trank bereitwillig mit, und erschrak gelegentlich, wie wenig Mühe er sich noch gab mit dem Sparen auf einen neuen Wagen. Auf das Verschwinden des knallroten Schmuckstücks schob er eine dünne Empfindung von Verlust, so beständig sie war. Als es ihm gelang, Kenntnis zu bekommen von Veränderungen am Flächennutzungsplan der Gemeinde, die das Büro des Bürgermeisters belasteten, die Geld wert waren, gab nicht einmal das ihm Auftrieb, und hätte ihn doch gleich auf den Weg bringen sollen. Vor Gedanken an die D. schrak er zurück, verschwieg sie vor Freunden, auch noch auf einer Party, die ihn an unglückselige Tanzstundenabende der Schulzeit erinnerte, weil er ohne Mädchen gekommen war, hoffnungslos den Paaren auf die Beine sah, und er betrank sich maulfaul, bis ihm am Ende alle Aufnahmen verwackelten, um deretwillen man den Fotografen einlud, in der Hoffnung auf seine Verschwiegenheit. Am nächsten Morgen konnte er sich nicht gut besinnen, und er merkte, wie nahe er daran gewesen war, mit Andeutungen den Neid der anderen auf sich zu ziehen, denn er bildete sich etwas ein, weil er in der größeren, der ehemaligen Hauptstadt eine umgelegt hatte, ihre Herkunft aus dem östlichen Teil der Stadt hätte sich romantisch darstellen lassen, die Erwähnung ihres Berufs hätte jedem seine eigenen Vorstellungen von der Erfahrenheit einer Krankenschwester in körperlichen Funktionen nahegelegt, und schließlich wäre seine Trennung von ihr noch recht gewesen für Achtung vor dem Leidenden, aber dann hätten sie ihn gefragt, was er unternahm zu ihrer Hilfe, eine Antwort traute er sich

65

vorläufig nicht zu. Für sich allein hielt er fest an einem gefühlvollen Verzicht auf Beziehungen zu Mädchen, den er sich als Zuwachs an Erfahrung auslegte, denn er hatte einmal einen Schauspieler dergleichen in nobles Wesen verwandeln sehen. Er war aber ungern allein, behinderte die neuen Liebhaber der von ihm aufgegebenen Mädchen mit seinem Benehmen des guten alten Freundes, seinem gedrückten Gehabe. Dabei, in Gesprächen überall, mit Kunden der Drogerie, auf der Redaktion, bei Aufnahmen im Lande, im Ratskeller mochte er sich dann nicht versagen und ließ zu, daß seine Reisen nach Berlin ihm als Kenntnis der Verhältnisse von Berlin angerechnet wurden, und erzählte gelegentlich auch wie eine eigene Erfahrung, was er allmorgendlich in der Kreiszeitung las. Inzwischen waren seine Aufenthalte in der fremden Stadt ihm weniger faßlich als die Wochenschaubilder im Kino.

Sein Geschwätz über die Mauer, als Weltläufigkeit vorgetragen, trug ihm aber nicht viel Beachtung ein von den Bürgern, die sich nicht schuld glaubten an der Abschließung eines Staates, den die öffentliche Berichterstattung ihnen ohnehin als einen nicht belebenswerten, aufgegebenen Ort geschildert hatte; aber es zog ihm einen Bauernsohn auf den Hals, der auf der Suche nach B. auf dem Traktor durch die Hauptstraße zog und ihn in der Drogerie fand. Der Junge war wenig mehr als neunzehn Jahre alt, und er bat den Älteren mit einer hemmunglosen

Vertraulichkeit, bei einem nächsten Besuch einen Brief mitzunehmen für ein Mädchen in Ostberlin. B. war geschmeichelt, wenn auch abgestoßen durch die Ehrlichkeit, mit der der Junge sagte, abgewandten Blicks, leicht kippenden Stimmtons, er könne die Trennung von dem Mädchen nicht aushalten. B. ließ sich zureden, er leugnete eigene Gründe für eine solche Reise, schließlich schickte er den Jungen um eine Bedenkzeit aus dem Laden, obwohl dem jede Stunde, die er bei der Ernte fehlte, Krach mit dem Vater eintragen mußte; deshalb konnte der jetzt keinen Tag vom Hof. Am Nachmittag in einem Gang zwischen Ladenhäusern ließ B. sich das Flugticket geben und einen geknickten, handfleckigen Briefumschlag, der sich dünn anfühlte. Er hatte die dankbaren Beteuerungen des Jungen noch überzogen mit der Behauptung, er habe nur den einen Sonntag frei für die Reise, und da er die Geschwätzigkeit der Mädchen im Reisebüro fürchtete, mußte er für teures Geld mit dem Hamburger Flughafen telefonieren, damit das Abflugdatum auf den Tag davor geschrieben wurde, und die Ausgabe reute ihn. Am Sonnabendmorgen im frühesten Zug war er unausgeschlafen genug, das ganze Unternehmen zu verfluchen, und die Fliege an der Wand ärgerte ihn so wie der Blick auf die überfüllte Autobahn und die Leute, denen ihr Auto nicht gestohlen war. Auf dem Flugplatz bemühte er sich noch einmal um das Benehmen eines Menschen, dem derlei Reisen alle Tage vorkommen, aber er stand zwischen Leuten, denen derlei Reisen alle Tage zu oft vorkamen, und die Schilder der teureren Auslandsrichtungen schüchterten ihn ein. Der Ruck, den das viermotorige Vollgas durch die Maschine stieß, machte ihm übel.

Im Grunde hielt er Fliegen nicht so sehr für eine teure, mehr für eine vornehme Art des Reisens. Untüchtigkeit konnte er nicht sich durchgehen lassen, er hielt den Blick aus dem Bullauge, vorgebeugt zum Verdruß seines Nachbarn, dem er um den Platz am Fenster zuvorgekommen war. Je länger er auf die im Frühlicht verschatteten Ackerfarben starrte, die unter dem Überfliegen ihren Umriß geringfügig verzogen, erschreckte ihn sein Abstand zur Erde. Er wollte seinen Zwang zu schlucken nicht für Angst nehmen, er mußte doch sich zurücklehnen und den Kopf an die Bordwand legen wie zum Schlafen. Nicht lange, er versuchte es wieder, ein tiefes Loch in der Wolkendecke sog ihn an, griff nach seinem Magen. Die Leuchtstoffröhre in der dröhnenden Toilette malte ihn bleich. Er stand nur vor dem Waschbecken, würgte leer, betrachtete sich mit Widerwillen. Als er zurückkam, lag sein Nachbar zum Fenster hingekrümmt. B. bot ihm an, die Plätze zu tauschen. Der ältere Herr hatte aber die Drängelei beim Einsteigen nicht vergessen und warf sich sauren Gesichts in den anderen Sessel wie in ein Eigentum. B. täuschte mit geschlossenen Augen Müdigkeit

vor. Als die Räder um ein Winziges ungleich aufsetzten, erschrak er vor dem Klirren der Küchenkästen, das ihm ungeheuer vorkam.
Sein Versagen war B. schwer zu fassen, und noch dem Fahrer des Taxis antwortete er einsilbig auf die Frage nach den Flugbedingungen. Die Luft zwischen den enormen Hausblöcken war schon heiß, durch Bombenlücken schlug weißes Licht in den Wagen. Auf den Bürgersteigen, über die Zebrastreifen gehen sah B. die Leute, bei Halten sah er Teile der Stadt, die Erinnerung an sein Gerede über Berlin und die Berliner zog ihm den Rücken krumm. Sein Vorhaben in dieser Gegend schien ihm gefährlicher auf einmal, seine Unausgeschlafenheit machte ihn unsicherer. In einer Seitenstraße beobachtete er, wie ein vor dem Taxi fahrender Wagen unmerklich bremste, als das Mädchen auf dem Beifahrersitz eine Tasche aus dem Fenster hielt und sie gegen eine ähnliche tauschte mit einem Mann in hellem Kittel, der so rasch auf dem Bürgersteig verschwand wie der Wagen vor dem Taxi. Der Chauffeur äußerte sich nicht zu dem merkwürdigen Vorfall, der in B.s kleiner Stadt viel Mutmaßung hergegeben hätte, und B. traute sich nicht. Er gab zuviel Trinkgeld, aber der Fahrer nickte gleichmütig und wies auf die abgeräumte Fläche vor dem Grenzübergang, die B. nahezu vergessen hatte. Mit dem Fuß auf der weißen Trennlinie kam ihn an umzukehren, aber er mochte den Blicken der weststädtischen Polizei

hinter ihm nicht auffallen. Bevor er noch hätte nachdenken können, stand er vor dem oststädtischen Polizisten, der von dem Paßbild ihm in die Augen sah, achtlos sich abwandte; auf der Lattenbank im Warteraum saß er unruhig, blickte zu den Türen, erschrak vor dem Räuspern im Lautsprecher. Es ging ihm gegen den Strich, sich mit dem ostdeutschen Staat anzulegen auf eigene Faust, und sei es wegen des Briefes, den er in der doppelten Hemdenmanschette versteckt hielt, und übrigens hatte er so oft sich vorgestellt, den Umschlag zu öffnen und das Geschriebene zu lesen, daß in der Müdigkeit die Einbildung immer lebhafter sich ablöste wie eine wirkliche Handlung. Im Halbtraum suchte er schon nach Entschuldigungen gegen die Empfängerin, als seine Nummer aufgerufen wurde. Aufschreckend war er sicher, den Brief nicht erbrochen zu haben; etwas anderes hätte er sich nicht zutrauen mögen.

Den Weg hatte er ebenso auswendig gelernt wie die Adresse, so daß er nicht in der Straßenbahn und nicht beim Umsteigen fragen mußte. Er glaubte jedoch erkannt worden zu sein als ein Westdeutscher, obwohl keiner ihn ansprach, und so stellte er sich in ganzer Breite vor die Klingelleiste, das Namensschild neben dem gedrückten Knopf zu verdecken. Aber die Straße war kaum begangen, und im Schloß der Haustür rührte sich nichts. Er hätte gern aufgegeben, seufzend drückte er einen Knopf für die oberen Stockwerke, bis eine Wohnung sich täuschen ließ und den Schnapper anstieß. Deswegen stand er nur zwei Klingelzeichen lang vor der Tür mit dem Namen, den der Bauernsohn ihm vorgesagt hatte. Der Schallraum des Flurs dahinter veränderte sich nicht, und als im Stockwerk darüber ein Schlüssel knackte, lief er hastig nach unten, drückte sich aus der Haustür. Gerade war er wütend über die versetzte Verabredung, da fiel ihm ein, daß der Sonntag ausgemacht war, nicht der Sonnabend, um den er früher gefahren war. Denn er hatte doch in Westberlin etwas vor. Er stand noch eine Weile herum vor den Schaufenstern, aß endlich sogar zu Mittag, damit der Kontrolle sein Besuch nicht zu kurz vorkam, dauerhaft mürrisch, weil er in der Oststadt Zeit verlor für sein Vorhaben in der Weststadt. Er war da mit der Polizei nicht zufrieden, er wollte da sein Auto selber suchen.

Auf den Weg zum Krankenhaus der D. verfiel er nicht. Denn es war bei dem Streit darum gegangen, daß die D. ihn für politisch dumm hielt; und sie hatte in ihrem Brief geschrieben, daß sie noch am Sonnabend vor der Sperrung durch Westberlin gefahren und nicht ausgestiegen war, was er für politisch dumm hielt. Er dachte im Ernst, sie müsse ihm das abbitten.

Am Nachmittag in Westberlin fand B. kein Telefonbuch ausliegen, in dem die Anschlußinhaber nach ihrer Beschäftigung gesondert verzeichnet waren; er suchte aber nach Leuten, die mit gebrauchten Autos

handelten. An diesem Tage genügte der Anblick einer langen Reihe Wartender oder eine pampige Antwort, damit er wegtrat. Auf wenig Glück mit den Inseratenseiten der Zeitungen in der Hand machte er sich auf den Weg zu ein paar Anschriften, die südlich vom Zentrum benachbart lagen. Er wartete aufgeregt an Haltestellen, sah auf dem Oberdeck von Bussen zu spät in den Stadtplan und hangelte sich ungeschickt wieder nach unten, lief einer Straßenbahn nach, und in der Eile, neben den Waschkleidern der Mädchen, in der raschen Fahrt verging ihm manchmal das schwere, ermüdende Gefühl, das er Einsamkeit nannte. Dann wieder, in schwitzendem Gang durch gegenlichtige Straßenkanäle, vorbei an verschatteten Biergärten, war er entmutigt. Einmal gab er sogar einem Taxi nach, das geduldig hinter ihm her tapste, und stieg ein, mitleidig gegen sich selbst. Die Stadt stand leer, die Leute hatten auf ihn nicht gewartet, und meistens kam er nicht weiter als an den Maschendraht um die Trümmergrundstücke, hinter denen die gebrauchten Wagen zum Verkauf standen, nicht seiner, nicht ein ähnlicher. Einmal war ein Gatter bloß angelehnt, und B. gab sich beim Durchqueren des Ganges den Anschein eines Spaziergängers, der Autos zählt. So traf er an der Schuppenecke unverhofft auf einen halbnackten Mann, der über breiten Bauchfalten vorgebeugt seine Füße wusch. Ohne aufzublicken und gelassen richtete der das Wort an B.s staubige

Schuhe. – Tach: sagte er, damit der Eindringling die Begrüßung nachholte. B. verhaspelte Entschuldigungen mit der Frage: ob sein Typ hier vorgekommen sei. Der andere saß angenehm im tiefen Schatten der Brandmauer, die den Wagenhof überragte, er bewegte die Füße unter dem hüpfenden Schlauch, wischte Wasser über den Wannenrand in die Nähe des Fremden, räkelte sich beim Zurücklehnen, und er nahm sich die Zeit zu antworten: Auch nicht gefragt.

B. stand nicht an, all seine Ungeschicklichkeiten für richtige Auskünfte über Berlin zu nehmen.

Inzwischen planlos, ging er lange durch eine Gegend, deren Hausfronten von Bäumen bis zum dritten und vierten Stockwerk verdeckt waren, in den Vorgärten erinnerten Rasensprenger an Zungenfehler, Kaffeegesellschaften auf Balkons und Veranden stellten geordnete Verhältnisse aus, Kinder und Hunde erzeugten kleinen, isolierten Lärm. Das dichte, verschattete Laub hängte einen langen Tunnel über den ungleich flirrenden Asphalt, wenig Passanten kamen ihm entgegen wie spazieren, Paare mit Kinderwagen suchten die Fassaden nach leeren Fenstern ab. Das Gebiet endete an einer Hauptstraße mit geteilten Fahrbahnen, die einen Platz durchzogen. An den Tischen, die vor einer Wirtschaft auf dem Bürgersteig standen, mochte B. nicht weiter. Irgend jemand setzte ihm ein Bier hin, B. achtete nur auf die Autobusse, Autos, Straßenbahn,

die neben den leeren Bürgersteigen mit Krach die
Leute von den Wasserrändern der Stadt nach Hause
brachten. Darüber zitterte die Luft gelegentlich unter dem Geräusch niedrig anfliegender Maschinen,
und manchmal traf es sich, daß sie auf B. zu zielen
schienen, breitflüglig auf ihn zukamen. Hinter ihnen
wurde der Himmel bunt. Als in das Licht schon der
Neonkranz der Optikeruhr, Wohnzimmerlampen,
Schaufensterbeleuchtungen eindrangen, ging B. in
das Innere der Gaststätte, um nach einem Zimmer
zu telefonieren. An der Theke blieb er hängen, als
die Wirtin ihn begrüßte wie Stammkundschaft. Er
antwortete befangen, in diesem Lokal hatte er über
die D. etwas gedacht, das ihm nicht mehr angenehm
war. Als er drinnen sich auf den Hocker zog, nahmen draußen zwei amerikanische Soldaten das leere
Glas mit, das so dicht am Plattenweg des Bürgersteigs als Souvenir angeboten war.
Als die Dunkelheit gegen die gelblichtige Höhle
drückte, waren die Hocker an der Theke besetzt.
In dem Lärm, der von da mit den Ansagen der Skatspieler, dem Geflüster von Paaren im Hintergrund
zusammenfloß, saß still eine alte Frau neben dem
Windfang, die Hände gefaltet hinter einem Schild
Privat, gesenkten Kopfes, als schlafe sie. B.s Blicke
gingen meist von dem runden Stammtisch über die
Alte auf die Theke zu, aber die Frau sah er nicht
sich bewegen. Nach dem erfolglosen Nachmittag
hielt er von sich nicht viel, sah vor sich hin um nicht

auf Blicke zu treffen, trank in großen Schlucken Klaren, so daß das Mädchen hinter der Theke seinen Schritten eigens zusah, wenn er hinter den Hockern zum Telefon ging, das seitlich der Theke angebracht war. Da fand er kein Zimmer. Unruhig, ängstlich nachzudenken, bestand er später am Abend darauf, die Person hinter der Theke einzuladen. Sie verabschiedete sich blickweise zwinkernd von den anderen vier, mit denen sie bisher gesprochen hatte, und stützte sich gegenüber B. mit dem Gesäß auf die Unterschränke, öffnete eine kleine Flasche Bitterwasser, hob ihm das Glas entgegen. Sie sprach langsam, ermüdet; fragte ihn wie das Bier schmeckte, erklärte ihm die Zimmerknappheit mit den Touristen, die jetzt die Stadt wegen der Mauer aufsuchten; schon bei der ersten Bestellung, die ihr vom Stammtisch zugerufen wurde, ließ sie B. wieder allein. Er fühlte sich ausgeschlossen durch die Vertraulichkeit, mit der sie beim Zapfen und Einschenken über die Bierbrücke hinweg die Skatbrüder beschimpfte. Die hielten sie ein paar Minuten am Tisch auf, einer versuchte sie über seinen Schoß zu kippen, und als sie ihm auf die Hand schlug, zog sein Nachbar ihr das Schürzenband auf; als sie sich aber zu ihnen setzte, glaubte B. sie alle in ernsthaftem Gespräch. Als sie begonnen hatte zu sprechen, sahen die anderen vor sich hin, mit Lachknicken im Mundwinkel oder grübelnd, alle aufmerksam. Zwischen den bejahrten Herren sah sie aus wie ein Schulmädchen. Inzwischen sagte einer von B.s Nachbarn, die wie er den Stehtisch mit dem Ellbogen festhielten, im Ton des Älteren Na und Dicker zu ihm. B. schob die höhnische Herablassung darauf, daß ein Fremder ihnen die Wirtin hatte wegziehen wollen, und machte Versuche, eine Runde zu schmeißen. Aber seine knappe Barschaft ließ ihn zögern, und sie hatten ihn schon eingeladen, als er in dem Wortführer den Autohändler erkannte, den er am Nachmittag beim Füßewaschen belästigt hatte, jetzt in einem ausgebeulten Anzug, in dem der Bauch flacher verteilt war. Dem stand Schweiß auf den Schläfen zwischen dünnen Haarsträhnen, und in behinderter Aussprache, viele Worte wiederholend, versuchte er B. aufzuziehen, indem er den andern vorstellte, wie dieser Typ mit blödem Gesicht auf seinem Hof gestanden habe. B. war betroffen, daß der dem, sei es ehemaligen, Besitzer eines dermaßen teuren Wagens so unverfroren kam; er verstand den Spaß nicht, und sein verlegenes Lächeln trat mühsam auf der Stelle. Der konnte gar nicht genug kichern über die Meinung, daß ein verschwundener Wagen nach vierzehn Tagen noch auf der Insel Westberlin sein sollte, als müsse er in ihrer Umgebung untergehen. – Was soll ich denn machen? sagte B. so hilflos, daß die anderen einlenkten. Sie machten ihm Vorschläge. Sie nahmen seine Einladung zu einer Lage an. Sie brachten ihm das Spiel Chicago bei. Die Wirtin stand rauchend hinter der Theke und sah zu, mischte sich nicht ein. Gegen Mitternacht verlor B. sie öfter aus den Augen. Er bemerkte gedankenlos, daß sie immer wieder mit drei Schritten hinter der Theke an der Wand war, wenn das Münztelefon anschlug. Er sah sie undeutlich, sie hielt mit der ganzen Hand die Hörmuschel gegen ihre gelben Haare, blickte überlegend gegen den Boden, antwortete vor dem Auflegen etwas Kurzes mit ihrer harten, angeheiserten Stimme, auf die zu hören sein eigenes schnapsschnelles Gequassel ihn hinderte.

Lange Zeit danach wachte B. auf in einer engen, wasserfleckigen Mansarde unter einer Dachluke, durch die weißes Licht hereinplatzte. Unter rüttelndem Dröhnen sauste ein Flugzeugschatten über die Luke und verfinsterte den kleinen Raum. B. erschrak so, ihm schlug das Herz langsamer.

Aus der Luke hängend sah er rot und schwarz gemischte Ziegelflächen, gegenüber steile Ziergiebel zwischen Baumspitzen. Reglos aufgestützt sah er ein Flugzeug von Westen ankommen, bis es dicht über ihm war. Er konnte den Umriß der Kabinentür erkennen. Am Abend mußte er fliegen. Die Maschine drückte Motorendonner in den Straßenschacht, über Firsten verkleinert zog sie ab. Er mochte nicht fliegen. Benommen suchte er in dem engen Gang vor der Kammer zwischen unverputzten Ziegelwänden einen Ausgang. In einer aufgegebenen Waschküche fand er Wasser in einem staubigen Hahn, wischte sich eine Handvoll ins Gesicht. Hindurch unter dick umwickelten Rohren und flecktrüben Oberlichten fand er ein schmales Treppenhaus, noch auf dem laubkühlen Hinterhof war er nicht wach. Wie blind lief er bis zu einem Straßenschild, dessen Ort er im Stadtplan suchen konnte. Kleinlaut machte er sich auf den Weg zur Stadtbahn. Die Straße war sommerlich, das Licht schien vormittäglich. Ein Mann führte zwei kleine Hunde aus, B. sah vor sich hin; Kinder kamen mit schweren Zeitungen, B. ging rascher; am Kiosk bestellte er mit leiser Stimme eine Bockwurst, stellte sich abseits. Unausgeschlafen, in dem gebrauchten Hemd, fühlte er sich unsicher. Seine Nachbarn im Abteil waren wach, rochen nach Seife, sahen aus dem Fenster wie unterwegs zu einem Ausflug; er mußte aufstehen und hinter der Trennwand in allen Taschen nach dem fremden Brief suchen. Wieder war er verbittert, daß er jetzt aus Anstand etwas tun sollte gegen einen Staat, mit dem er nicht einmal im Guten zu schaffen haben mochte. Er fand keinen Weg, dem Auftrag auszuweichen. Beim Warten auf die Kontrolle drückten Alkoholschmerzen im Gehirn ihm die Augen zu, so daß er antwortete ohne nachzudenken. Vor dem Grenzbahnhof lief er ziellos von einer Seite zur anderen, bis er in einer Morgenkneipe Schnaps bekam. Die Aussicht auf den Abend, an dem er die fremde Stadt hinter sich haben konnte, tröstete ihn; unterwegs hielt er die Hand nur in der Hosentasche, weil dort jetzt der Brief stak; inzwischen kam er sich mutig vor und

anständig. Es schmeichelte ihm auch, wie rasch heute die Tür aufging, wie höflich er hineingebeten, wie dringend er zum Sitzen genötigt wurde, als er noch nicht mehr als die Tageszeit hatte bieten können. Verdutzt starrte er auf die Tür, hinter der die ältliche Frau verschwunden war, als sie den Brief in der Hand hatte. Halboffenen Mundes horchend, unterschied er auf dem Flur Türenklappen, gedämpfte weibliche Stimmen, eine männliche, die klang verärgert. In dem polierten Zimmer, zwischen den rotbraunen, verjährten Möbeln hatte er lange zu warten, bald besorgt über die zunehmende Stille, schon erschrocken über eine Fußgängerin, die vom jenseitigen Bürgersteig auf den Eingang des Hauses zuzustreben schien. Er fing gerade an, drei Fingerspitzen zwischen den Zähnen zu versetzen, als eine junge, ziemlich kleine Person eintrat, anfangs zurückschreckend vor der Länge des Boten am Fenster, der ihr steif entgegensah, mit etwas gekränktem Ausdruck, der aber eigentlich durch seine hängende Unterlippe und eine Mittelfalte im fleischigen Kinn zustandekam. Sie begrüßte ihn stockend, nach einem Seitenblick auf den Brief in ihrer Hand versuchte sie zu lächeln, was sich gegen die Heulspuren schief ausnahm, und B. war heimlich belustigt.
– Kann ich Ihnen etwas sagen?
– Ja, gewiß, selbstverständlich: antwortete B., und so weiter.
Er war mächtig versucht, die Rolle des Älteren, des

Helfers zu genießen; er war geltungssüchtig genug,
dem Mädchen die Höflichkeit zu erweisen, mit der
man Schwächeren den Koffer ins Gepäcknetz legt;
insgeheim war er entsetzt über das Risiko, sie könne
sein Benehmen als Entgegenkommen auslegen, weil
er ihr dann hätte beistehen sollen gegen einen Staat,
der ihm übermächtig vorkam gegen ihn, so daß er
nur mit wenig Aufmerksamkeit, etwas törichter
Miene zuhörte, wie eine Oberschülerin bei einem
Besuch in Westdeutschland einen Hoferben kennen-
lernen kann auf einem Feldweg an der Ostsee, wie
sie in ihrem Staat Landwirtschaftswissenschaft stu-
dieren will zu Gunsten einer Wirtschaft im anderen
Staat, wie viel sie tun will und will durch die Sperre
ohne Studium mit nichts als dem gehaltenen Versprechen zu lieben, und kann nicht und bringt es
nicht über sich und kriegt weiche Knie vor Angst,
unerklärlicher, nichts als Angst, verstehen Sie, verstehen wenigstens Sie das, und B. nickte verlegen,
befangen auf dem steifen Stuhl, mit Blick auf das
Klöppelmuster der Tischdecke, und genoß die Rolle
des Vertrauten, eigentlich aber neugierig, wie die
tränenlockeren Augen, haltlose Lippen, zitternde
Hände an den Schläfen das kleine bräunliche Gesicht unter dem verwirrten Kurzhaar zu Ausdruck
zusammenfaßten, so daß er mitten in ihr Sprechen
hineinfragte: Darf ich Sie fotografieren?, gedankenlos auf das Bild versessen, auch gierig, das fremde
Leben mitzunehmen, und das Mädchen war verwirrt

genug, ihn mißzuverstehen und ihm auch noch für die Übermittlung einer Fotografie an den aufgegebenen Verlobten zu danken, überhaupt überschwenglich, so daß B. kämpfen mußte mit viel Lust, sie zu umarmen. Er verabschiedete sich, mit aller Miene einer der solidarischen Westdeutschen, die zu jeder Hilfe bereit sind, gründlich erleichtert, daß Hilfe nicht anging. Noch im Flugzeug wiederholte er sich die Szene, immer mehr zufrieden mit dem Gefühl von Schwermut, einig mit dem eigenen Bild von Anstand, bis ein unverhoffter Abfall der Maschine ihn zur Toilette schickte, in der er bis kurz vor Hamburg zu würgen hatte, so daß er für den Rest des Tages gefühllos war, ohne Blick für die abendlich verdunkelten Falten der Landschaft neben dem Autobus, auch verbittert, denn er hatte nichts tatsächlich erreicht.

In Berlin, auf dem Flugplatz, hatte er die westberliner Nummer angerufen, die die Oberschülerin ihm eingeschärft hatte, und einer weiblichen Stimme ausgerichtet: Halloh. Die mit der Laufmasche kann nicht. Sie hat gewöhnlichen Schiß. Die Verbindung wurde nach einer einsilbigen Bestätigung gleich unterbrochen, und einen Augenblick war ihm, als kenne er die Stimme am anderen Ende, auch Geräusche in ihrem Hintergrund, das vergaß er aber auf dem Weg über das Vorfeld zur Maschine, die von unten einer übermäßigen Zigarre glich, mit Flügeln, die weniger Flug als Fall in Aussicht stellten.

Die kleine Stadt hielt ihm die heimatlichen Außenseiten hin, er wollte Berlin vergessen, hier fühlte er sich weniger zu Hause als vor der Reise. Noch war der Himmel hell, nachts stand in den vertrauten Nebelschwaden des September das Vieh auf den Stadtwiesen, kräftig leuchtend versteckte das Laub das Grünlicht der einzigen Ampel im Ort, dem gewohnten Platz war nichts abhanden, nur ihm etwas Undeutliches, begrenzt von einer schamhaften Empfindung. Das war eine ungedachte Erinnerung an die Reisen nach Berlin; in Gedanken nannte er seinen Verzicht auf die D. realistisch, da er ihr gegen ihren Staat nicht beistehen konnte, das überzeugte ihn je länger desto handfester, und er hätte es fast schon aussprechen dürfen, ohne verlegen zu werden. Dabei sackte sein Konto ab, seiner Trägheit wegen, auch weil die Zeitung seine Fotos von der Mauer zwischen den Städten Berlin jetzt zurückwies in der Sorge, die lokalen Anzeigenkunden und Abonnenten könnten die Nachrichten von dem entfernten Ort inzwischen als Belästigung vermerken und übergehen auf die Blätter der Landeshauptstadt und aus Hamburg, die die Lokalausgabe ohnehin einengten im Aushang des Marktkiosks, den Auslagen der beiden Schreibwarengeschäfte. Überdies der eintönigen Arbeit in der Drogerie überdrüssig, wurde der junge Herr B. auch noch erschreckt durch eine Vorladung zur Polizei der Landeshauptstadt. Der vorgedruckte Teil des Schreibens war verbindlich, sein in sauberer

Schreibmaschinenschrift eingepaßter Name beunruhigte ihn, so daß er im örtlichen Revier ein Gespräch anfing, aber in der halben Stunde Lümmelns auf der Barriere, dem umständlichen Austausch von Redensarten erfuhr er nur, daß die Zentrale einen Bericht über ihn angefordert hatte. Wiewohl er seine Kenntnisse vom veränderten Flächennutzungsplan der Gemeinde noch gar nicht ausprobiert hatte, konnte doch jemand anders die so ungeschickt haben verkaufen wollen, daß auch der B. von der Zeitung für versuchte Erpressung in Frage kam, und er war also gezwungen, seine Fotokopien mühsam in einem Marmeladeneimer zu verkohlen, da sein Zimmer an die Zentralheizung des Kinos angeschlossen war, noch lange konnte er da nicht anders als bei offenen Fenstern schlafen, und seine Kleidung stank nach dem sauren Rauch. Immer noch besorgt, ließ er sich am vorgeschriebenen Nachmittag von einem Zeitungsauto in die Landeshauptstadt mitnehmen, erbost, daß er nicht vorfahren konnte in einem Wagen, dessen hoher Preis den Besitzer von Verdächtigungen erst einmal ausnahm, und das, um in einem gewöhnlichen Büro von zwei Beamten zu erfahren, daß sein Wagen von einem jungen Menschen aus einer süddeutschen Stadt benutzt worden war, seine Verlobte aus dem östlichen Teil Berlins in Spurtfahrt unter dem Schlagbaum hindurch rauszuholen, und zwar vergeblich, so daß der Wagen in eine Form kam, die der eine Beamte ihm mit gegeneinander-

83

bewegten Handflächen andeutete. Sie machten ihn auf seine Rechtsmittel aufmerksam, gaben ihm auch die Adresse der Leute, deren Sohn jetzt in einem ostdeutschen Gefängnis einsaß, und verwiesen ihn an ein Büro für Befragungswesen wegen weiterer Auskünfte, darauf fiel er herein. Das Büro für Befragungswesen saß in einer Villa oberhalb der Förde und gab sich als Haushalt, eine Sekretärin öffnete die Eichentür nach Art eines Hausmädchens, die Möbel zwischen den mannshohen Fenstern paßten eher für Familienleben, empfangen wurde er wie ein Gast von einem leutseligen Greis, der auf der Schreibtischplatte auch in Schulheften hätte blättern können statt in seinen zerfetzten Zetteln. Der führte das Gespräch in der Manier des älteren Freundes, nötigte den verwirrten B. zu Kognak mit Eis, und wußte von seinem Wagen eigentlich nicht viel, denn einmal irrte er sich in der Farbe. Mehr war ihm gelegen an einer Kneipe in Westberlin, über deren Stammgäste und Besitzverhältnisse er in einzelnen Fragen Neuigkeiten vortrug auf der Suche nach mehr Neuigkeiten, zuletzt mit undeutlichen Hinweisen auf B.s Freiheit und staatsbürgerliche Gefühle. Der, leicht begriffsstutzig von den großen kalten Schlucken, riet anfangs dumm daneben, als aber der Alkohol ihm sanfte warme Wellen ins Gehirn schickte, leugnete er so eifrig, daß er fast noch seine Besuche in der Kneipe abgestritten hätte, einfach drauflos, in der unbestimmten Furcht, die Achtung des Mädchens hinter der Theke zu verlieren, auch insgeheim mit Verlangen nach dem Rücken, der ihm beim Tanzen im Arm gelegen hatte, nach dem Busen, den er mit dem Kinn gestreift hatte einmal; und er wußte übrigens gar nichts von einem schwarzhaarigen Studenten asthenischen Typs, der da angeblich alle Nächte telefonierte. Der Fragesteller bemühte sich noch weitschweifig um den Anschein, er habe B.s Telefongespräch am vergangenen Sonntag mit eben dieser Kneipe nicht erwähnt, weil er es versehentlich erwähnt hatte, und entschuldigte sich flehentlich für den Irrtum, der auch einem statistischen Büro einmal unterlaufen könne, ja gerade einem statistischen, und goß ihm Kognak nach, saß dann allerdings ungelenk, spielte so verdattert mit seiner Hornbrille, daß er die dicken Batzen trockener Rasierseife am Bügel übersah, bis B. endlich ausgetrunken hatte und mit dem Entgegenkommen der Angetrunkenen jeden Dank für seine Bemühungen abwehrte. Er war im Grunde empört über die Einmischung in Angelegenheiten, die er für seine hielt, und kam erst später in das genußvolle Gefühl, einen wirklichen Geheimdienst auf Armlänge belogen zu haben. Das war am Abend auf dem Balkon eines Redakteurs der Zentralredaktion, den er von einem Betriebsausflug für die Regionalausgaben nicht besser kannte als mit besoffenem Du und einigen vertraulichen Worten beim nächtlichen Pissen in die Blumenrabatten des Wirtshausgartens; er hatte ihn eigentlich bloß um Hilfe beim Verkauf seiner berliner Fotografien bitten wollen, aber die verständnisvollen Hinweise des anderen und der kalte weiße Schnaps machten B. weich genug, nun auch noch die ganze traurige Geschichte mit seinem Auto vorzutragen, auch wehmütig gestimmt durch den Anblick der Ehefrau, die schweigsam den Tisch überwachte, gelegentlich in die Küche ging, meist aber gradrückig auf dem Balkonstuhl saß, die Hände nebeneinander auf zusammengedrückten Knien, mit fürsorglichen Blicken auf den Gast, die der als sympathisches Mitleid verstand. Die helle Lichthöhle zwischen den nachtschwarzen Hausfronten, im bitteren Wind, auch die Empfindung von Ordnung und Familienleben stimmten ihn selbstbewußt wie lange nicht, und als er nun noch in seinem Recht bestärkt wurde, fuhr er in der selben Nacht mit geliehenem Geld nach Hamburg und nach Württemberg, im Halbschlaf gehalten von Erinnerungen an Nächte mit Geschlechtsverkehr; aber er schlief nicht genug, das Alkoholgemisch trampelte ihm im Gehirn umher, so daß er in der Stadt ankam mit nichts als der dauernden Wut auf Leute, die ihrem Sohn den Diebstahl aufwendiger Sportwagen nicht abgewöhnt hatten, so daß der rechtmäßige Besitzer seine Knochen verrenken mußte auf den Kunststoffpolstern der Eisenbahn, übernächtig, den Kopf voll vorgeformter Sätze, im Grunde seiner Sache gar nicht so sicher. Das Villenviertel, das an einem steilen Abhang über dem Talkessel mit hohen Stützmauern befestigt war, hätte ihn regelmäßig kleinlaut gemacht, jetzt brachten die aufwendigen Bauten für je eine einzige Familie, verschwenderische Rasenflächen, die kostbare Einfassung der Grundstücke ihn auf gegen Leute, die hatten was er nicht hoffen konnte zu haben. Aber das Hausmädchen sprach ihn an wie einen Lieferanten, das über Generationen vererbte Auktionsmobiliar in der Diele lenkte ihn ab, so daß er eher liebenswürdig die Hausherrin begrüßte, die ihn lange hatte warten lassen und nun doch mit einem Tuch über den Haaren und im Morgenmantel ankam, wohl vierzig Jahre alt, mit auffällig verzweigten Falten um dunkelfarbige, starr blickende Augen. Kaum hatte er seinen geklauten Wagen in den Mund genommen, nach den Resten seiner Wut suchend, als die Frau schon die Begrüßung überschwenglich wiederholte, und ziemlich in einem ein Frühstück bestellte, ihren Mann aus der Stadt zurückrufen ließ, den Besucher ins Wohnzimmer nötigte, bevor der hatte abstreiten können, daß er Nachrichten von dem Sohn bei sich hatte, und die unausweichliche Fürsorge, mit der das vollständige Ehepaar ihn bediente, ihm anbot, ließ ihn zu anderen Worten nicht kommen als zu einer recht unebenen Erfindung von einem Gewerbe in der Nähe, zufälligem Vorbeikommen, was er dann aber doch großmannsmäßig aufputzte. Die unbezweifelbare Sorge der beiden um den Sohn, Tränen im unbewegten Gesicht der Frau verkleinerten seinen Mut, vom ordinären Geldwert eines bestimmten Sportwagens anzufangen; er genoß auch, mit seinen ungenügenden Kenntnissen von Berlin und ostdeutschem Strafvollzug einen Herrn zu trösten, der zweimal sein Alter hatte, nicht gewohnt war zu bitten, und bat. Er fürchtete in einem fort, durchschaut zu werden. Der ausgeglichene Ton zwischen den beiden, ihre gegenseitigen Anpassungen beim Fragen und Wiederholen erinnerten ihn zudem an die unerquicklichen Verhältnisse der eigenen Eltern, und er ergab sich kleinmütig den Erzählungen aus der Familie, über den Sohn; er ging so weit, sich dessen Zimmer zeigen zu lassen. In zerstreuten Momenten war ihm seine Lage leidlich klar; er erinnerte sich der beiden teuren Autos auf dem Hof, er rechnete den Ausblick auf das sonnendunstige, zierlich ausgebaute Tal in Geld um, überhaupt gereizt durch die Umgebung von Wohlhabenheit, für die jener Tunichtgut dreihundert Sportwagen, alle niedriger als der ostdeutsche Schlagbaum, hätte kaufen können, statt einem anderen den einzigen wegzunehmen; ihm gelang aber kein anderes Benehmen als das von ihm erwartete, und so entwaffnet hörte er auf die Geschichte der Liebe des Bürschchens zu einem Mädchen in Ostberlin, von dem übrigens nur der Vorname bekannt war; B. log ohne Hoffnung, als er gefragt wurde, wie lange der Wagen in seinem Besitz gewesen sei. – Nicht länger als fünf Wochen:

sagte er, und verschwieg die Umstände des Kaufs. Bald wachten die Schnapsspuren des vergangenen Abends wieder auf, Müdigkeit half ihn gleichgültig zu machen, ihn verlangte wegzugehen, tapsig schlug er Einladungen zum Mittagessen und Bleiben aus, und die Empfindung der Niederlage saß ihm so tief, daß er auch noch den Ersatz seiner Reisekosten zurückwies, wenn auch in der beliebigen Annahme, daß er so zudem in der geschäftlichen Achtung dieses Haushalts stieg. Auf dem Bürgersteig ging ihm auf, daß der Sohn aus reichem Haus ihn um etwas Unersetzbares gebracht hatte: er konnte nicht mehr durch ostdeutsches Gebiet fahren, da dessen Polizei den Besitzer des zerstörten Wagens der Beihilfe zu dem mißglückten Fluchtversuch verdächtigen konnte. Er konnte nicht mehr nach Berlin. Er hätte denn fliegen müssen. Er besoff sich. In Celle holte die Bahnpolizei den fast bewußtlosen jungen Mann aus dem Zug, da er den Speisewagenschaffnern seinen Tisch nicht zum Eindecken des Abendessens hatte freimachen wollen; auf dringendes Bitten ließen die Beamten ihn nach zwei Stunden in einen anderen Zug, da er sich jetzt ruhig hielt, kaum wahrnehmbar schwankte und auch nicht mehr allen Leuten etwas Undeutliches vom Fliegen erklären wollte.
Bis in den nächsten Nachmittag lag er lahm in seinem Zimmer, dessen penible Ordnung, lange vermölt, endgültig unter seiner torkelnden Ankunft zerstoben war; er wütete über den Verdienstausfall, aber er

fürchtete den Schwindel beim Aufstehen, er traute sich nicht jemandem in die Augen zu sehen, er mochte sich nicht erinnern. Gegen Abend war die Übelkeit übergegangen in eine zähe, schwermütige Müdigkeit, in der er schon gerichtliche Schritte gegen die Eltern des Autodiebes erwog, ohne die Bloßstellung seiner Weltläufigkeit in der Stadt noch zu fürchten, und das Selbstmitleid, verzichtsame Einbildungen schläferten ihn allmählich ein. Der Besuch, dem er nach langem Klingeln endlich die Tür öffnete, warf all seine künstliche Stimmung über den Haufen, denn er schämte sich seines wüsten Raums, und überdies erkannte er in den beiden nach einigem Stutzen das Ehepaar, in dessen Wohnung in Westberlin er die D. kennengelernt hatte, so daß wieder nicht abgetan war, woran er nicht noch einmal hatte denken mögen. Er dachte noch zu langsam, denen die Stahltür vor der Nase zuzuknallen, und er war zunehmends verblüfft, daß die beiden seine Entschuldigungen zum Anlaß nahmen, ihm die Sachen aufzuräumen, ihn eigentlich behandelten wie einen Kranken, leichten Tons, aufgeräumt von ihren Ferien in der Nähe erzählten, überhaupt wie von gleich zu gleich, obwohl sie beide älter waren. Er machte Anstalten, ihnen die Stadt zu zeigen; aber die Absicht ihres Besuchs begriff er erst beim Abendessen im Ratskeller, als der Mann unverhofft, das Gesicht verlegen über das Schnapsglas gehalten, in tragischem Ton äußerte: Du armes Schwein, und B. hob den

Kopf so unbedacht, daß er wehrlos in den gefühlssatten Blick der Frau traf. Vor sich hinblickend mußte er den beiden erst einmal das Vergnügen an den heiklen Gegenständen des Gesprächs lassen, denn sein Magen kam mit dem ersten Schluck Schnaps nur schmerzhaft aus, auch weil die Erinnerungen der beiden an seinen ersten Abend mit der D. ihn mit einem genüßlichen Gefühl der Schwere ausstatteten. Er hatte im Januar eine Schulklasse begleitet auf dem jährlichen Pflichtbesuch in Berlin, weil die staatsbürgerlich empfohlene Reise diesmal auch im Bilde ausgestellt sein sollte zum Jubiläum der Lehranstalt, und die erwachsenen Begleiter der Expedition waren eines Abends eingeladen in die Mansardenwohnung der beiden Leute, die jetzt unersättlich die Kleidung, die Laune, die Äußerungen der D. an dem vergangenen Abend beschworen. Da war ein Balkon ausgebaut, der nach Norden mickrige Miethauskarrees überragte. Eher aus Befangenheit den anderen Gästen gegenüber war er einem Mädchen nachgegangen, das ihm nicht so überlegen schien. – Darf ich Sie fotografieren? hatte er nach einer Weile befangenen Gequatsches gefragt; sie war ihm aber unerschrocken in die Quere gegangen mit der Frage wozu, und hatte seine ungeordneten Sätze über Gesichtsbildung, berufliche Gründe und so was fast ohne Antworten angehört, bis er dem nächtlich dunklen Profil neben ihm mit nur wenig Prahlerei von seinem Beruf erzählte in der Hoffnung, der Großstädterin immerhin mit minderen Erfolgen Eindruck zu machen, und als er ihre ostdeutsche Staatsangehörigkeit erfuhr, nahm sein Selbstbewußtsein ausreichend zu, sie zum Tanzen aufzufordern, (da war der Gastgeber schon so betrunken wie jetzt nach den paar Doppelten), die D. hatte sich mit B. eingelassen in ein abgetrenntes Gespräch, brachte ihm beim Tanz mit ihm neue Schritte bei, sah aus dem Tanz mit anderen beiläufig zu ihm hin, ging unbekümmert auf den Balkon ihm hinterher und ließ sich zu einer Verabredung überreden, und auf dem Gang zur Stadtbahn in der knochenkalten schwarzweißen Nacht hatte er den unentschuldbaren Fehler begangen, ihr etwas zu sagen, was er heimlich und tatsächlich dachte: in seinem Berufe wünsche er eines Tages so gut zu sein, daß ihm in den Bildern die Genauigkeit von Träumen gelinge. In dieser Nacht hatte sie seine Hände noch unter ihrem Mantel hervorgezogen, ohne den aufgebrachten Blick überhaupt abzuwenden; hatte aber wenige Tage danach die Ankunft vor ihrer Haustür so bis Mitternacht hinausgezögert, daß er gleich zu wählen hatte wegen der Anstände mit dem abgelaufenen Passierschein und der Aussicht, erst später in ihr Bett zu kommen, und vielleicht hatte die unbedachte Äußerung von seinen Träumen, so ehrlich wie bereut, dazu noch die Angst vor der ostdeutschen Grenzpolizei ihn damals ernstlich etwas zeigen lassen von lebenslanger Liebe, oder seine Besucher hätten ihn nicht mit zartfühlenden Andeutungen und mitleidigen Blicken bedauert wegen seiner Trennung von Gesicht und Geschlechtsteil. So, bequem vorgestützt auf die Tischkante, mit Schnapsschwindeln im Gehirn, überließ B. sich einstweilen der Rolle des Unglücklichen, deren Stichworte ihm zugespielt wurden; er bestellte aber für sich weniger, als ihm die unsichere Aussprache des Mannes, die genierten Blicke der Frau aufgingen; er ließ den seine wüsten Verfluchungen gegen die Kommunisten ausspucken und verlegte sich auf schwermütige Blickwechsel mit der Frau. – Man müßte was tun! wenn man bloß was machen könnte! sagte der, hatte aber seine Zuhörer längst nicht mehr im Blick, wandte sich auch an die grienende Kellnerin mit seinen Klagen über das Schicksal der Generation, mußte auf dem Weg zum Hotel geführt und die Treppe hinauf getragen werden, fiel bewußtlos quer über die Betten. B. zog die Frau von der Bettkante hinter das Fußteil auf den staubmuffigen Teppich und zwängte sie aus den Kleidern, bis er ihr seinen lebendigsten Teil beibringen konnte, atemlos mit geschlossenem Mund auf ihrem, unbekümmert, ob sie nun Halbschlaf oder Betrunkenheit vorgab. Vom Bett kam undichtes Suffgebrabbel. B. hatte doch seine Not, das zu überhören, und mußte mit schwer verhehlbarem Überdruß noch eingehen auf die Umarmungen und Vertraulichkeiten, die die Frau, nun entschlossen, auf dem knackenden Hotelkorridor fortsetzen wollte; und hätte doch lieber allein gesessen beim Bier und versucht, die Anblicke des Abends, schweifende Erinnerungen an die D., ein Gefühl von Rachsucht und die weichen Bewegungen, den schwenkenden Hals der Frau zusammenzubringen in eine erträgliche Empfindung. Am nächsten Morgen kam der Ehemann sich entschuldigen für sein alkoholisiertes Benehmen, und B. mußte sich sekundenlang besinnen, ehe er den Blick senkte und etwas murmelte wie: Macht doch nichts, oder so, obwohl ihm die belustigten Blicke von den Nebentischen im Ratskeller tatsächlich unangenehm gewesen waren, und obwohl er in dem Augenblick an nichts anderes dachte.

Der Scheck, der ihm wenige Tage darauf gutgeschrieben wurde, lautete über just den Betrag, den er für einen neuen Wagen vom Typ des geklauten hätte hinlegen müssen. Der junge Herr B. hätte aus der Sache raus sein können.

6

Gleich im September verlor die D. ihr Zimmer.
Das hatte nicht der junge Herr B. ihr auf den Leib
gezogen mit seinen ungeschickten Versuchen am Telefon; in seiner knarrenden norddeutschen Aussprache war ihr Name gar nicht verstanden worden,
und die Schwester an der Pforte hatte ihn über
ihren Stöpselschrank nicht erst hinauskommen lassen. Das war ein Gespräch aus dem Bayrischen,
angemeldet von einer viel helleren, auch jüngeren
Stimme, und traf die Telefonistin einer anderen
Schicht, der war die Vorschrift belanglos, und sie
suchte auf Station nach der D., wenn auch vergeblich, und suchte in den nächsten Tagen im Gesichtsausdruck der D. nach Spuren der Geschichte, die
ging aber immer mit gradem Blick, straff leerem
Gesicht neben der Anmeldung durch, bis sie ihr Zimmer verlor, und sich an der Aufnahmestation vorbeidrückte ohne aufzublicken, die Unterlippe verschoben, kleinlaut die Tageszeit murmelnd, und da
sprach sich herum, wie enttäuscht die Jungenstimme
aus Westdeutschland geklungen hatte, als mit der
D. kein Gespräch zustandekam, es war aber um das
Zimmer.
In ihrem Zimmer fand sie eines Vormittags zwei
Polizisten, einen in Uniform, einen unverdächtig
gekleidet, der so alt war wie B., der andere im Alter

95

ihrer Mutter fragten sie nach dem jüngsten Bruder, dem kleinsten Kind, dem verletzlichsten, abhängig und am Leben gehalten von der Schwester, was sie wußte wollte der Zivile wissen und schrieb der Uniformierte in ein gedrungenes Buch. Was sie nicht von ihrem Bruder wußte wollte die D. wissen, damit ließen die sich Zeit und gingen auch bald wieder im Zimmer umher, zogen Schubladen auf, rochen in Schranktürenspalten, denn damit waren sie nicht ganz zum Ende gekommen, da kam sie schon in die Tür, riskierte kregle Töne wegen unbefugten Eindringens, gab dann an mit Sorge um den vermißten Jüngsten, das wollten die Besucher nicht reimen. Die ansehnliche Puppe fing an zu heulen, das verdarb ihnen den Spaß. Die D. nahm die wiederholten Fragen fast nicht mehr wahr, benommen von Erschöpfung und der Wohltat der Tränen saß sie krumm gegen die harte Lehne, bequem entspannt mit den Händen zwischen den Knien, und weinte ruhig atmend in sich hinein, überließ sich dem erinnerten Anblick eines Kleinkindes, das gerade in die große Einkaufstasche der Familie paßte, an einem Henkel getragen vom Ältesten, am andern von der Mutter, oft von der fünfjährigen D., einen der letzten Kriegstage lang durch das kaputte Berlin, im Gestank der Zerstörung, hindurch zwischen sonderbar unversehrten Villenvierteln, herum um zusammengeschüttete Häuserfelder, Streckenstücke mit der Stadtbahn den ganzen Tag bis nach Potsdam und in das Turnhallenquartier für ausgebombte Familien aus Berlin, da blieb sie allein mit dem schreisüchtigen Kind, das sich gegen den fremden Geschmack der Kesselsuppe wehrte. Damals zu den Behörden, später zur Arbeit, zum Kohlenklauen, zur Schule, zum Hamstern auf die Dörfer, auf den Schwarzen Markt nach Berlin, zur Arbeit gingen die Mutter und der Älteste weg und ließen sie allein mit dem Jüngsten, dem sie Essen beibrachte und Gehen und Sprechen und Trinken und oftmals Überleben an den erfrorenen Kartoffeln und Wruken; eben noch war sie verantwortlich gewesen für seine Schularbeiten, seine Fingernägel, seine Kenntnisse von Empfängnisverhütung; hatte versucht ihn zu schützen gegen das rührselige, schlampige Verhalten der Mutter, hatte noch in seinen Oberschulmeinungen vom Staat den Jüngeren, das Kind gehört, das zur Einsicht kam, wenn die Ältere ihm das Haar aus der Stirn wischte, ihn von der Seite anblickte wie einst den halbwüchsigen Spund; das alles nicht aus Familiensinn, sondern weil sie den Vater mißverstanden hatte, der in seinem Uniformmantel aus dem überfüllten Soldatenzug lehnend allen zugerufen hatte: Paßt auf den Kleinen auf, und nicht nur ihr, im Gefühl des Abschieds glaubte sie sich allein mit ihm, nur sich ermahnt, und hielt noch erwachsen fest an der Treue zu einem vergessenen Gesicht, der nicht mehr fühlbaren Erinnerung an eine Stimme, den Vater, als sie längst wußte, daß er nach den Gesetzen des Anstands und des Krieges ein Verbrecher gewesen war bis zu seinem Tod in der Neumark, zu verachten, nicht verachtbar, aufgehoben in der Sorge für den Jüngsten, bis der wegging, abhaute, verschwand ohne einen Mucks, und nicht zum staatlichen Jugendregiment für die Grenze, nicht wohin sie gefürchtet hatte, sondern über die Grenze, weg aus dem Staat, in eine undenkbar entfernte Gegend, keiner Betreuung mehr fähig und bedürftig, und zwar an einer Stelle der Grenze, die in seinem Brief an die Schwester mit fetter Farbe geschwärzt war, so daß sie nicht wußte ob nachts durch den Zaun gekrochen, über die Mauer geklettert, durch die Minenfelder gerobbt, unter Wasser weggetaucht, unzweifelhaft weg von ihr, frei von ihr, so daß sie frei war ihn zu vergessen, frei für eine undeutliche Erwartung, die die Tränen endlich zurückhielt. Der Uniformierte übergab ihr den zensierten Brief, der sie nicht mehr anging, der andere ließ sie versprechen, bei einem nächsten Vermißtenfall die Polizeibehörden zu verständigen; der amtliche Abschluß der Ermittlung führte zu einer formellen Untersuchung ihrer Verhältnisse und brachte zutage, daß sie ohne Einweisung des Amtes für Wohnraum in Ostberlin ein Zimmer bezogen hatte. Nicht nur konnte ein Bürger nicht mehr Strenge des Staates wettmachen mit Verlassen des Staates, die Beamten waren auch dauerhaft vergrätzt durch der D. unbefangene Frage nach dem richterlichen

Durchsuchungsbefehl, und verkümmelten ihr das kesse Auftreten mit einem handschriftlichen Zusatz, der das Datum der Ausweisung vom Ende des Monats um zwei Wochen vorzog. Diesmal mußte sie bitten um einen Platz im Schwesternflügel, und länger als die Menge freier Plätze dafür gut war; beim Auszug war sie fast taub vor Wut, auch vor Scham über ihr geringes Gut, das für einen Dreiradtransporter nicht ausreichte und zuviel war für den Koffer und die Taschen, so daß der älteste Bruder, der Elektriker, erst im Taxi sie erinnern konnte an die umständlichen Klagen der Vermieterin, die sorglos gelebt hatte mit dem ›gediegenen‹ Wesen des Fräuleins, und jetzt in Besorgnis vor einem männlichen Mieter, der womöglich betrunken in die Wohnung kommen würde, mit Frühstückswünschen und lästigen Flickansinnen. Später besann sich die D. auf saumselige Flurgespräche, das aufgeschlagene Bett am Abend, das vorbereitete Heißwasser auf dem Gasherd, auch auf das schiefe Lächeln der Alten am Morgen nach B.s Übernachtung, und ohne es recht zu merken machte sie sich Gewerbe für Umwege durch die Gegend, vorbei unterhalb der Hauslücke, in der jetzt ein Hinterhoffenster stets geschlossen zu sehen war, unkenntlich gemacht mit einem Herrenhemd am Kreuzstock, früher vertraut, das Zeichen für Ankunft, Alleinsein zu Hause.

Sie ließ sich gehen in einem Brief an den jungen Herrn B., den Westdeutschen. Sie verbat sich Briefe von ihm aus Furcht vor der Erinnerung an den März. Sie deutete ihre Fahrt durch Westberlin am Tage vor der Sperrung an, um ihre Verluste anzusagen, sei es nutzlos.

Schon am runden Tisch im Aufenthaltsraum der Jungschwestern, gestört vom Brummen des Fernsehapparats, abgelenkt von wirr vermischten Sprechfetzen, grübelte sie über einen Brief an ihre Freunde. Sie hätte nicht gewagt, sich deren Freund zu nennen. Angefangen hatte es im vorigen Jahr mit den neugierigen Fragen einer jungen Patientin nach Einzelheiten ihrer Krankheit, auf die die D. aber steif einging, denn die andere hatte studiert, auf deren Nachttisch lagen fremdsprachige Bücher, sie hielt die verträglichen Sticheleien für verstellte Herablassung, den erstaunlichen Gehorsam für Spott, ihre Hände auf der oberen Stange des Fußbretts hatten sich leicht verkrampft, sie war erleichtert, ohne Wortwechsel an dem Bett vorbeizukommen. Von Intellektuellen erwartete sie die Überlegenheit der Ärzte. Vor denen blieb ihr leicht das Gesicht stehen, gingen ihr die Lider herunter. Sie war verblüfft über die Einladung, die bald nach der Entlassung der Patientin an sie kam, nicht an einen der Ärzte, die oft ohne Not an deren Bett Zeit verloren hatten, und zog ihre besten Sachen an, in Erwartung eines förmlichen Wohnzimmeraufenthaltes, zögerte befangen vor dem geräumigen Anwesen, dem Haus für eine Familie allein, traf aber auf keinerlei Be-

100

suchsanstalten, die Frau bei Flickarbeiten, daneben deren Mann von gleichem Alter, der nur träge aufstand und dann wieder dauerhaft das Glas anstarrte, aus dem er trank wie von einer Medizin. Die D. hatte sich nur mühsam gefunden in ein Gespräch über Berlin. Die andere kam aus Stralsund, einem Ort an der Ostsee, sie war auf den nördlichen Universitäten gewesen, der Ton der hiesigen Verkehrspolizisten, Verkäuferinnen, Nachbarn war ihr lange quergegangen, weil sie ihn für berlinisch hielt, sie war nach einem Jahr Wohnens noch nicht angekommen. Die Frau hatte einen fast runden Schädel, unter dem schwarzen Haar saß ihr das Gesicht eng an mit flachen Augenmulden, die Mundwinkel waren in Bewegung wie kurz vor dem Lachen, während sie ihre Mißgeschicke erzählte, und wenn sie den Kopf zu kurzen festen Aufblicken hob, wäre die D. am liebsten herausgeplatzt vor Zufriedenheit, und sie lehnte sich bald zurück. Das hölzerne Haus war vom Staat geliehen, die Möbel sahen aus wie in einem Schaufenster, zwar einem westlichen, an dem Wohnraum war nichts für eine Dauer verändert, die D. ließ sich doch anstecken von der winterlichen Wärme, der Lichthöhle über dem mit Stopfsachen vollgeräumten Tisch, dem Gefühl von Verträglichkeit und gesichertem Haushalt. Ohne sich zu bedenken, begann sie zu erzählen von dem jahrelangen Drängen ihrer Mutter auf einen Rückzug nach Berlin und unbedingt in das Viertel, in dem sie bis zu seiner völligen Zerstörung gewohnt hatten; sie dachte auch an Haustürschnitzereien, Sprünge in den massiven Gehsteigplatten, einen einzelnen Baum in bröckligem Hinterhof, und obwohl sie nur sagen konnte »es gefällt mir« oder »ich weiß nicht ob ich wo anders«, war sie doch sicher, verstanden zu sein. Das Gesicht des Mannes konnte sie sich nicht merken, nicht einmal jetzt nach aller Bekanntschaft, sie wußte nicht mehr als unmäßig fette Backen und enge Sehschlitze, die durch dicke Gläser widerwärtig vergrößert waren, dazu eine weiche, hochtönige Stimme und Atem, dem eine Neigung zu Asthma anzuhören war. Er hatte noch geschwiegen, als die Unterhaltung schon bei Schnittmustern und westberliner Geschäftsadressen war, zurückgelehnt und mit einer Aufmerksamkeit für das Glas, als hätte er darin etwas Unsichtbares vergessen; und der D. wurde der Rücken wieder steif, sie rückte die lächerliche Handtasche auf den Knien zurecht, als er sie nach ihrer Arbeit fragte, denn sie war gewohnt, von Fremden darauf und auf Ratschläge wegen körperlicher Beschwerden beschränkt zu werden. Aus ihren Auskünften über die Organisation der Krankenblätter machte der aber ein Problem für Rechenmaschinen, verglich in einer verdrossenen Art, in genüßlichem Sächsisch den Zustand der ostdeutschen Gesellschaft mit den Methoden sie zu erfassen, verbreitete sich über herodische Zählungen und machte daraus eine undurchführbare Theorie, deren Verdrehtheit für die D. um so erheiternder war, als sie fast jeden Sprung hatte mitdenken können, allerdings abgestoßen durch die deutliche Hoffnung auf Verbesserung der Zustände. Sie hatte nicht gewagt zu widersprechen, ging auch verwirrt nach Hause, diese Art von erstem Besuch war ihr noch nicht vorgekommen. Ihre geringe Bildung, ihre Dummheit glaubte sie deutlich gezeigt zu haben, sie ging aber zu einem zweiten Abend, zu einem dritten mit lauter ähnlichen Leuten, die mit häufiger Benutzung des Wortes Scheiße, viel zukünftigen Aussichten und zu allgemein Theorien des Staates auseinandernahmen, sie ging mit zum Segeln, auf Ausflüge, sie sagte du zu beiden, sie nahm die dauernde Einladung in das Haus an, ohne sie doch gänzlich zu glauben. Ihr war, als sei sie in einem Mißverständnis und leicht zu entdecken. Wo möglich verzog sie sich in die Küche zum Broteschmieren, Flaschenöffnen, Abwaschen, um den Gesprächen auszuweichen, weil sie immer wieder nach ihren Auffassungen gefragt wurde und sie sich ihrer einfachen Antworten schämte. Ihr war nicht geheuer, befreundet zu sein mit einem Angestellten des Staates, der mit nichts als dem Kopf für den Staat arbeitete, in einem Büro seine Arbeitszeit absaß mit nichts als Denken, umgeben von teuren Maschinen, die ihm einfache Arbeit abnahmen, besessen von der Überzeugung, mit kleinen Veränderungen der Verwaltung um einen technischen Schritt dem Möglichen näherzukommen; sie blieb eingeschüchtert von den Bücherwänden, Zeitschriftenstapeln, Manuskriptbündeln, Diagrammen; sie kam auch nicht hinweg über ihren Ekel vor dem Alkohol, den der Mensch unermüdlich aus den Flaschen holte, ohne müde, schlampig, torklig zu werden; sie entbehrte eine Verständigung über schlichtere, persönliche Gegenstände; es tat ihr wohl, beim Abschied umarmt zu werden auf eine unernste Weise wie auf einer Bühne, ihr war nicht ganz sicher. Ihren Freunden in Westberlin, einem Lehrerehepaar, hätte sie diese nicht zeigen mögen, und diesen jene nicht, die hätten einander lächerlich gefunden, jene den Glauben an die Aussichten des ostdeutschen Staates, diese die Unkenntnis von Gesellschaft und die Neigung, unter Alkohol laut und weinerlich am Sinn des Lebens zu verzweifeln, übrigens mit verworrener Aussprache und taumelig. Da hatte sie B. kennen gelernt, sie hatte ihn nicht zu den Ostdeutschen mitgenommen, sie hatte denen nicht von ihm erzählt, so viele freie Tage sie auch verbrachte auf der rückwärtigen Terrasse vor dem Holzhaus in faulem, spottsüchtigem Gespräch; sie hatte ihm Fotografien davon gezeigt, und die Freunde verschwiegen. Das war gegangen anderthalb Jahr bis in diesen Sommer, jetzt waren die beiden auf einer wissenschaftlichen Reise in Westeuropa und fragten in einem Brief in umständlichen Versteckausdrücken nach dem Leben hinter der Mauer, vor der sie abwarteten. Das konnte die D. nicht begreifen. Gewiß war deren

Haus im Badezimmer, in der Küche, überall versehen gewesen mit Gegenständen aus Westberlin, mit anderer als westlicher Seife hatten die sich nicht waschen, auf anderem als westlichem Papier nicht schreiben mögen; es war nie anders die Rede gewesen, als daß im Westen zu leben ohne Zukunft sei. Die D. glaubte sich im Stich gelassen, da sie zurückgeblieben war im Vertrauen auf solche Auskünfte; sie war auch schadenfreudig versucht, denen zuzuraten zu der Rückkehr in die Wirklichkeit, auf die sie gesetzt hatten; sie war unglücklich über den Verlust, die Entbehrung von Freundschaft, jetzt ging ihr das Wort mühelos in die Gedanken. Sie saß im Aufenthaltsraum des Schwesternflügels neben dem Flackerlicht des Fernsehapparates, der westdeutsche Politiker beim Reden zeigte, mit müdem Nacken auf der Polsterlehne blickte sie auf die unpraktischen Bilder und dachte hinter ihnen die Antwort zusammen. Sie ließ sich mitnehmen, um nicht allein zu sein, auf einen Spaziergang, der bei verzweifeltem Gerede und Schnaps in einer Wohnung aufhörte, sie hatte die Anblicke und Stimmen schon im Einschlafen vergessen. In der Mittagspause des nächsten Tages beschaffte sie sich eine Ansichtenpostkarte, die ein Porträt des Staatschefs zeigte. Sie schrieb nach Amsterdam »es geht mir schlecht«, sie schrieb »es gilt jetzt«, sie schrieb »das miese Wetter wird wohl so bleiben« ohne Gefühl, nüchtern, als sähe sie sich zu. Vor dem Briefkastenschlitz versuchte sie, sich die

Gesichter vorzustellen, die sie aufgab, überhaupt Erinnerung an die gemeinsam verbrachte, verlorene Zeit, aber es reichte nicht, ihre Hand zurückzuhalten.

Im Nacken war ihr wie beim Verweis von der Schule, bei dem letzten Abstieg durch das maikühle marmorne Treppenhaus des ehemaligen Gymnasiums, als ihr gleichwohl Ferien bevorstanden. Die Erinnerung, dünn wie ein halbvergessener Geruch, hatte etwas Unentbehrliches enthalten, eine der unzerlegten Empfindungen der Kindheit, aber sie konnte sich ja nicht besinnen.

Der Herbst war später zerlaufen in eine blinde, nahezu gedächtnislose Zeit, obwohl sie einige Wochen auf einer Privatstation arbeitete und genug Pausen hatte, sich zu beobachten. Sie hatte für die Versetzung nichts getan. Die Arbeit galt als bequemer, die Patienten brauchten aber nicht jeden Wunsch außer der Reihe zu unterdrücken, der tägliche Umgang mit dem Chef der Station war ihr zu anspruchsvoll, die Abteilung war nicht einbezogen in das Netz von Nachrichten, das die Angestellten des Kombinats verband, der mit Eisglas abgeteilte Flur war so angesehen wie abgelegen. Sie bekam den Posten von einer anderen. Die war verschwunden, vor den Augen der D., sie sah es erst später. Gleich nach dem Umzug in den Schwesternflügel hatte sie angefangen, lange Strecken in der Stadt zu fahren, zu gehen wie jemand mit Vorhaben, mit

Absichten. Sie wußte nicht wozu. In das blauzieglig wiederkehrende Dach, unter dem die Schwestern wohnten, waren halbrunde Mansardenfenster geschnitten, von da sah sie nach Norden die Mauerfächer des Krankenhausrasens, bläulicher die fransigen Karrees der Nutzgärten, schon vernebelt die dörflich umbaute Hauptstraße und den Laubwald der Villenkolonie, die dem Vorort den Namen gab. Sie wandte sich bald ab, stieg abwärts durch den verschränkten, wabenmäßigen Bau über fettes Linoleum, schartige Betontreppen bis zum Wirtschaftseingang auf den von Gartenzäunen eingegitterten Fahrdamm, zur Bushaltestelle, jedes Mal benommen von dem Unterschied des Krankenhauses in Licht, Geruch, Geräuschecho, Klima zum Leben der Straße, der Außenwelt. Vorgeblich ging sie spazieren, um nachzudenken, ließ sich aber von den Farben der Hochbahnbrücke, Schaufensterauslagen, dem milden Hitzedampf in den Straßenkanälen, den äußerlichen Unterschieden der Passanten ablenken in einem Strom halbgedachter Erinnerungen, undeutlich kommentierender Gefühle, bloßen Aufnehmens von Anblick und Geräusch, eigentlich betäubt. Der helle Mantel, die fest in die Taschen gestemmten Hände ließen sie entschlossen aussehen, die Lippen lagen nicht fest aufeinander, den Nacken hielt sie gerade, so daß die Entgegenkommenden doch nicht auf einen versonnenen, eigentlich auf einen zielbewußten Blick zu treffen meinten. Mitunter, im geschäftigen Kurven der Straßenbahn, mitgerissen in den eiligen Fahrgastfluß auf den Treppen der Stadtbahn, auch gegenüber ihrem schmutzdüsteren Spiegelbild im Busfenster war ihr wie beim Nachahmen einer Lebenszeit von schneller Bewegung, in der sie sich beeilt hatte von einem Stadtteil in den anderen, um Schuhe vom Schuster, das beste Kleid aus der Reinigung, Wein und Schallplatten zu holen für den Moment, in dem die Zeit anhielt, Schritte auf der Treppe nähertraten, der Schattenumriß hinter der Tür schon zu erkennen war als B., der mit Tüten unter dem Arm sich zur Drehklingel bückte, so daß sie jetzt unwillentlich mit flacher Hand das hellere Haar gegen die dämmerig verschattete Schläfe drückte, wie um einem Schmerz zuvorzukommen, kaum besorgt, die Gebärde in eine Korrektur der Frisur umzubiegen; die ziellose Fahrerei, die müßigen Gänge hatten (meint sie) aber auch zu tun mit wahlloser Neugier auf die Stadt, in der sie lebte, als seien die Veränderungen in den Außenseiten zu erkennen; so war sie aber auch von zu Hause weg, in die Stadt gegangen in der Zeit der Schule, um die Erledigung der Hausaufgaben aufzuschieben, auf der Suche nach Ablenkung, Gespräch, Kinobesuchen, Aufschub, überhaupt Abwechslung, noch als die Abwechslung längst als Gewohnheit zu durchschauen war. So wich sie jetzt aus vor Einfällen, von denen sie nicht hätte zurücktreten können, auf der Hut, der Flucht vor einem Entschluß, sie schwärzte die Stelle in Gedanken, klinkte sich aus, verzog sich auf die erstbeste Seite. So läutete sie öfter an der Wohnungstür des ältesten Bruders, vorgeblich um der Frau zu helfen, doch linkisch in harmlosen Gesprächen über Arbeit, familiäre Anlässe, Anschaffungen; lieber noch kam sie, wenn der Bruder seine Leitungen legte, die Frau als Verkäuferin arbeitete für einen Fernsehapparat, für das Autosparkonto, dann nahm sie das Kind von der Straße mit nach oben, streifte ihm den Schlüssel vom Hals und ließ sich ein, arbeitete in den zwei Zimmern wie eine Putzfrau mit dem Staubsauger, am Spültisch, wusch sich aber auch die Haare, wenn sie mit der Handfläche an die Schläfe gekommen war und vielleicht doch nur leichte Haftung der Strähnen gespürt hatte und nicht eine Erinnerung; ihr fielen aber über dem Stopfkorb ihre früheren Vorstellungen von einem eigenen Haushalt ein, und ein Blick in die abendliche Straße auf die tief unten leuchtende Ecke mit Bäckerei und Konsumladen brachte sie leicht auf ein scharf dreieckiges Bild einer westberliner Straße, in der sie allein, mit anderen Schülern, mit B. gegangen war unterhalb einer bestrahlten Fassade, die einen schrägen Tunnel warmen Lichtes diagonal aus der Nacht schnitt, womöglich bei fisseligem Regen, so daß sie dann mit der Nichte spazierenging um den Häuserblock, bis sie das Nachbarskind fand, das auf die Kleine aufpassen sollte. Zu oft konnte sie ohnehin nicht in die

Wohnung kommen, damit die Schwägerin sich nicht getadelt fühlte in ihrem Wirtschaften, und überdies war in der Verwandtschaft nicht üblich, was die doch als Hilfsbereitschaft auffassen mußten. Dermaßen planlos konnte ihr vor einer Schallplattenauslage mit Generalbaßmusik das Ritual wiederkommen, unter dem Konzertbesucher sich benehmen, und nicht viel später stand sie vor der Tür einer Kollegin, die nicht nur an den Veranstaltungen der evangelischen Kirche teilnahm, zu Weihnachten mitsang in den Korridoren, sondern auch bei Konzertgastspielen im Kombinat dicht unterhalb des Podiums saß, jedenfalls in der Tracht, die braunen Augen schwärzlich vor Anstrengung, dann zum Lächeln, sonst zuverlässig, hilfsbereit, gut bekannt seit der gemeinsamen Praktikantenzeit in dem konfessionellen Krankenhaus nach der Ausbildung, und gut genug für einen Besuch, sei es einen sinnlosen. Die kam erst nach dem zweiten Läuten an die Tür, riß sie dann aber mit einem Knall auf und gegen die Wand, mit einer Miene, die die D. recht wohl hätte für Schreck und Ärger nehmen dürfen, wäre sie nicht so stur befangen gewesen in der Rolle der Schulkameradin, die aus Albernheit mal vorbeikommt; sie sagte auf eine ziemlich fröhliche Weise Na und konnte noch gar nicht bemerken, wie rasch sie in den Flur gezogen wurde, die Tür das Treppenhaus aussperrte. Die andere hatte um den Kopf ein chinesisches Frotteetuch, unter dem dicke Tropfen ihr auf die Schultern, auf den Unterrock liefen, als käme sie vom Haarewaschen, so daß die D. wie aufgefordert mitging ins Badezimmer. Es war eins von den Bädern der Gründerjahre, dem noch der Raum für eine Mädchenkammer abgeknapst worden war, so daß es nur die halbe gewöhnliche Tiefe hatte, beleuchtet und belüftet durch einen engen Schacht oberhalb der Wanne zu einem Fenster, das vermittels einer Eisenstange zu öffnen und zu schließen war. Das Hoflicht kam nur mit einer Art von Grau an in dem Kabuff, die schwache Glühbirne tat dazu bleiches Gelb aber nicht viel Helligkeit, so daß die D. ganz achtlos übernahm, an den Hähnen die Wassertemperatur zu verstellen, mit der Brause das Haar der anderen spülte, ihre Stirn in der Hand hielt, damit das Seifenwasser ihr nicht in die Augen kam, so wie sie einander schon auf der Schwesternschule geholfen hatten. Die veränderte Farbe des Haars fiel ihr erst auf, als die andere sich aufrichtete und die Strähnen dicht unter der Glühbirne nach hinten strich, aufatmend, die Augen geschlossen unter Wasserfäden, die ihr schlaffes Gesicht gleich Tränen überzogen. Die D., in ihrer manchmal vorlauten Art, hatte sich sofort die Flasche mit dem ausländischen Format gegriffen, buchstabierte am Etikett, wollte den Mund schon aufmachen, mußte aber gleich hinter der Halbnackten her, die über den Flur lief wie heimlich vorbei an den untervermieteten Türen in ihr eigenes Zimmer, das am hellichten Tag mit einem schwar-

111

zen Rolleau gegen die Straße abgedunkelt war. Die D. half ihr mit dem Föhn beim Haartrocknen, nahm ihr die Wäsche ab, reichte ihr andere Wäsche zu, deren knappe Maße, modischer Zierat, schwarze Farbe alle zusammen sich befremdlich ausnahmen an dem stämmigen, untersetzten Körper; dabei redete sie naseweis und besserwisserisch über eine Friseuradresse, wo das Haar fachmännisch hätte gefärbt werden können, und zwar mit Sachverstand, der eine so dunkle Schattierung nie auf eine rötliche aufgetragen hätte, des blassen Teints wegen, auch der Sommersprossen, während die andere am Spiegel, die Stirnhaut gegen den Haaransatz verschiebend, nachsichtig mühsame Bemerkungen über Mode und Geschmack zurückgab, bis sie sich umwandte, die D. mit einem achtlosen Blick abmaß und in überlegenem, nahezu mitleidigem Ton sagte: Ach, weißt du..., so daß die mit abbittendem Nicken ihre Einmischung zurücknahm und anbot, wieder zu gehen. Sie wurde aber zurückgehalten, sollte ihr in das festtägliche Kostüm helfen, mußte die Kniende noch einmal über die Farbe des Haars an den Wurzeln beruhigen, ging ihr auch voran im Flur der Wohnung und im Treppenhaus und pfiff, als die Treppe bis zur Haustür unbegangen war, längst nur noch vorgeblich im Glauben, es solle ein Scherz oder eine Überraschung vorbereitet werden. Sie trennten sich auf dem Bahnsteig der Untergrundbahn, und das Gesicht der anderen war so auffällig bleich, das überraschende Haar so verzwickt hochgesteckt um den rundlichen Kopf und anders als die vertraute Befestigung in einem treuherzigen Dutt, Mantel und Handtasche so unbekannt, daß die D. einer Fremden in dem anfahrenden Zug nachzunicken glaubte. So verkleidet und verstellt war die aber durch die Grenzkontrolle gegangen, nicht ohne in den Briefkasten vor dem Übergangsbahnhof ein Schreiben mit ihrer Kündigung gesteckt zu haben, die sie ja nicht nur für den Fall des geglückten Übergangs, sondern auch den der Festnahme und Verurteilung hätte einreichen müssen. Die hatte auf der Privatstation gearbeitet, zu der die D. drei Tage nach dem Besuch versetzt wurde, und schickte die Verlobungsanzeige aus Westberlin an den Personalchef, nicht an sie, um sie nicht der Beihilfe verdächtig zu machen, und so konnte die D. fast unbefangen in der folgenden Gewerkschaftsversammlung als siebente das geforderte Bekenntnis abgeben, als bringe sie für ein solches Verhalten kein Verständnis auf und mißbillige es.

– Kundschaft! Kundschaft! hieß es in der ersten Klasse, wenn eine Klappe fiel in dem altmodisch getischlerten Klingelkästchen über dem Türrahmen des Schwesternzimmers. Die erste Klasse hieß aber Chefstation, damit die Patienten der zweiten ein Privileg des leitenden Professors wahrnahmen und nicht ihre einfachere Behandlung; intern wurde sie schlicht als 1 b geführt, nach dem traditionellen Flur, dessen Zimmer zwar nach dem Krieg lange mit vier oder fünf Betten bestellt waren, dann aber herkömmlich mit je zwei oder einem. Eine Abteilung 1 a gab es nicht, da deren Korridor im Bombardement des anderen Seitenflügels verschwunden war und überhaupt ein baulicher Anlaß für die Bezeichnung fehlte. Die Kundschaft der ersten Klasse, wenig Leute, war mit einfachen Krankheiten beschäftigt, für deren Behandlung die D. nur individuelle Einzelheiten hinzulernen mußte, mit Veränderung der Herzkranzgefäße, Blutarmut, Krebs, klassischen Störungen des Kreislaufs; die Kundschaft war aber verweichlicht durch die mehr christlichen Auffassungen der Vorgängerin von Dienst und Hilfe, und hätte die Neue, jüngere, am liebsten zu einem vollends hotelmäßigen Service verleitet; die trafen zwar auf eine eben erwachsene, gleichwohl unerschütterliche Person, die ohne besonderen Aufwand an Stimmschärfe und Mienenspiel, gelegentlich sogar mit freundlichen Falten in den Augenwinkeln die Termine des Tageslaufs durchsetzte, die Zeitungshändlerin des Kombinats nicht mehr in die Zimmer ließ sondern Post und Drucksachen von der Pforte mitbrachte, die sich auch zu älteren Herren benahm als die Ältere, mütterlich belustigt durch das Begehren nach kühlem Bier am Vormittag; und nachdem sie die beiden Staatsbeamten, die wie die Kinder mit unschuldigem Getu sich erwischen ließen in ihrem raucherfüllten Doppelzimmer, keine Minute und keinen Handschlag über die Vorschrift hinaus zu bedienen anfing, war sie als zuständiger Vormund bestätigt, insbesondere von den beiden Funktionären ausersehen für vorsichtige Redensarten, die sich auf ihren Körperbau, ihre Strenge und Verabredungen nach der Entlassung richteten, ob die nun lange nicht weiblichen Besuch bekommen hatten oder erst einen Tag zuvor; nur galt sie eben bei allen als zu ernst im Vergleich zu ihren jungen Jahren. Die Leitende Schwester, reichlich abgehalten im gewöhnlichen Teil der Station, hatte sich auf die Einweisung beschränkt, ihr die Verständigung mit den Patienten überlassen; nach einer Woche ließ sie die D. stundenlang allein in der Abteilung, die in der Regel so still lag, daß noch am Ende des Flurs Rascheln von Papier, Klirren von Glas hinter den doppelten Blechtüren zu hören war. Draußen der späte September schärfte die Luft, holte die Küchengeräusche aus dem Souterrain nahe heran an das oberste Stockwerk, vertiefte die Farben, so daß blasses Gemäuer, alterndes Parkgrün und wandernde Krankenkittel am Ende des Gartens zu einem lebhaften, friedlichen Bild zusammenkamen. So am offenen Fenster, einen Arm locker auf dem lauwarmen Blech des Simses, manchmal rauchend, gedankenlos, saß sie nachmittags oft. Hier kamen ihr sogar Lernschwestern zu Hilfe, die sie für ausgefuchster hielten als sie noch war; hier, anders als auf den gewöhnlichen Stationen, wurde sie von der Schicht abgelöst in der Minute, die auf dem Papier des Dienstplans stand; und auf den Professor hatte sie angefangen zu warten. Sie hätte ihn etwas fragen mögen. Das altersfeiste, puppenhaft in einem Knabenausdruck angehaltene Gesicht gefiel ihr nicht, sie fand auch die Unterteilung des kurzen Körpers durch den handbreiten Hosengurt in zwei pralle Wölbungen komisch; die D. gefiel sich selbst nicht, wenn sie dem den Mantel über die krummen Schultern zerrte. Vielleicht war es das hochdotierte Gefolge, das ihn von der Vormittagsvorlesung hierher brachte, oder sein vor Aufmerksamkeit abwesendes Benehmen an den Betten, oder sein gedrücktes Gehabe, der gesenkte Kopf, nur wenig angehoben für mürrische Blicke dicht unter den Brauen hervor, was auch immer, sein Anblick machte die D. auf eine schwermütige Art lustig, vorfreudig. Aber wenn er wie je im Schwesternzimmer dieser Station seine Mischung von Gin und Mohrrübensaft vor dem Mittagessen zu sich nahm, stand die Oberschwester neben ihm, an der vorbei sah er nur kurz, kaum merklich auf die Umstehenden. Der D. Vorgängerin erwähnte er nicht. Er wollte in der D. auch nicht die erkennen, die vor der Sperrung der Grenze Medikamente von der anderen Seite geholt hatte. Er fragte sie nach dem Verhalten der Kranken aus in einer gründlichen, aufgebrachten Art, die auf Prüfungen hinauslief. Nach den ersten Tagen, wenn er zwischen Tür und Angel stehenblieb, hielt sie einen kurzen, wischenden Blick für ein Nicken, er hatte den Schritt aber gar nicht verhalten. Sie hätte ihn gern gefragt nach seiner Ansicht von der Vorgängerin, die dem Dienstvertrag eine Liebschaft vorgezogen hatte. Sie wäre gern von ihm ausgefragt worden über sich selbst wie er mit Fragen den Zustand der Patienten zusammensetzte. Sie war ihm lächerlich ergeben, sie hätte sich ihm anvertrauen mögen.

Sie war damals, ohne daß sie es hätte anfangen merken, mehr und mehr Gefühlen ausgeliefert, wo früher Gewöhnung und Kenntnisse sie bewahrt hatten vor Mitleid. Die Kehle wurde ihr leicht eng, und wollte sie sich mit tiefem Atmen zusammennehmen, trat ihr doch Tränenfeuchte dicht neben die Augen. Sie hatte auf der Station einen jungen Nierenkranken, der nach mehreren Aufenthalten in Krankenhäusern und schonungslosen Ermahnungen sich doch ganz freiwillig auf eine Bierreise begeben hatte, von der er nirgendhin mehr konnte als unter das blaubedruckte Bettzeug des Kombinats, auf den Operationstisch und in ein Einzelzimmer zum Totpflegen. Er beschäftigte sich weniger mit den Zeitungen, als die Arbeitsverhältnisse seines Vaters ihm nahelegten, war auch zu der mindesten Bewegung nicht zu überreden, klingelte nicht einmal, wenn die Kissen aufs unbequemste verrutscht waren, wurde in einer Art Benommenheit täglich weniger und matter, so daß seine Lebensdauer auch dem ungeschulten Blick deutlich begrenzt war, nicht aber der

117

Hoffnung der Mutter, die den Zustand des Tages an dem des vorigen maß und von der D. ihre Zuversicht bestätigt haben wollte, unantastbar in der Überzeugung, eine Dummheit werde bereinigt wie Dummheiten gewöhnlich, so daß die D. sie eigens beruhigte, wenn sie schon vormittags erschien in einem sonderbar winterlichen dunkeln Mantel und auf den steifen Flechtsesseln im Flur unter dem Bild des Staatschefs und seines Vertreters auf Einlaß in das Zimmer ihres Sohnes wartete, das vor Gutmütigkeit begriffsstutzige Gesicht, die verschmierte Brille allen weißgekleideten Personen zugekehrt, die an der Tür vorbeikamen, bis sie den Vormittag versäumte, an dem ihr dreißigjähriges Kind noch einmal operiert wurde und danach mit jedem Atemzug abnahm. Die D. setzte so rabiat wie unvernünftig durch, daß die Leiche bis zum Besuch der Eltern in dem bekannten Zimmer blieb, versteckte sich aber, als die Mutter allein daher zurückkam, mit ruhigem, fast erstauntem Gesicht, nach Auskünften der anderen. (– Wir ham da Rotz un Wasser geweint.) Mitleid brachte sie auch zu heiterem, fast schwesterlichem Betragen im Zimmer einer anderen Kranken, die in ihrem Alter war, Schauspielerin, wenige Tage nach der Sperrung der Grenze eingeliefert als ein Fall von Alkoholvergiftung und seither stillgehalten mit einem Medikament, das nur die lebensnotwendigen Verbindungen zwischen Körper und Gehirn nicht lähmte, den

Körper eben noch am Leben ließ in blöder Schläfrigkeit. Mit der Verringerung der Dosen besann sich die Kranke, so betäubt sie noch war, auf ein übermächtiges Verlangen nach Alkohol, und in ihrer Aufregung, einer physisch gewordenen Angst, konnte sie in Krämpfe ausbrechen, die die D. vom Bettrand drückten, den bewußtlosen Körper hoch und zur Seite schnellten, das Gesicht wie unter hohem Druck verzogen, daß allein der Anblick Schmerz mitteilte, mitfühlen ließ, bis die Bewegungen marionettenhaft zerfielen, die Glieder schlaff in verdrehter Lage liegen blieben. (– Das warn Ringkämpfe, Mensch: sagt sie.) Deren Zimmer betrat die D. mit einer Besorgnis, die ihr seit den Lehrjahren nicht vorgekommen war, auch mit einer eigentümlichen Neugier auf die Person, neidlos betroffen von dem jungmädchenhaften Körper, dessen damals modische Formen das steife Anstaltshemd vereinfacht hervorhob. Sie hatte angefangen, leise mit der Bewußtlosen zu reden, wenn sie ihr das Bett machte, sie anzog, ihr den Schweiß abwischte; sie strich auch immer die schwarzen Stirnhaare zurück, die die andere nach der Art irischer Zwergpferde nach vorn trug, so daß sie schon den Ton langer Bekanntschaft gefunden hatte, als die andere anfing zu begreifen was sie sah, wenngleich sie lange nicht antwortete. Die D. war auch neugierig auf die Krankheit, die von den Ärzten, übrigens so beiläufig wie ungenau als vegetative Dystonie beschrieben wurde, und versuchte sie an den Medikamenten, den Auskünften der Pharmakologie herauszufinden, so daß sie bald besser als die Kranke sich vorstellen konnte, daß im Hinterkopf gewaltsame, ungreifbare Bewegungen zu spüren waren, daß der Mund ausgefüllt war von einem tauben Geschmack wie dem von Metall, daß sie bis zum Schreien empfindlich war gegen geringfügige Geräusche; es wollten zwar die Störungen des Gleichgewichts, Dauererbrechen, Atemhinderungen der D. auch ungewöhnlich vorkommen in einer allgemein-medizinischen Station. Am Anfang einer der ruhigen Phasen, die ohne Übergang den wilden, dann unruhigen Nächten folgten, wurde der Patientin ein einfacheres Medikament verordnet, das ihr Bewußtsein nicht auslöschte, nur matter hielt, und in einer dieser ruhigen Zeiten begann sie mit schwacher Stimme, die wohl auch höher als gewöhnlich war, ein Gespräch mit der D., als hätte sie schon vorher mehr aufbringen können als Nicken und Kopfschütteln. Sie wollte den Ausgang wissen. Sie wollte sich für den Weg zum Ausgang erkenntlich zeigen, zog auch die Schublade neben dem Bett so heftig auf, daß sie mit allem Inhalt über den Boden sauste. Der Schreck ließ sie verstummen, sie fing aber wenig später von neuem an mit ihren undeutlichen Fragen. Sie schien sich eingesperrt zu glauben, oder in einer gefängnisähnlichen Anstalt. Wenngleich sie den hinhaltenden Auskünften der D. wohl

120

nicht traute, richtete sie doch weiterhin manchmal das Wort an sie, unversehens, zum Erschrecken plötzlich, mit listigen Blicken, die sich kindisch ausnahmen, begann aber das Krankenhaus schon zu begreifen, verlangte nun nach Sorten von Alkohol und Zigaretten, die es nur im abgetrennten Teil der Stadt gab, wollte die Verweigerung nicht hinnehmen, versuchte der D. zu schmeicheln, wieder wie ein Kind, zog sie auch in Umarmungen zu sich nieder, aufgeregt, ohne zu bemerken, daß ihr die Laute beim Sprechen durcheinanderkamen. Immer unverhofft warf sie den Kopf hart auf die Seite, das kleine, zierliche Gesicht starr zusammengezogen, ließ sich bis zum nächsten Tag nicht ansprechen. Sie bekam nie Besuch, als sei sie in diesem Zimmer versteckt worden; lediglich am Telefon eine männliche Stimme, mit der die D. durch ein Vorzimmer verbunden wurde, holte regelmäßig Neuigkeiten ein, zweimal in der Woche, geschäftsmäßig, ohne Besorgnis zu erwähnen. Die Absperrung und Unterdrückung der erregten Zustände beruhigten sie allmählich, sie blickte bald mit Verständnis, wenn sie mit dem Namen angeredet wurde, den noch die Vorgängerin der D. auf die Tafel gegenüber dem Bett geschrieben hatte; je mehr Erinnerung aber ihr wiederkam, je weiter sie zurückdenken konnte, desto düsterer, auch sentimentaler wurde ihr Benehmen, ohne daß ihre Vertraulichkeit gegen die D. abgenommen hätte, ja sie bestand sogar auf der Anwesenheit der D. bei

ihren hemmungslosen, ganz entspannten Selbstgesprächen, einem Gefasel, das mit der Zeit eine Erzählung wurde, da kam eine Straße in Westberlin vor, ein Haus, ein Zimmer, ein männlicher Name, und es lief eigensinnig darauf hinaus, daß die D. dahin eine auswendig gelernte Nachricht bringen sollte, die an einem Tag aus Beschimpfungen in der Sprache der ostdeutschen Zeitungen bestand und am nächsten aus bedingunglosen Liebesbeteuerungen, die Kranke hielt aber eigentlich nicht die Grenze für abgesperrt sondern das Krankenhaus, und entwarf wirre Verschwörungen gegen den Pförtner, den sie gleichwohl mit einem Wächter, einem Gefängnisschließer verwechseln konnte. Die D. ließ sie weinen, vertröstete sie jeweils auf den nächsten Tag, lachte auch Selbstmorddrohungen aus und versuchte immer noch fürsorglich, den Kolleginnen gegenüber das Mädchen zu verteidigen. Die anderen hielten für ungehörig, daß eine Person, die für die staatliche Filmanstalt oft genug in Szenen aufgetreten war, die den Westen Deutschlands und Westberlin für eine widerliche, verbrecherische Gegend ausgegeben hatten, sich dermaßen anstellte wegen der Trennung von einem Westberliner; hielten sich auch auf über das Geld, das die bekommen hatte für ihre Schauspielerei, so daß sie tägliche Besuche des Chefs über fünf Wochen bezahlen konnte und allein liegen, als sei sie allein getrennt worden von Leuten, ohne die man nicht leben will. Die D. pflichtete solchen Re-

den gelegentlich bei, mit Nicken, mit Ja oder Nein; meist jedoch schwieg sie sich aus, und versicherte der Patientin bei der Entlassung, sie habe während der ganzen Behandlung in einem Halbschlaf und wortlos dagelegen, worauf die andere halbherzig und dringlich bestand, bevor sie die Wagentür bemerkte, die der Chauffeur ihr aufhielt. Die D. bedauerte die andere, die wieder mit Trinken sich übernehmen würde und in eine andere Anstalt kommen, mit immer mehr Mühe, sich zu besinnen; sie war früher so nachsichtig nicht gewesen. Sie hatte auch die ganze Zeit sich gewundert über die Ruhe, mit der sie selbst sich seit dem August hatte betragen können, auch beschämt über den Aufwand an Störung und Krankheit, der der anderen zugestoßen war. Das war Anfang Oktober.

Inzwischen hatte sie Nachricht von dem jüngsten Bruder aus München, aber er schickte nur Postkarten, auf denen für farbige Ansichten von Baudenkmälern zu viel Raum war und zu wenig für seine kipplige Schülerhandschrift, nicht genug für eine hinlängliche Beschreibung seiner Unterkunft, eben ausreichend, gute Laune zu weitläufig auszudrücken, als hätte einer daran gezweifelt. Er hatte aber auf eine Hochschule gehen wollen und nicht als Bauhilfsarbeiter. Die D. fand darauf nichts zu antworten und schickte die Karten, die sie für kleinlaut hielt, nach Potsdam weiter; sie hatte ihm jedoch seine Geburtsurkunde, eingeklebt in den Deckel eines

Bilderbuches über den ostberliner Tierpark, auf die Post gegeben, was nach dem Gesetz als Beihilfe zur Flucht und strafbar galt, woraus der Jüngste den Rest des Zusammenhalts verstehen mochte, den er aufgegeben hatte in seiner eigensüchtigen Enttäuschung über neue Möglichkeiten seines Staates. Von dem mittleren Bruder wußte sie durch Hörensagen; er sollte sein Motorrad verkauft haben, er war betrunken gesehen worden, er zog aber auch mit einem neuen Mädchen umher; er hatte nicht mehr nach Hause oder an die Geschwister geschrieben, seit er in die Baubaracken umgezogen war, antwortete nicht auf einen Brief der D. Mit dem ältesten kam sie auseinander. Es war nicht laut wie Streit, es war ein Wortwechsel beiseite vor dem grauen Getöse des Fernsehapparates, dessen erste Raten die mittlerweile bezahlen konnten, und die D. hatte nach dem Kind gefragt, das sie am Nachmittag nicht gefunden hatte auf der Straße. Das Kind, ihre Nichte, das Patenkind, war tagsüber in den Kindergarten gesteckt unter die Bilder des Staatschefs, plapperte von den Haufen Spielzeugs und konnte schon einen Spruch auswendig, in dem sich Staat auf Saat reimte. Die D. sagte nur: Das hätte nu doch nich sein müssen. Die Plätze sind doch knapp genuch. Aber der Bruder hielt seine ruhige Seitenstraße mit einem Mal für gefährlich, fand das Kind auch folgsamer nach der fremden Erziehung, nahm über dem westdeutschen Ratespiel auf dem Schirm gar nicht recht wahr, daß seine Schwester aufgestanden und hinter ihm in die Küche gegangen war, offenbar um beim Abwaschen zu helfen. Die D. stand in der Tür des Badezimmers und sah zu, wie das Kind gewaschen und für die Nacht angezogen wurde. Sie schalt sich empfindlich, sie wäre dennoch gern gefragt worden. Seitdem meinte sie sich ungefähr ausgeschlossen von der Familie, der abends beleuchteten Insel, befestigt durch Sparkonten, Abzahlungsverträge, Feierabendgewohnheiten und die feste Erwartung eines bürgerlichen Lebens; sie zögerte, da zu erzählen, daß manche sich die Haare färbten, genierte sich auch vor Besuchen in dem Kindergarten, fand sich seltener vor der Wohnungstür. Sie wußte wenig mit ihrer freien Zeit anzufangen, kam sich allein vor, nicht zugehörig; mitunter dachte sie an eine Fahrt nach Potsdam übers Wochenende, einen Besuch bei der Mutter, unterließ die Reise eigentlich aus Unschlüssigkeit und kaufte der alten Frau, wütend über die eigene Rührseligkeit, zum Geburtstag für ungewöhnlich viel Geld eine Handtasche aus Leder, wie sie nach ihrer Meinung in den dreißiger Jahren getragen wurde.

An dem stillen Verhalten des jungen Herrn B., des Westdeutschen, rätselte sie vergeblich. Sie hatte ihm auf die Länge nicht zugetraut, daß er keine Briefe schickte, nur weil sie keine Briefe bekommen wollte. Aus Westberlin war eine Postkarte gekommen mit Druckbuchstaben, sie kannte aber nur seine Schreibschrift, und den Anfangsbuchstaben darunter hatte Feuchtigkeit verwischt, sie konnte ihn nicht entziffern, und verstand den Text nicht besser als einen Glückwunsch zu ihrem Geburtstag, der aber erst später war, und das Foto des westberliner Südflughafens auf der anderen Seite bedeutete ihr nichts. Sie nahm an, eine flüchtige Bekanntschaft vergessen zu haben. Sie hätte B. gern übelgenommen, daß er im August so selbstherrlich einen Treffpunkt festsetzte, als könne sie beliebig das Kombinat verlassen. An jenem Nachmittag, mitten im raschen Arbeiten, konnte sie nicht leicht von der Vorstellung abkommen, daß B. unterhalb der verabredeten Kreuzung hielt mit seinem armutsblanken Auto, eine halbe Stunde lang den Bürgersteig beobachtete, vielleicht noch eine Viertelstunde länger, bis er endlich abfuhr zu der Kontrollstation auf der Brücke, die sie sich nicht mehr vorstellen konnte. Es war nicht auszuschließen, daß er gemeint hatte was er schrieb über seine Gefühle, die undeutliche Erwähnung von Westdeutschland im folgenden Satz konnte eine Einladung bedeutet haben für mehr, sie konnte nicht wünschen, ihn zu kränken. Sie meinte ihn versetzt zu haben, sie glaubte sich im Unrecht. Das hätte sich berichtigen lassen in gewöhnlichen Zeiten; solange er schwieg, überwand sie sich nicht zu schreiben von dem Kleid, das er gelegentlich gelobt hatte, das auf dem Bügel an der Schranktür hing jenen ganzen Nachmittag über; sie wäre auch sicherlich zehn Minuten zu früh an die Ecke gekommen.

Manchmal in der Dämmerung, im abnehmenden Licht, das jetzt jeden Tag früher von Hausschatten, Nebelnetzen verstellt wurde, wäre sie bedenkenlos mitgegangen, hätte einer sie über die Grenze bringen wollen, einfach aus Überdruß, ohne viel Hoffnung, sich zu verbessern.

Übrigens kam in der Zeit regelmäßig einer über die Grenze und beförderte in einem Hohlraum seines Autos solche Leute durch die Kontrolle nach draußen, die dafür mit westlichem Geld bezahlten; war aber die ausgemachte Person nicht pünktlich erschienen, suchte er manchmal Mädchen aus nach seinem Geschmack, sprach mit ihnen und lud sie ein zur Überfahrt, und nahm dafür nichts.

7

Das Jahr war noch kaum kalt, den jungen Herrn B. litt es nicht in seiner Stadt, er hatte sie bis zum Sommer für Zuhause nehmen können. An einem laternentrüben Morgen, auf dem Weg zum hamburger Eilzug, sah er die beengten, tropfnassen Häuser an wie bei einem Abschied für lange. Es war ihm lang geworden, den täglichen Tag über den Katzenkopfplatz zu kommen, dann auf den nur doppelt mannsbreiten, von Haustürtreppen bedrängten Gehsteigen abwärts, endlich auf der sommers asphaltierten Schleusenstraße zur Drogerie zu trotten, nachmittags durch die unveränderten Straßen zu den Aufträgen der Zeitung, zu seinem Eßabonnement im Hotel Post. Die schmalen, von Farbe strotzenden Giebel, die ländlichen Ladenfenster, die parkenden Autos waren ihm so auswendig bekannt, er sah sie und hatte sie nicht bemerkt. Abends fuhren die Busse in Reihen auf vor dem Rathaus, die Einwohner lagen in den Fenstern, kamen aus der Imbißstube, traten aus ihren Geschäften, und beobachteten die Rückfahrt der Pendelarbeiter, der Berufsschülerinnen, der Landkundschaft wie ein Schauspiel. Ein Gespräch für die ganze Stadt hatte die Fernsehantenne auf dem Bürgermeisterhaus gegeben, der höchste Punkt am Markt, bis eine Luftalarmsirene sie doch überragte. Jedesmal las er die Zahnarztschilder, blieb er stehen vor dem Zeitungskiosk, dem Kinoschaukasten in der Hoffnung auf ein Ereignis, wenn nicht eine Ablenkung, dachte er sinnlos nach über den Münzwechselautomaten der Landesbank, an dem die Bauern markttäglich die großen Stücke umtauschten; immer wieder hatte er das Rathaus mit seinen messingnen Fensterzierbändern fotografiert als Hintergrund für einen wiederholten Anlaß, die Auffahrt der Geschütze, Feldküchen, Amphibienwagen zum Tag der westdeutschen Armee, den halbherzigen Aufmarsch der Bürger mit Fahnen der verlorenen Ostgebiete, immer noch einmal hatte er die kleinen Läden, verspätete Modeauslage oder wohlassortiertes Waffenlager, aufgenommen zu Zwecken der Werbung; es war nicht Langeweile allein. Er war in dieser Stadt fast acht Jahre gewesen, seit seine Mutter neu geheiratet, sein Vater das einzige Hotel im Stranddorf hatte vertauschen müssen gegen einen Dorfladen tief im Land, ein dreiviertel Jahr noch Oberschüler in Pension bei einer Großmutter, gleichberechtigt mit den Kindern von Unternehmern, Hausbesitzern, Beamten, bis nur noch für eine Lehre Geld genug aufkam und er nun hinter den Vitrinen der Drogerie für die früheren Mitschüler Vertrauensperson wurde, wollten sie nun Empfängnis verhüten oder Filme entwickelt, die sie ihm nicht im Laden, sondern im Hausflur in die Hand schoben. Auf Urlaub vom Wehrdienst war er hierher gefahren, obwohl die Großmutter gestorben war und er das ebenerdige Zimmer in der Kanalstraße, vollgestellt mit gefälschtem Mahagoni, nicht lange hatte halten können; nach der Entlassung von der Bundesarmee war ihm die freie Fotografenstelle bei der Zeitung zupaß gekommen, damit und mit dem Ausbau des Lagerraums über dem Kino zu einem Atelier hatte er sich den alten Familien bald zugehörig gefühlt, aufgenommen zu den Hausbesitzern und Unternehmern, mit der Stadt verbunden durch Bekanntschaft, durch Angesehensein. Jetzt waren ihm Sitzungen des Gemeinderats nicht verschlossen, der Stellvertreter des Bürgermeisters hatte ihn an den Biertisch geladen; und schon als Lehrling war er geschickt worden, Konfirmandinnen am häuslichen Klavier zu fotografieren, zu Familienfesten, auch um im Sarg Tote aufzunehmen, an deren Bilder zu Lebzeiten nicht gedacht worden war; neuerdings wieder kannte er die Mitbürger von ihren Einkäufen, ihren Amateurfilmen, als hätte er ihre Tagebücher mitgelesen; vergleichbar viel aber mochten sie von ihm wissen, und gegen seinen Willen gab er sich linkisch, schrak vor Gängen ins Rathaus zurück, wich Gesprächen aus in der Sorge, in der Stadt für weniger zu gelten seit dem beschämenden Verlust des Angeberautos, mit dem er sich in den Augen der Stadt ohnehin übernommen hatte, er glaubte sich geringer angesehen, weil er wieder in einem Geschäft hinter dem Verkaufstisch stand, und wenn auch der Betrag des süddeutschen Schecks

130

sich herumgesprochen hatte, ihn verdroß jedoch, nicht zu jenen Leuten zu gehören, für die das Bankgeheimnis galt. Es war nicht so, daß die Kaufleute ihn an ihren Türen abpaßten, bevor er den Kontoauszug selbst gesehen hatte, aber schon auf dem Rückweg von der Bank wurde ihm Anzugstoff, ein Mittelklassewagen aus erster Hand, ein Jagdgewehr zu einem Vorzugspreis angeboten; und wer ein erstes Mal mit einem Mädchen gegen Nachmittag über Markt und Hauptstraße zog, hatte nahezu ein Verlöbnis angezeigt, da war ihm nicht wohl beim Gedanken an die Freundin, die er im Frühjahr mit dem alten Wagen abgefunden hatte, die er aber im Herbst um eine gemeinsame Fahrt zur Spielbank anging, in dem töricht verschenkten Auto, in der Hoffnung, sie möchte ihn ans Steuer lassen, seine Hände unter ihren Rock, und heikel genug war ihm, daß er auf freier Straße, weit vor der Stadt, in die Nacht gesetzt worden war, schlimmer, daß davon erzählt werden mochte, fast nicht zum Aushalten die Erinnerung, wie drauf und dran er gewesen war, sein Ungeschick mit der D. auszukramen, Mitleid einzuhandeln, vielleicht doch den entbehrten Beischlaf. Da eine neue Liebschaft konnte zwar abgehen ohne die bürgerlichen Formen, auf die aber kam es dem jungen Herrn B. an, an denen hinderte ihn ein Schatten im Gedächtnis, ein verlegenes Gefühl, das die D. aufbewahrte und das Liebesversprechen, das zurückzunehmen er sich nicht traute wegen des

Anscheins, er habe sie im Stich gelassen, und je wütender er sich seine Unschuld an der Trennung vorhielt, desto ehrenrühriger kam ihm sein Verhalten vor, desto ärger schmerzten ihn unüberlegte Andeutungen, die es bekannt machen konnten. Und in einer der Straßen, die rechteckig um den Marktplatz gelegt waren, sah er das museal renovierte Fachwerkhaus ohne Gardinen, vom Gehsteig aus in die kahlen Stuben, auf denen die Alten ohne Vermögen auf plumpen Nachkriegsstühlen den Tag versaßen, nicht abgebildet im Buch der Stadt, rausgekauft, sitzengelassen. Der junge Herr B. hätte für seine Reise Gründe nicht denken können, unstet und zerfahren wünschte er sich da weg, es litt ihn nicht da; und er hatte auswärts was vor.

Er kam zurück nach Westberlin, in einem spärlich besetzten Flugzeug, früh im Oktober. Noch ungelenk in einem neuen dunklen Anzug, mit befangenem Grinsen versuchte er die Stewardeß für sich einzunehmen, die erkannte die Bewegungen in seinem dicklichen Gesicht nicht als Gesprächslaune und nahm seine Schnapsbestellung am Vormittag auf als lästig, nicht als ein Zeichen von Weltbefahrenheit. Das elegante Reisegefühl, das er sich abverlangte, stieß sich bald an einem Mantel, den er über einer fremden Handtasche liegen sah wie griffbereit für den Fall von Gefahr, es erschrak vor dem Übergang der kleinfleckigen Erdfarben zu den großen Ackerflächen, die das ostdeutsche Staatsgebiet ankündigten, es verging, als mitten im Flug der Befehl zum Anschnallen aus dem Lautsprecher kam und er sich ängstlich eingesperrt fühlte in dem schmalen Sitz, festgehalten bis zu einem Aufprall. – We are crossing the border into East Germany: hatte eine unaufmerksame Stimme aus dem Cockpit mitgeteilt, und das Wort into, das Hinein kam ihm unverhofft vor wie ein gefährliches Eindringen nach Ostdeutschland, die feiertäglich geringe Zahl der Fluggäste machte es ihm zu einer riskanten Expedition, und wieder war ihm bange vor der fremden Stadt, in die fliegen mußte, wem ihre Umgebung nicht geheuer war. Der Schnaps half ihm nicht gegen die Bierschwaden vom vorigen Abend, unter den Böen, die das Flugzeug schüttelten, schickte der Magen ihm leichten Brechreiz in die Kehle, und ihm war schreckhaft eingefallen, daß die ostdeutschen Behörden gegen den Flugverkehr der westberliner Besatzungsmächte protestiert hatten, was ein gängiges Gerücht als erzwungene Landungen auf ostdeutschem Boden ankündigte. Der weiträumige Anblick Berlins nötigte ihn, an die D. zu denken, an die er nicht denken wollte; Gaskessel, Straßenzüge, Parks und Baublöcke drohten ihm mit der Nähe der D., deren Stadt dies war, er hätte fast dem Fliegen abgeschworen, weil er der Erinnerung nicht ausweichen konnte, nicht aufstehen, nicht sich bewegen, nicht sich ablenken, angeschnallt, festgebunden. Als die Maschine heil auf die Landepiste geschwebt war, durch eine enge Gasse zwischen Hausfirsten auf gleicher Höhe, über einen Friedhof dicht hinweg, war er sehr erleichtert, und wäre das jetzt autoschnelle Flugzeug nun unaufhaltsam auf einen Hangar zugerollt, er hätte die Ruhe weniger leicht verloren. Auf dem Gang zur Gepäckauslieferung gab er sich lässig, obwohl da niemand stand, auf seinen weißen Scheitel eigens zu achten.

Er hatte Gepäck mitgenommen. Von der Gutschrift aus Württemberg war auf seinem Konto nur so viel zurückgeblieben, daß er zur Not noch einen deutschen Sportwagen hätte kaufen können. Er hatte die Taschen voll Geld, und einen kleinen Haushalt im Koffer, denn in Westberlin wollte er eine Weile bleiben. Es fing nicht günstig an. Zwar, die Hotels waren inzwischen eingerichtet auf die Mengen Auswärtiger, die in die Oper und an die Grenze gegen Ostberlin tourten, er fand ein Zimmer für eine Nacht, aber als er abends sich in die Kneipe am Henriettenplatz stellte, achtete die Wirtin nicht auf ihn, so munter und stammgastmäßig er einen halben Liter verlangte. Darauf schien sie sich nicht zu besinnen. Sie schob ihm das schwere Glas im Vorübergehn aufs Brett, sie machte sich mit dem Lappen am Stehtisch zu schaffen, sie leerte und wischte die Aschenteller auf den Tischen an der Wand, nahm Bestellungen an, die ganze Zeit in redensartlichem Gespräch, wie aufgebracht, mit dem Kreis älterer Herren am runden Tisch vor der Rückwand, die lobten sie aber für ihren Pullover; und als sie Zeit hatte stillzustehen, hielt sie sich am andern Ende der Theke, rauchte, sah vor sich hin, wischte sich über die Stirn wie müde, und hatte den Hörer vom Münzautomaten gehakt und am Ohr, als der nur zweimal angeschlagen hatte. Beim Telefonieren ging ihr Blick über B. weg ohne anzuhalten. Erst später, als neben dem Spülbecken kaum noch Platz war für gebrauchte Gläser, war sie nahe genug vor ihm, sie sah aber gar nicht auf, als er anfing von der Villa über der Förde und dem Verhör wegen dieser Kneipe. Er hatte leise gesprochen, er hatte Vertraulichkeit erwartet, sie sprach laut, unbekümmert um die Gäste auf den Hockern neben ihm, die wandten den Kopf nicht, er zog den Kopf zwischen die Schultern. – Geheimdienst! wolln Sie mich aufn Arm nehmm! sagte sie, drückte noch die Tulpengläser ins Spülbecken zwischen die Bürsten, drehte sie, schwenkte sie paarweise aufs Zinkblech, – Sie meinen wohl Kriminale! sagte sie heiser, erzürnt, hob endlich den Kopf, trocknete die Hände, stemmte die Fäuste in die Taille, sah ihm streng in die unsicheren Augen, beschrieb ihm schimpfend die Ganovenkneipe des Viertels, – Wo sogar das Bier geklaut ist! sagte sie, – wo die Penner unterm Tisch liegen! Wo die Polizei mit n Netz hingeht! sagte sie, erklärte ihm den Weg dahin, bis er sich hinausgewiesen fühlte, auch noch verwirrt durch ein kurzes Lidzucken, das ihr Gesicht sekundenlang lächelnd aussehen ließ, das ihr

135

Handrücken gegen die Nachbarn abschirmte wie um
es zu verstecken, im Nachhinein sah die Geste zufällig aus und nach Müdigkeit. B. entschuldigte sich
hastig, kam über den ersten Satz kaum hinaus, da
war sie schon weggegangen, in jeder Hand drei
Gläser, kopfschüttelnd, murmelnd von Leuten! Leute
gibt es! B. blieb in seiner Ecke hängen, starrte in den
Bierschaum, errötet über die Ohren, mochte immer
noch nicht aufgeben, das Mädchen zu fragen nach
der Dachkammer, in der er bei seinem vorigen Besuch übernachtet hatte, ohne es vor dem Aufwachen
wahrzunehmen. Diese Kammer wünschte er sich. Er
war schon niedergeschlagen, er bildete sich abschätzige Blicke der übrigen Gäste ein, er fühlte sich ausgeschlossen aus der Würfelrunde neben seinem Ellenbogen, er traute sich erst beim Bestellen des dritten
Glases die Wirtin um die Auskunft anzugehen, verhaspelte sich aber, weil er nicht ahnte, wie damals
er und sein Fotoapparat dahin gekommen waren. –
Weiß ich nichts von: sagte die Wirtin kurz, blieb
aber vor seinem Platz stehen und betrachtete ihn
aufmerksam. – Tut mir leid: sagte sie, senkte sein
Glas ins Becken, stieß es zwischen die Bürsten, mehrmals, nachdenklich, hob den Kopf eben hoch genug
für einen Blick unter den graublonden Brauen hindurch, fragte so schräg plötzlich: Schmeckt Ihnen
das Bier? Sie war schon an der Schankbrücke, als B.
noch nach einer anerkennenden Antwort suchte,
nach sieben Minuten stellte sie den geschenkten

Becher vor sich aufs Thekenbrett, an den Anfang der Reihe von Gästen, die einer nach dem andern B.s Bier weiterreichten, bis der letzte es ihm hinsetzte mit den Worten: Bitte der Herr, hatte auch den Filz kellnermäßig zurechtgerückt. Der junge Herr B. konnte sich nicht entschließen, alles für ausgesuchte Kränkung zu halten, er mochte nicht gehen, er hätte dann die verleidete Reise überlegen müssen, er wollte an der Ecke sitzen bleiben und dem Mädchen hinter der Theke zusehen, jetzt lehnte sie wieder neben dem Telefon, hielt den Hörer in krummer Innenhand an die Wange, blickte aus fast geschlossenen Augen gegen den Boden, als lerne sie das Gehörte auswendig, beendete das Gespräch mit vier Worten, die B. in seiner Ecke für zärtlich hielt, denn sie hatte genickt wie ein gehorsames Kind, auch gelächelt, bevor sie sich abwandte und mit beiden Händen das rötlich blonde Haar aus den Schläfen strich, nachdenklich, einen Mundwinkel spöttisch eingezogen. Vor dem schmalen, nackten Gesicht erschrak B., ihm fuhr der Kopf hoch. Als sie hinter die Theke zurücktrat, die Gäste überblickte und zu arbeiten begann, wußte B. nicht mehr was er gesehen hatte. Das war um die Zeit, da aus den Kinos die Paare kamen auf einen Schluck bis Mitternacht, lange bekam er den Blick nicht von den Wandtischen weg, hätte mit fast jedem Mädchen da sitzen mögen, leise sprechen, sich vorbeugen, sie berühren, nicht allein sein. Er sah eine, die ließ sich ihren Mantel

abnehmen, die zurückgedrückten Schultern dankten dem Begleiter, hoben den Busen gegen die anderen Gäste, den schmalen Blick behielt er. Er sah ein zerstrittenes Paar, sie steif angelehnt, im Mantel zum Aufbruch bereit, der neben ihr redete leise und fahrig auf sie ein, sah verlegen um sich, hatte ihr nach einer Viertelstunde schon die zweite Viertelflasche Sekt bestellt, der junge Herr B. merkte sich ihr vertrotztes, starrweißes Gesicht. Er bestellte ein neues Glas und sah wehrlos in sich hinein, wie ein bärtiger junger Mann und ein Mädchen mit uneben geschnittenem, strähnigem Haar einen Wettstreit austrugen im Bau von Haustürmen aus Bierfilzen, beide ernst im Gesicht, keiner pustete heimlich oder rührte mit dem Fuß ans Tischbein, alle Türme zerfielen, bis der höchste des Mädchens mit vier Stockwerken einige Sekunden lang stand, bevor er in sich zusammenstürzte. B. hatte am nächsten Tag vergessen, daß er den beiden je ein Gedeck spendiert hatte, Bier und Schnaps, und danach nicht mehr hingesehen; in der Nacht träumte er von dem Hals der Wirtin, den schmal und verletzlich hervortretenden Sehnen bis dicht unters Ohr; aber wie er in sein Hotelbett gekommen war, das hatte er wieder nicht wahrgenommen. Er hatte noch mehr vergessen.
Er hatte von der Wirtin Papier und einen Briefumschlag verlangt und der D. in einer Schrift, die vor Betrunkenheit altersschwach aussah, etwas aufgeschrieben. Er hatte den Umschlag verklebt, auch mit

einer Anschrift versehen, ihn beim Weggehen auf dem Thekenbrett liegen lassen.

Auf der Suche nach einem andern Zimmer, in Gang gesetzt von Annoncen und Aushängen, im Trab gehalten auf den Kursen von Bussen, Bahnen auf der Straße, unter den Straßen und Häusern, verhielt er sich anfangs wie ein Nichtschwimmer, stieg überhastet aus zu hoffnunglosen Irrwegen, ließ lahm sich abdrängen an den dick umstandenen Bushaltestellen, gab auch für Stunden auf und tröstete sich mit einem Bier, sah an den Taxis aber vorbei, wollte den Verkehr der Stadt lernen auf eigene Faust und hatte endlich die Viertel der inneren Bezirke, Durchgangstraßen, Linienkreuze, Bahnhofsplätze im Kopf wie einen grob gezeichneten Stadtplan, wenn er auch ohne den eigenen sich nicht aus der Pension traute. Treppen mußte er steigen wie Briefträger, seine bescheidene Miene verfing an vielen Türen nicht, weil er den ausgebotenen Raum beileibe würde auch tagsüber benutzen wollen, bis er endlich oberhalb des Südrings auf einen Rentner traf, der nach der Beerdigung seiner Frau zum ersten Mal sich einließ aufs Vermieten und den hochgewachsenen, steifen jungen Mann sich einrichten ließ in dem brauntapetenen, von Gewächs im Balkonportal verdunkelten Sterbezimmer. Niedergeschlagen, weil die Suche Geld geradezu verschlungen hatte, auch weil er für den düsteren, verwohnten Raum mehr als das Doppelte des erhofften Betrags (der Miete für seinen Schuppen von

Atelier) auf den Tisch legen mußte, insbesondere weil die hohen, vielleicht verlorenen, Ausgaben in seiner Stadt für geschäftliche Dummheit gegolten hätten, kleinlaut machte er sich auf Wege in das schmalere Gebiet, in dem er arbeiten wollte, den Rand der Stadt gegen Ostberlin, und begann da zu fotografieren, hielt sich jedoch zu lange auf mit den technischen Ansichten der Sperre, Hohlblockwänden, geschichteten Betonplatten, verstrebten Stacheldrahtlinien, zugemauerten Fenstern in Grenzhäusern, Posten auf dreistöckigen Hochständen, mit Hunden im Schußfeld, er bemühte sich um Drahtnetze auf Hausfirsten, um Sichtblenden, um Schießscharten, weil ihm an dieser Grenze vornehmlich angetan hatte, wieviel mannigfaltiger, auffälliger sich ausnahm, wenn eine Stadt in zwei geteilt war, als freies Feld, er wandte mühselige Arbeit darauf in seiner behelfsmäßigen Dunkelkammer hinter der verhängten Balkontür, verschwendete kostspieliges Filmmaterial, aufwendiges Kopierpapier, fuhr mit krummem, schmerzendem Rücken vor Mitternacht zum Südflugplatz, bevor die Nachtpost abging nach Westdeutschland, suchte seine Aufnahmen aber vergebens in der Zeitung seiner Landeshauptstadt, glaubte sich hintergangen, obwohl es keine förmliche Vereinbarung gegeben hatte beim Schnaps, mußte endlich in teuren Ferngesprächen, aus den Groschenblättern Westberlins lernen, was neuerdings als Nachricht zu verkaufen war, Zwischenfall,

Spannung, Stimmung, verlegte sich also auf Vorgänge, suchte in den rotstreifigen Blättern die Spur von Vorfällen, kam auch einmal noch zurecht, als auf der anderen Seite des Zauns Bulldozer und Pioniere Gartenlauben und Wohnhäuser aus dem Schußfeld räumten, suchte sich aber nicht die Möbelwagen aus, die die Habe der Evakuierten aus dem Sperrgebiet fuhren, sondern einen Handwagen, auf dem eine verstaubte, verschwitzte Alte Körbe und Eimer mit Küchengerät über den von Raupenketten zerwühlten Kolonieweg zerrte, und konnte das verkaufen, konnte nicht Leute noch einmal verkaufen, die auf einer mitgebrachten Trittleiter, auf Ruinenresten stehend zu ihren Angehörigen nach Ostberlin hinüberwinkten, konnte aber zwei Kinder verkaufen, die mit nickelnen Wildwestpistolen Flüchtling und Ostposten spielten, er kam auch beim Warten auf Blickwinkel, auf Bewegungen der ostdeutschen Grenzsoldaten, ins Gespräch mit Fotografen, die schon bei früheren Malen in seiner Nähe auf den Fortgang gewartet hatten, war bald gelitten, denn er lieh schon einmal einen Film her, ging bereitwillig mit und zeigte sich für eine Einladung zum Bier mit einer Bestellung von sich aus erkenntlich, antwortete unbefangen in seiner vokalbreiten, nöligen Aussprache, denn er war nicht schüchtern, hatte er einmal das erste Wort gehabt, sie gaben ihm Auskünfte, Hinweise, und so kam er einmal eben an den dritten Grenzkontrollpunkt der amerikanischen

Armee, Charlie genannt nach dem Militäralphabet, als auf der westberliner Seite die konventionellen Panzer mit dem weißen Stern auffuhren bis dicht an den weißen Strich, der auf diesem noch befahrbaren Damm den Grenzverlauf markierte, konnte aus einer hochgelegenen Wohnung, deren Inhaber an die Fotografen Fensterplätze vermietete, die schmalen Rohre aufnehmen, die aus seiner Sicht über die Grenze ragten, davor die gefechtsmäßig ausgerüstete Linie Soldaten, in der Ferne die konventionellen Sowjetpanzer mit dem weißen Stern, und kam er einmal, wenn ein Flüchtling im Grenzkanal schon erschossen war, ein Flüchtling schon vom Dach zu Tode gestürzt, fotografierte er die verbliebene Zuschauermenge, die im Wasser stochernden Soldaten auf den Wachbooten oder die Löcher im Dach, die der Tote bei seinem Sturz gerissen hatte, konnte das verkaufen und auch noch die Wolke der Tränengasbombe, die die Horde der Fotografen von der Szene zurücktrieb. Oft hatte er das Gefühl zu leben wie in einem Film. Er kam dann sich vor wie eine Person in jenen Filmen, die er mehr als ein Mal ansah, die Bankräuber, Liebesleute, Detektive zeigten in einer beschleunigten Zeit, Handlungen ohne Langeweile, einer Welt mit scharfen Gegensätzen, denn so betäubt von rasch folgendem Ereignis nach Ereignis, ähnlich wie im Traum trieb er sich in der Stadt umher, und gelegentlich hatte er noch nie so gierig, so anhaltend bewußt sich leben merken, auf den Decks der Autobusse, die wie Elefanten trotteten im vierbahnigen Verkehr, von wuselnden Rücklichtern umblinkt im Dämmern der Unterführungen, in der Nacht, wenn unter märchentürkischem Himmel, scharfkantigem Mondmesser die übermächtigen Hausblocks erstarrten, unter der Kuppel aus dem Gestank der ostdeutschen Briketts, an denen die Stadt sich wärmte, wenn im Stadion der hochgeschossene Fußball zögerte vor dem Fall, die wüste Wogenwand von Gebrüll einstürzte zu einem splittrigen Lärm wie von gigantischen Staren, wenn er nicht allein war, manchmal allerdings mit einem Gefühl von Halbsekunden, einer scharfen Angst vor dem Ende, einer Art Aufwachen. Er glaubte sich angenommen in der Stadt, seit er sich nicht mehr verfuhr im unterirdischen Bahnnetz, seit er einem Einheimischen hatte eine Straße weisen können, er glaubte sich ja wunder wie vertraut und eingesessen, wenn er gängige Ausdrücke benutzte und sagte: beim Bäcker ist die Boulette nicht gewesen, nur weil sie ganz und gar nach Fleisch schmeckte, wenn er dachte: werd ich mal Gas geben auf die Dame, wollte er um eine sich bemühen, wenn er sich zur Pflicht machte, die von den ostdeutschen Behörden betriebene Stadtbahn nicht zu benutzen, weil eine öffentliche Meinung die Ostdeutschen auch noch um diese beiden Groschen Devisen schädigen wollte; er achtete in dieser Zeit auch auf seine Kleidung wie lange nicht, immer in dunklem Anzug und Mantel, in frischem Hemd, blanken Schuhen, den Regenschirm in der einen Hand, die Fototasche in der andern, trat er die Straßen, drängte sich voran, nahm auf. Er fotografierte später auch abseits der Grenze, vielberedete Einkaufstraßen, das Publikum der geheizten Bürgersteigcafés, Passantenströme auf Kreuzungen, in Tanzsälen, Kaufhäusern, Theaterfoyers, in der Kongreßhalle schlich er umher mit Teleobjektiv, Weitwinkel, klickend, knarrend, der ärgerlichen Blicke wegen überlocker, er ging auch in die Neubauviertel, sammelte sogar alte Architektur, obwohl hier fast überall parkende Autos die untere Baukante verstellten, das Bild verdarben; er fotografierte die Flugzeuge über der Stadt, immer wieder die Flugzeuge, die noch waagerecht hereinglitten, schräg kurvten, sich mit Röhren und Stampfen steil nach oben zerrten, eilig die Luft freimachten für die folgenden, die sich in Ruinenlücken paßten, über Firste scherten, klassische Linien ausführten um Funkturm, Hochhaus, Stadtautobahn, er riß den Kopf aber auch hoch, wenn eins nur als schwarzer Klumpen durch die Wolken wischte oder wie ein natürliches Wesen mit großäugigen Scheinwerfern einen Weg durch die Nacht suchte, nicht fotografierbar, und er duckte sich erschrocken, wenn unsichtbar hoch Düsenjäger der sowjetischen Luftwaffe außerhalb des Fahrplans über Westberlin sich durch die Schallbarriere zwängten und den boxenden, schüttelnden

Knall gegen den Boden warfen; er hatte auch einen Satz Bilder eines Berühmten, der im Hinterzimmer eines öffentlichen Saals, während er für die Fernsehkameras geschminkt wurde, entspannt unter dem weißen Tuch lag und an den Fragen von Studenten sorgfältig und penibel ausstellte, wieso sie falsch gestellt waren; damals dachte der junge Herr B. schon, ein ganzes Buch mit Fotografien aus Westberlin zu verkaufen. Er glaubte ja hinter den Trick gekommen zu sein. Seit der Schulzeit und insgeheim hatte er immer für ausgemacht gehalten, daß der Anteil am Geld tatsächlich von wenigen Eingeweihten, getarnt hinter den öffentlichen Auskünften der Staatsbürgerkunde, ausgemacht werde, in diesen romantischen Zirkel glaubte er sich zugelassen, seit er für seine Fotos von Aufläufen und Unglücksfällen Preise eingestrichen hatte, die nach seiner eigenen Auffassung unrechtmäßig hoch, unverdient, glückhaft waren, sie hatten ihm die Auslagen zurückgebracht, inzwischen konnte er fast die Hälfte solcher Einkünfte auf dem Konto sitzen lassen, machte auch hohe Zechen, gönnte sich ab und an eine Fahrt mit einem Taxi, so sparsame Umstände wie in den ersten Monaten mochte er sich kaum noch zumuten, er hatte zum ersten Male Geld. Es war nicht viel. Es war keine Menge, denn zwar zahlten ihm ein paar norddeutsche Zeitungen, aber weil er lächerlich billiger war als die Agenturen, und auf die Preisebene der Illustrierten bekam er den

Fuß nicht; sein Geld war nichts gegen die Honorare von Fotografen, die mit einem Bild auch einen eingeführten Namen, persönlichen Stil verkaufen konnten und in diesem Herbst an dem Zustand Berlins reich wurden mit wenigen Schnappschüssen, die um die Welt gingen; sein Einkommen war nicht der Rede wert, verglichen mit dem eines Architekturfotografen, der zu Wohlstand gekommen war mit den Aufnahmen, die er begüterten Bürgern von ihren Häusern, Möbeln, Kunstschätzen herstellte, bevor die die Stadt verließen mit notariell beglaubigten Abbildern ihres Vermögens, der westdeutschen Regierung zur Entschädigung einzureichen, sollte der Besitz mit der Stadt verloren gehen. Die Rücklagen des jungen Herrn B. waren noch nicht erheblich, und er dachte mitunter schon an eins von den weißen Häusern in seiner kleinen Stadt, eins hinter den halbmannshohen Hecken des Strandwegs, Reifenspuren im Kies der Einfahrt, Markisenschaukeln auf dem Rasen, wie ihm Denken oft in den Fluß träumerischer Vorstellungen, eigentlich Bilder entlief.

In jene Kneipe südlich der City, die nach einer Haltestelle der Untergrundbahn hieß, zog es ihn ein zwei Mal die Woche, und manchmal schien die Wirtin sich zu entsinnen, wenn er einen halben Liter ›Pils‹ bestellte, und sie sagte: Brav. Brav der Herr! Kriegen Sie auch Rabatt, und beim ersten Einschenken schräg zu ihm hinsah, kurz und dunkel in die

Kehle lachte, vielleicht gutmütig. Sein Lächeln kam verspätet und verrutschte, wenn sie schon wieder den Gästen am andern Ende des Thekenbretts zugewandt war, er blieb doch bis Mitternacht. Zwar, getanzt wurde dann nun nicht mehr; er blieb auch wegen der friedlichen, nahezu familienmäßigen Versammlung von Gästen, die den Abend verbrachten mit Skat, mit entspannten Gesprächen, mit Reden über den überstandenen Tag, mit Erzählen, oft an der Theke, gegenüber der Wirtin, die dann einwarf, mit Appetit auf die Geschichte: Und da sagt doch die wohlgenährte Weiße Maus –, oder: wie die Polizei das schriftlich hat –, oder, abschließend: Sitzen Nordkurve, die Steuerzahler, zweiter Rang –, sie gab auch selbst Vorgänge zum besten, etwa führte sie einen breit hingelümmelten Patron vor, griente in dieser Rolle vertraulich, sagte unverhofft aufgerichtet, streng, in eigener Sache: Machen Sie ne Fliege –, spielte die Verdutztheit des zitierten Gastes nach, gab wieder sich selbst, bewegte eckig die Arme, die Hände übereinander, ahmte Insektenflug nach, wiederholte ihre Erklärung: Dis Etablissment! solln Se verlassen, is er jejang: schloß sie ernst, von befriedigtem Gelächter erschüttert, angesteckt vom Auflachen der Zuhörer, und B., meist verständnislos, horchte angestrengt hin, ließ den Blick nicht von ihrem Profil, wünschte sie spräche zu ihm. Er hielt sie nicht mehr für ordinär, nur weil sie einem lokalfremden Paar, das stundenlang bei einer Flasche

Kola verschränkt gesessen hatte, die Hände unterm Rock, in der Hosentasche, leise und aufatmend nachgesagt hatte: Machts gut, und nich so oft; der junge Herr B. hielt für möglich, daß die Sachen hier alle so hießen, wenngleich er in diesem Lokal sich nicht traute zu seinen aufgeschnappten berlinischen Ausdrücken, denn manchmal und insgeheim wollte ihm diese winzige Pinte mit ihrem verträglichen, auch besorgten Gesprächsgeräusch deutlicher für die Stadt vorkommen als was er tagsüber an Stelle der Stadt fotografierte. An der Wirtin hing er, er beobachtete die Gleichaltrige anhänglich, so geringschätzig behandelt er sich fühlte, das machte sie unerreichbar, zumal sein Ideal von einer Frau eins war, das er in einem unpraktischen, eigentlich unirdischen Bereich verehren können wollte, dem er im Praktischen sich überlegen wünschte, er war dieser jungen, schnoddrigen Person nur nicht überlegen. Unerreichbar war sie, seit er sie auch einmal recht geläufiges Hochdeutsch hatte sprechen hören, seit er zwei Studenten am anderen Ende des Bretts hatte mit ihr umgehen sehen wie mit einer Gleichberechtigten, denn so arg er allen Studenten die hohen, dauerhaften Gehälter in ihren späteren Berufen übelnahm, so bereitwillig er in der westdeutschen Armee mitgemacht hatte gegen Oberschüler, gegen Studenten, er war doch unsicher und vor Befangenheit hochfahrend gegen Leute, denen er einen intellektuellen Beruf anzuhören oder auch nur anzusehen glaubte. Bestellte er, oder kam die Wirtin sein Glas holen, stand sie ihm gegenüber an der Kasse, sah er gleich wieder ins Lokal, meist auf den Musikkasten, sah aus dem nur halbhoch verhängten Schaufenster auf den nächtlichen Platz, sah auch vor sich hin als merke er vor Grübeln nichts; stand das Mädchen aber in Zeiten ohne Betrieb still sechs Schritt von ihm, gegenüber der Bierbrücke an die Unterschränke gelehnt, einen Arm unter der Brust, die Hand mit der Zigarette erhoben, mit den freien Fingern auf der Unterlippe tastend, so starrte er gedankenlos zu ihr hinüber, immer bereit, den Blick jählings wegzuschwenken, tastete blind nach dem Schnapsglas, trank tiefe Schlucke, konnte das leicht abgekehrte Profil Atemzüge lang für das der D. nehmen, den hellhäutigen Nacken, Sehnen, Ohrläppchen wiedererkennen, mit Willen wohl auch das Haar, obwohl das der D. weißlicher gewesen war, nicht zu Stufen geschnitten; mußte er vor einer raschen Bewegung der anderen wegsehen, fühlte er sich aufschrecken wie aus einem gefährlichen Rausch. Einmal stürzte er, stürzte zu Boden, packte noch mit der rechten Hand das Thekenbrett, die ausfahrende Linke riß den Körper in die leere Bucht zwischen seinem Hocker und dem nächsten, der Getreidekorn in der Kehle verwandelte sich in fuseligen Schluckkrampf, vor dem Herzen merkte er Schwärze wie die vor den Augen, und er glaubte Minuten lang auf dem naßgetretenen Linoleum unterhalb von Schuhsohlen gelegen zu

149

haben, als er wieder Anblicke unterschied; es hatte nicht länger gedauert, als ein Mädchen drei Schritt von ihm brauchte, die Hand ihres Begleiters auf ihrer Schulter mit einem Achselzucken näher an ihren Hals zu schütteln, an mehr erinnerte er sich nicht, mehr hatte er im Fallen auch gar nicht wahrnehmen können. Er sprach gleich, als er erwartete, sprechen zu können. Er wollte nicht für betrunken gelten, da er dann das Lokal hätte verlassen müssen, er wollte nicht für krank angesehen werden, denn auf Mitleid durfte er nicht rechnen, er versuchte auf die Knie zu kommen, bevor der Nachbar in der Lederjacke zugriff, konnte sonderbar gelenkig aufstehen, in der Hand eine ausgebrochene Runge, die wies er den Umstehenden vor. Der Schatten auf der Bruchfläche ließ sich für einen alten Schaden nehmen, so daß die Wirtin den beschädigten Stuhl wegtragen ließ und ihm einen neuen anwies. – Was! sagte er, und saß noch nicht wieder, – haben Sie denn gedacht: sagte er, noch betäubt, – als ich runtergefallen bin! fragte er die Wirtin, denn er verwechselte sie noch, das überzogene Gefühl von Selbstmitleid und Begehren blendete ihn noch, so daß er einen Schatten seines Entsetzens bei der erhoffte, die er ansprach. Es kostete ihn Mühe, die Wirtin von dieser Erkundigung abzulenken. Er blieb noch eine Weile sitzen und gab sich nüchtern, tat hellwach, aber ungefähr zehn Tage lang mied er das Lokal, und als er zum ersten Mal wieder in den Windfang trat, blickte

Stuhl
beschädigt

er verkniffen um sich. Er fand sich aber kaum beachtet, und als sei nichts gewesen, gab die Wirtin ihm das erste Bier frei. – Auf den Schreck von neulich: sagte sie lakonisch, und nickte spottlos, als er ihr das Glas entgegenhielt. Das war im November, da hatte er schon angefangen, dahin manchmal Mädchen mitzubringen.

Ihn nahm oft wunder, wie leicht und geradezu natürlich ihn ankam, was er Untreue nannte. Es ängstigte ihn gelinde. Seit er neuerlich in Westberlin war, hatte die D. in seinem Bewußtsein sich ausgewachsen zu einer Gegenwärtigkeit, die ihm unausweichlich und lästig zusetzte mit Erinnerungen, mit Vorstellungen. Aus der Kindheit hatte er eine Gewohnheit behalten, unvertraute Entfernungen zu messen an dem Weg vom Stranddorf zu seiner kleinen Stadt, und wo immer er hier aus der Bahn stieg, nach Bildmotiven suchte, zum Bier einkehrte, er rechnete die Strecke von da bis zu dem Zimmer der D. im abgetrennten Ostberlin um in die Zeit, die er zu Hause bis zum Strand gebraucht hätte, darin war sie eine Stunde weit von ihm, anderthalb Stunden, kaum je mehr als zweieinhalb Stunden Fußwegs entfernt, sehr nahe, die Nähe drückte, verschaffte ihm Empfindungen von Schuld, wärmender Trauer. Manchmal, in der nächtlichen Straße, meinte er ihren Umriß näherkommen zu sehen im Licht eines Schaufensters, bis die verwechselte Person unverhofft von einer anderen Seite beleuchtet wurde und nicht

151

mehr zu erkennen war als die, vor der er zusammenschrak; er täuschte sich auch Ähnlichkeiten vor mit fremden Haarfarben, Gangarten, Profilen, glaubte dann in der Enttäuschung ihr lebendiges Bild zu erinnern, obwohl er nur mehr kleine, verwischte Einzelheiten im Gedächtnis hatte, Augenbraue, magere Hand, harte Grube neben der Kniescheibe, willentlich bekam er sie nicht zusammen, bildete sich inzwischen ein überschmales, blutjunges, verängstigtes Wesen ein an Stelle der D. und überließ sich schwärmerisch dem Genuß des Verlustes, den er sich zugute hielt, fühlte sich ehrenhalber angehalten zu Treue, er meinte Enthaltung. Es mußte aber ein Mädchen neben ihm an der Bar, am Nebentisch, beim Tanzen nur so hübsch sein, wie er seiner Selbstachtung zumuten konnte, und er wandte ihr sein helles, harmloses, leutseliges Gesicht zu mit Fragen wie: Können Sie mir sagen wo man eine hamburger Zeitung bekommt?, oder: Finden Sie es auch so langweilig hier?, nachdem sein Trick mit dem Fotografieren ihm auch belustigte Mienen eingetragen hatte; er tat sich jedoch schwer, von solchen Eröffnungen auf eine Bekanntschaft zu kommen, so arglos er sich ein Recht auf Trost zusammendachte in seiner Empfindung von unverdientem Unglück, denn er scheute davor zurück, den vollständigen Herrn B. vorzustellen, wie die illustrierten Blätter hielt er das innere Leben einer Person für ihr eigentliches, das belangbare Kennzeichen, war demnach bedacht, nicht mehr zu zeigen als einen zerstreuten jungen Herrn von bürgerlichen Formen, hielt seine Beschäftigung unbestimmt wenn auch sensationell, wollte Eindruck lieber hinterlassen mit gleichmütigen Griffen ins Geldfach der Brieftasche, hochmütigen Äußerungen über Leute am Nebentisch, über Westberlin, mit keinem hinreichenden Wort von sich, dabei ging er so weit, geringschätzig über Autobesitzer zu sprechen, stieg er mit jemandem ins Taxi; und bei allem Verlangen nach Berührung mit fremder Haut, nach Schutz in Umarmungen, nach Zuflucht im Geschlecht, er konnte sich kaum je vergessen, war kaum je aus seiner Welt, fühlte sich angesehen, seitwärts beobachtet von einem anderen Herrn B., der diesen aufnahm, umschlungenes Paar unter der Haustürlampe, sich entkleidendes Paar im Widerschein der Straßenlaterne an der nachtgrauen Wand, eckige, schreckhaft unterbrochene Bewegung, als erstarrter Anblick festgehalten in einem Sichtwinkel, der Angst vor Geräusch verriet, fotografiert von jenem Herrn B., der er sein wollte, trauermäßig dunkel gekleidete Gestalt, schwermütige Miene, achtenswert verunglückt an einer Liebe; selten nur, tief in der Nacht, mit geschlossenen Augen, Atmen neben sich, beruhigt durch die Nähe des anderen Körpers, konnte er ungefähr erzählen wovon er lebte, oder auf die Frage nach den Eltern harmlos antworten: Ach weißt du ... wenn die Väter Ratschläge geben ... und die Söhne trommeln so mit den Fingern auffem Tisch... stand ich eines Morgens auffer Straße; dann wieder genierte er sich, auf den Flur mitzugehen, wollte eine sich waschen; er kam sich modern vor, wenn er von Dauer nichts sagte, mit einer erfundenen Verabredung sich davonmachte, Wiedersehen nicht verabredete, später lief er doch hinterher, telefonierte, stand ungelenk an Wohnungtüren, drückte sich linkisch und anhänglich umher in Studentenzimmern, Mietkammern, kam oft mit übertriebenen Geschenken; und wenn er zum Tanzen zu träge war, um Gespräch verlegen, nahm er seine Freundinnen das eine und andere Mal mit in die Kneipe an dem Untergrundbahnhof, wo er über die anderen Gäste reden konnte, eingeführt tun, er hätte aber gern auch der Wirtin eine Meinung abgesehen. Die Wirtin kam von der Schankbrücke herüber, sie gab ihm beiläufig die Hand, wandte sich gleich an seine Begleiterin, stellte sich mit Namen vor, fing unbefangen, lachlustig, eine Unterhaltung an über Kaufhausadressen, Pullover, Stoffpreise, hatte die Rede bald auf die Herkunft der anderen, den Stadtteil gebracht, und der junge Herr B. fühlte sich ärgerlich ausgeschlossen von dem schleunigen, arglosen, einverstandenen Gespräch neben ihm, hätte da gerne, etwas lockerer vom Trinken, mithalten wollen. Kam er allein, achtete die Wirtin auf ihn nur spärlich, sah großäugig über seinen Platz hinweg. Der junge Herr B. war öfter genug entmutigt, er nahm das für Mißbilligung, er hatte auch seinem Vermieter nicht zu antworten gewußt, als der ihn im dämmerdüsteren Flur abpaßte, dicklich und drohend sich aufstellte, und wider Erwarten ihm nicht kündigte, nicht brüllte, sondern besorgt, mit kleiner Stimme sagte: Sie sind doch ein Einspänner, Herr B., so können Sie doch nicht weitermachen –; er hatte mit sich genug zu schaffen, unbeweglich Lippen zu beißen, stirnrunzelnd einem B. Vorhaltungen zu machen, der sich gegen sein Ideal eines Herrn B. verging, er hätte sich solchen Zeitvertreib nicht zugetraut, es sei denn in Träumen. Und doch, auf den rüttelnden Busbänken, unterwegs auf den Bürgersteigen, in verdunkelten Barkellern zog ihm noch jedes Mädchen den Blick herum, starrte er auf blanke Knie in Mantelspalten, Schoßfalten, Busen, Nacken, Lippen, war bei fast jeder versucht, sie anzusprechen, sie mitzunehmen, mit ihr nicht allein, abgelenkt zu sein.

Er war zerfahren genug, es mußte einer Gelegenheit nur halbwegs die Bequemlichkeit fehlen, der Wind scharf ziehen durch einen Untergrundbahnhof, eine Taxameteruhr zu hurtig Groschen nach Groschen zusammenzählen, nur der Filmtransport klemmen, neben der nassen Dämmerung ein Sportwagen allzu erhaben rotieren im festlich strahlenden Schaufenster, er verlor leicht die Ruhe, er konnte in verbissene Wut geraten vor bloß einer Annonce, in der für käufliche Gegenstände geworben wurde mit dem

Gebrauch, den eine unbekümmerte, unruhelose Jungfamilie zwischen modischem Mobiliar von ihnen macht, er fühlte sich benachteiligt, verraten, betrogen von einer unbestimmten Mehrzahl Leute, die als ›die‹ oder ›sie‹ in seinen Gedanken vorkamen, einmal die westdeutschen Politiker, die ihm Hilfe gegen die Einsperrung der D. versprochen hatten, dann wieder die ostdeutschen Politiker, die der D. Arbeitskraft für sich behalten wollten, oft auch die D., die ihn glauben ließ, auf der westlichen Seite sei für sie kein Beistand außer ihm, die ihn in seiner Verpflichtung im Stich gelassen hatte und nicht durchs Wasser, über die Wälle, durch den Draht gekommen war wie mittlerweile Tausende; manchmal wünschte er sich geradezu eine Schlägerei, endlich zurückzuboxen gegen irgend wen, aber mit seinem gedrückten, grübeligen Gehabe konnte er Hiebe nicht einheimsen, allenfalls abschätzige, nicht interessierte Seitenblicke. Schon waren seine Einkünfte zurückgegangen, und nicht nur konnte er weniger Fotografien absetzen, in seiner wehleidigen Verfassung mochte er sich nicht noch von außen beschränken, gönnte sich die aufwendigen Lokale, die teuren Gewohnheiten, die ihm immer rascher die Scheine, das Silber aus dem Portemonnaie fraßen, und wollte sich mit kostspieligen Taxifahrten, angenehmen Einkäufen doch dafür entschädigen, daß seine neu erworbene Fotoausrüstung den ganzen Tag in dem gemieteten Zimmer gelegen hatte, kein verkäufliches Bild gefunden war; er versuchte zu sparen und aß mitunter in der Imbißbude, die gegenüber dem Stadtbahnhof in seiner Nähe mit warmen Würsten und einem kleinen Ausschank auf Kunden lauerte, die Frau im weißen Kittel mußte aber auf das Verlangen nach einem Bier nur aufmerksam fragen: Kalt? und mit einem mehr fürsorglichen Blick: Oder nich so kalt –?, er war anfällig für den Anschein von Freundlichkeit, er leistete sich noch eine Flasche, bestellte dazu einen kurzen Schnaps, mochte aus der warmen, schmutzigen, tröstlichen Hütte nicht auf die windige Straße zurück. Die Straße, oberhalb derer er wohnte, der lange Durchblick zwischen fünfstöckigen Wohnkarrees, unter Bahnbrücken hindurch, zum wuselig kurvenden Autoverkehr auf der Kreuzung von Hauptstraßen, alles war nur in den ersten Wochen vertraut gewesen, erlernbar, in Aufnahmen zu begreifen; er traute sich längst nicht mehr mit noch einem Fotobuch von Westberlin auf den Markt, den fixere Kollegen damit überliefen. Im Dezember trug er sich mit dem Gedanken, die Stadt zu verlassen, wieder einen Wagen zu kaufen, mit dem verbliebenen Geld in Holstein da anzufangen, wo er aufgegeben hatte. Er wollte aber etwas versucht haben zu Gunsten der D., sich nichts mehr vorwerfen müssen, und obwohl er die Tunnelbrüche unter der Grenze, von denen damals einige im Norden der Stadt geglückt waren, für unwiederholbar hielt, einer anständigen Form halber tat er sich in den Destillen nahe den ostdeuschen Betonplatten um nach Leuten, denen dieser Tiefbau nachgesagt wurde, bildete sich gleich Lebenserfahrung ein, wenn er nach Stunden hinhaltenden Wortwechsels drei Scheine hinblättern mußte für eine ungenaue Adresse, fühlte schon auf den paar Schritten zum Ausgang im Nacken das Grinsen der Zurückbleibenden über den dicklichen großen Kerl, der sich mit seinen umständlichen Fragen, seiner kinomäßigen Kartenspielermiene benommen hatte wie einer, den kann man nicht übertölpeln. Aber einmal stimmte eine Adresse. Eine fichtene, rissige Tür, deren Spionenlinse der junge Herr B. mutlos lange beobachtet hatte, schwang unverhofft auf, und ein fast kahlköpfiger, prustender Mann hörte sich B.s befangene Andeutungen an, die Ellenbogen angewinkelt, mit den Fingern auf der Brust trommelnd, über vorgeschobenen Lippen versonnen blickend, nickend wie ein Sachverständiger, bis er die innen mit Blech beschlagene Tür hinter seinem Besucher zuzog und in einer zufriedenen, nicht zutraulichen Art sagte: Ich hab nämlich nichts zu tun, wissen Sie. In einem Zimmer, das mit den teureren Polstermöbeln der ersten Nachkriegsjahre vollgestellt war, wurde B. ein Platz gegenüber dem Hoflicht angewiesen, so daß er das Gesicht seines untersetzten, kräftigen Gegenübers verschattet sah, und er wußte kaum anzufangen, als der andere bieder und neugierig sagte, in gedehntem Ton: Na – ?

– Ich wollte nur mal fragen ... wie es ist ... wenn man jemand rausholt ...: sagte B., im Mantel beengt, auf die Stuhlkante vorgerückt. Der andere lag in prallen Polsterwölbungen und nahm aus einem mit Wappen und Goldrand verzierten Glas Bier zu sich. – Warum: sagte er, – warum! warum rausholen!, immer heftiger, als sein Besucher nichts sagen wollte von Verwandtschaft, Schwangerschaft, Verlöbnis, immer nur: Bloß so ..., nicht mehr als: Befreundet ..., und der andere schob endlich die Hände in die Hosentaschen, duckte sich im Sessel wie zum Sprung und sagte drohend: Presse! Von der Presse sind Sie sind Sie!, aber diesen Verdacht wehrte B. so verstört ab, daß der andere sich wieder lockerer ausstreckte. Er legte unterhalb des Kinns eine Handkante an die andere und begann in lehrhaftem Ton von der wechselhaften Geschäftslage zu sprechen, von Risiko und Kalkulation, als lese er das ab aus den Innenhänden. Er verzog das Gesicht, als schmerze ihn Kopfrechnen, und nannte eine Summe, die den halben Gegenwert eines mittleren Wagens ausmachte, und nannte die Summe ein Entgegenkommen. B. ging mit einem niedrigeren Gebot darauf ein, nur noch um seinen Abgang vorzubereiten, aber der andere hebelte ihn schon vom Stuhl, führte ihn durch den Korridor zur Außentür, laut schimpfend auf Hosenscheißer, Aushorcher, Hausfriedensbrecher, kam aber gar nicht außer Atem, sah B. noch blank und abschätzend an, bevor er ihn

in dem lautlosen, nach Seifenwasser und Bohnerwachs stinkenden Treppenhaus stehen ließ. Der Schlüssel wurde so leise umgedreht, es war kaum zu merken.
– Warum! hatte der gesagt, bei aller Verträglichkeit doch aufgebracht von B.s unentschiedenen Ausflüchten, und hatte unverhofft, mit einem Ruck vorgebeugt, zuschnappend gesagt: Liebe. Liebe! Ja? Der junge Herr B. hatte den Rücken gekrümmt, die Schultern gehoben, seitwärts blickend gedruckst: Ach ... naja ... Naja.
Er hielt es im Grunde für gar nicht möglich, einer Person von der westlichen Seite aus über die Grenze zu helfen. Eine öffentliche Meinung, der politische Unterricht bei der Bundeswehr, was ihm in die Finger gekommen war an Illustrierten, Spionageschmökern, auch Filme hatten ihm die ostdeutsche Staatsmacht vorgestellt als unfehlbar und vollkommen, wenn sie es auf Fahndung, Kontrolle, Absperrung angelegt hatte, so daß er es eigentlich für zufällig ansah, wenn ein Tunnel erst nach der Benutzung entdeckt wurde, ein Flüchtling mit heiler Haut über die Sperrlinien kam, so wie er selbst das sichere Entkommen eines Verfolgten als unglaubhaft von einer Romanhandlung abzog, wenn ihre Szene in einem kommunistischen Land angesiedelt war, aber von Ausbrüchen aus einem westlichen Gefängnis auf das eifrigste weiterlas, deren Technik mußte nicht wahrscheinlicher sein. Seine Suche nach Leu-

ten, die sich ein Gewerbe aus der heimlichen Überführung Ostdeutscher machten, betrieb er nicht mehr als halbherzig, auf Erfolg vertraute er nicht, so wie ihn ein Verstoß gegen ostdeutsche Gesetze ängstigte, so waren ihm Handlungen gegen die westlichen heikel. Was er sich wünschte, wäre ein Amt gewesen, eine staatliche Behörde, die ihren Bürgern dazu verhilft, ihre abgetrennten Leute wiederzusehen. Was zu suchen ihm noch übrig blieb, war das neuerdings beste Verfahren, die Grenzkontrolle zu umgehen, ein unerhört intelligenter Trick, ein unerschütterlicher Bluff, noch keinmal benutzt, sollte ein Flüchtling halbwegs damit durchkommen, auf einen solchen Fund mochte er hoffen wie unter den Nieten einer Lotterie auf den einen Hauptgewinn, die Nadel im Heuhaufen, anders konnte er sich nichts vorstellen. Als er an einem Adventsonntag spät am Abend in die Kneipe ging, in der er vor ein paar Wochen den Besuch angefangen hatte, sollte es das letzte Mal sein, hier wollte er aufgeben, mehr als in dem gemieteten Zimmer war er in dieser hellen, vertraulichen Höhle zu Hause gewesen, hier hatte er sich gut gestanden mit der fremden Stadt, und zum ersten Male wollte er nicht sich betrinken um zu vergessen, wirklich um zu begreifen, daß er versagt, nicht einmal die Verpflichtung gegenüber der D. vom Hals bekommen hatte, geschweige denn das große Geld abgestaubt. – Halben: sagte er, als er sich auf den Hocker neben dem Straßenfenster zog, gleich erschrocken von einer kräftigen Schäferhündin, die vor ihm die Nase übers Zinkblech hob, den Körper hochwarf, mit den Pfoten auf die Kante gestützt ihn betrachtete, nach einer langen Weile zurückglitt in den tiefen Gang hinter der Theke, mit einer Miene, als habe sie sich etwas eingeprägt. B. hatte den Hund in diesem Lokal noch nie gesehen, er merkte die Wirtin erst sagen, was er vielleicht schon einmal gehört hatte, – Sie könn auch Tach sagen! wiederholte sie. Die Leute, die mit ihm in einer Reihe am Brett saßen, sahen zu ihm hin, aber belustigt, und einer zwinkerte sogar, als solle B. unbesorgt sein, so daß er vernehmlich sagte: Tach Frau Wirtin!, aber sie nickte nur nebenbei, war mit Tabletts in beiden Händen schon unterwegs zu den Tischen an der Wand; als sie jedoch sein fertig geschenktes Bier in die Hand nahm, begann sie schon an der Schankbrücke in seine Richtung zu sprechen, sagte Na? und: Gefällt Ihnen mein Hund?, kam schrägköpfig und verschmitzt näher, so daß seine Nachbarn den Blick gar nicht wandten, auf die Ecke nicht achteten. – Wie heißen Sie eigentlich? sagte sie leise, winkte B.s Floskeln ungeduldig ab, – rasch doch! sagte sie. B. nannte endlich seinen Namen. Sie buchstabierte nachdenklich, blieb vor ihm stehen, die Augen halb geschlossen, mit Fingerspitzen auf der Oberlippe tastend, als suche sie nach einer Erinnerung. Unverhofft wandte sie sich zur Kasse, zog den Schub auf, fingerte einen Briefumschlag aus dem

162

großen Fach, hielt B. den hin, wedelte mit dem Papier, als er zögerte. Er erkannte seinen Namen in Schreibmaschinenschrift, fand auf der Rückseite keinen Absender, sagte ratlos, und hatte den Mund gleich wieder offen vor Erstaunen: Ne. – Was? fragte die Wirtin aufgebracht. – Ich meine nur...: sagte B., und sie: Ich auch!, und auf dem Weg zur Schankbrücke wieder in unbekümmert lautem Ton: Bin ich die Post!? und: Was man nicht tut für die Gäste!, so daß sie mit den anderen schon wieder im Gespräch war, als sie ihnen gegenüber anlangte. B. versah sich bloß eines Irrtums und führte noch erst das Glas zum Mund, nachdem er den Umschlag aufgerissen hatte, und schluckte noch, als er mit zwei Fingern das dünne Blatt aus den Falten zog und die Schrift der D. erkannte. Er setzte den schweren Becher so hastig ab, er hätte fast das Brett nicht getroffen. »Ich habe nicht gleich geglaubt was du mir geschrieben hast, nimm mir nicht übel« las er. »Dann hilf mir rüber, ich will jetzt kommen. Es muß aber was sein wo nicht geschossen wird. Nimm mir nicht übel, die Angst« las er. Er hob das Bier an die Lippen, legte den Kopf zurück und trank in großen schmerzhaften Schlucken, die Augen geschlossen, die Hand mit dem Brief locker über das Brett gehängt. Irgend jemand lachte anerkennend, als kaum noch Schaum im Glas war; irgend jemand, wo möglich die Wirtin, sagte trocken: Und der Hund heißt ja nun Henriette; er sah nicht auf. In dem Wort »geschos-

163

sen« hatte sie sich verschrieben. Hinter dem Wort
»du« hatte der spitze Bleistift sich verhakt in dem
holzigen Durchschlagpapier, einen winzigen Dreiangel gerissen. Das Datum war drei Wochen alt. Die
Marke auf dem glatteren Umschlag war in Westberlin ausgegeben, in Westberlin abgestempelt. Die Wirtin stand in seiner Nähe, griff gleich nach seinem Glas,
das er mit einem Knall aufs Blech hinuntergestellt
hatte. – Is was? fragte sie. B. schüttelte unwirsch
den Kopf, bestellte einen großen Schnaps, kam mit
der Aussprache der Bezeichnung nur ungefähr zu
Rande. – Is Ihnen was! wiederholte die Wirtin
streng. B. wiederholte den Schnapsnamen, er hatte
sie nicht gesehen. Er sah nur den Brief, den er nicht
aus der Welt schaffen konnte, die unzumutbare Forderung, den unabwendbaren, unerträglichen Beweis
für seine Schuld. Sie verlangte Hilfe, er war nicht
fähig gewesen, Hilfe beizubringen; andere hatten
es geschafft, er war nicht freizusprechen. Er griff
nach dem Schnaps und kippte ihn und stellte das
leere Gläschen zurück auf das Zinkblech, im Glauben, einen Doppelten getrunken zu haben, obwohl
die Wirtin ihm einen Einfachen hingeschoben hatte,
und bestellte einen Doppelten und griff nach dem
Einfachen, den sie anbrachte, fühlte undeutlich ihren
neugierigen, betroffenen Blick, kam sich auch vor,
als sehe er sich von außen, betrachtete wie in einem
Film einen B., der unglückliche Verfassung darstellte.
Nach einer Weile konnte er auf das Gespräch neben

ihm wieder achten, sah auch die Skatleute an dem runden Tisch in der Ecke einander über die Kartenfächer hinweg belauern, alles hielt großen Abstand zu ihm. Draußen, auf dem nächtlichen Platz vor der Kneipe, lagen Weihnachtsbäume zu großen Mieten verschnürt neben den weißblau beleuchteten Niedergängen der Untergrundbahn, für andere Leute war in wenigen Tagen Weihnachten. Neben seinem Ellbogen stand plötzlich und seit langem Otto, Otto genannt der Heizer, den nassen Mützenschirm tief in der Stirn, und bestellte einen ›Pfiff‹ Bier, das von der Gewerbepolizei verbotene Maß, und bekam seinen Pfiff in einem Saftglas und schüttete den Kurzen dazu; Otto hatte nicht Sorgen, als ob noch alle Kneipen offen waren an der langen Straße, durch die er sich trank Abend für Abend, mit latschenden Schritten die eine Seite hinauf, mit überforschen Schritten, ungebrochen, die andere Seite hinunter. Neben ihm am Stehtisch lehnten mit einem Mal die älteren Herren, die eben noch in der Skatecke wie in einem Wohnzimmer sich gegen die Stühle gefläzt hatten, schon in Mänteln, tranken sie das letzte Bier aus, stellten die Gläser wie ein Mann an weitgestreckten Armen übers Brett neben das Spülbecken; die mußten nicht über ihre Verhältnisse leben, von denen wurde nicht mehr verlangt als sie konnten. Die Lampen an den Wänden waren verschwunden, Schatten sprang auch in den hellen Bauch des Musikautomaten, er saß jetzt ganz allein unter dem schmalen Balken

Licht, den die Neonröhre über dem Brett summend aus dem Halbdunkel sägte, auch aus dieser kleinen Helligkeit sollte er nach draußen. Die Wirtin stand hinter ihm am Windfang, hielt mit einer Hand einladend den Vorhang hoch, mit der anderen die Klinke, und wiederholte, als rede sie einem störrischen Kind zu: Feierabend der Herr, aber B. wiederholte ohne sich zu rühren die Bitte um einen letzten Halben, bis sie seufzend hinter die Theke zurückging, den Hahn noch einmal öffnete, zwischen dem Schenken die Theke zu putzen begann, so daß er wieder auf den nackten Arm starren konnte, der vor ihm Gläser über die Bürsten im Becken steckte, sich drehte mit den Gläsern, übermäßig deutlich wie in einem Traum, gegen dessen Ende er sich sträubte wie kurz vor einem Aufwachen. Er hatte das Geräusch auch gehört. Es war nicht lauter, als sonst der Tonarm im Musikkasten an der Laufschiene über der gewählten Platte einrastete, dann klappte der Türschnapper gegen das Schließblech, wie im Traum sah er das Glas haltlos im Spülbecken taumeln, in allen Bewegungen verlangsamt den Hund zur Tür hetzen, die Wirtin im Laufen die Schürze abreißen, beide auf dem Bürgersteig vor dem Schaufenster in hastigem Getrappel verschwinden, in der unverhofften Stille, allein mit dem stotternden Ton des Beckenhahns wachte er auf. – Haben Sie was gesehen! fragte die Wirtin atemlos, umtanzt von dem quiemenden Hund, der um Verzeihung bat für die mißglückte

Jagd, – Sitzen Sie doch nicht so dußlig rum! – Schlüssel geklaut: sagte B. eifrig, aber die Wirtin winkte nur ab, bückte sich nach ihrer Schürze, ging müde hinter die Theke zurück. – Sehen Sie mal nach auf der Straße: sagte sie beiläufig, und B. ging gehorsam aus der Tür in die stille, windige Kälte, sah das Mädchen im Türspalt den Telefonhörer abnehmen, aber weil der Hund auf den Windfang zukam, mochte er nicht horchen, stand gedankenlos dösend am Rinnstein und blickte die graue, unbefahrene Straße hinauf und hinunter, ohne mehr wahrzunehmen als den schnellen schwarzen Wind, der ihm den Schweiß auf der Stirn zu Kopfschmerzen fror. Als die Wirtin ihn an die Theke zurückrief, kam sie ihm verwirrt vor. Sie griff nach einem leeren Glas, als sie seinen Becher fertigschenken wollte, sie versuchte am Boden einen Tropfenfänger anzubringen, der nur für Tulpengläser paßte, und als sie sich tiefatmend aufrichtete, mit einem Handrücken das Haar aus der Stirn strich, blieb ihr die Bewegung stehen, als habe sie den letzten Gast vergessen. Als B. ihr anbot, die Ankunft des Schlossers abwarten zu helfen, war sie beim ersten Wort gegenwärtig, schätzte ihn aus schmalen Augen ab, zuckte mit den Achseln, nickte endlich mit halbem, kleinlautem Lachen und legte die Schürze beiseite, die sie hatte umbinden wollen. Der junge Herr B. war so angetan von der Rolle des männlichen Beistands, der Erlaubnis zu bleiben, daß er das kaum angetrunkene Bier zurückgab und Kaffee bestellte, als sie ihn bat, nicht schläfrig zu werden. In dieser Nacht sprach er ohne nachzudenken, geläufig, alles in einer heiteren, fast spaßhaften Art, so ermutigt von ihrem verträglichen Benehmen, so getröstet von ihrer Gesellschaft bei dem kleinen Licht, er wußte keinen Wunsch als das Mädchen möge ohne Ende ihm gegenüber an der Schankbrücke lehnen, die Arme locker auf die Kante gestützt, ihn geduldig und aufmerksam beobachten, mochte sie auch heimlich zum Telefonkasten hinüberblicken, wenn er sie aus den Augen ließ. Er wurde gar nicht gewahr, daß sie ihn ausfragte. Sie ließ ihn noch einmal das Verhör an der Förde erzählen, und er nahm ihr lautloses Lachen als Anerkennung für sein listiges Verhalten, so nachdenklich auch sie die Brauen dabei zusammengezogen hielt. Sie ließ ihn erzählen vom Diebstahl seines Wagens, und bewegte mißbilligend den Kopf, gerade als er Mißbilligung für den Dieb erwartete, ihm fielen die spöttischen Laute gar nicht auf, die sie mit der Zunge an den Zähnen hervorbrachte, das gespielte Mitleid für Kinder. Als sie einmal laut auflachte, mit der Hand vorm Mund weiterkicherte, ihre Schultern sich lange nicht beruhigen wollten, sagte er: Ich würde Sie gerne mal fotografieren. Er erzählte ihr von der Aufnahme, auf die er stolz war, die Kinder beim Spielen an der Mauer zeigte in den Rollen von Ostpolizist und Ostflüchtling. Er erzählte von seiner kleinen Stadt, seiner Zeit bei der westdeutschen Armee, seiner

Furcht vor dem Fliegen. Er erzählte auch: Ich hab da ein Mädchen im Osten, der muß ich raushelfen, können Sie mir einen Rat geben –, und hätte gern bis in den Morgen erzählt, selig vor Vertrauen, wären nicht nach wenigen Stunden zwei junge Männer, kaum älter als er, ins Lokal gekommen, die ihn mit Kleiner anredeten, auf die Straße leiteten, in ein Taxi setzten unter Redensarten, mit denen man Betrunkene begütigt. Am Nachmittag im langsamen Aufwachen war sein Gedächtnis unter den Kopfschmerzen zerdrückt und fahl, wie Graswuchs von Steinen erstickt wird, und er konnte sich nicht mehr vorstellen, daß die Wirtin gesagt haben sollte: Ich will ja mal fragen, aber der Ofen ist wohl ausgegangen, und: Ich will Ihren verdammten Privatbrief gar nicht sehn!, und: Naja bis übermorgen mittag –, ihm war auch undeutlich, als hätte sie ihm hinter den Rücken ihrer Freunde leise und bestätigend zugenickt, ihm Hilfe versprochen, er glaubte es nicht, und fand erst am Mittwoch, als er den dunklen Anzug in den Koffer legen wollte, in der äußeren Brusttasche den Kellnerzettel mit seiner Rechnung vom Sonntagabend. Durch die Beträge war ein welliger Krakel gezogen, und unter den Summenstrich hatte eine fremde, offenbar weibliche Hand geschrieben »Mittwoch 14 h, klopfen, pünktlich«. Er hatte das Zimmer gekündigt, für drei Uhr einen Platz in einem Flugzeug nach Hamburg bestellt, er mochte die Reise nicht aufschieben wegen

169

einer so geringen Aussicht, in der Erinnerung an
seine Erzählungen schämte er sich auch, der Wirtin
unter die Augen zu kommen. Er ließ das Taxi auf
dem Weg zum Südflughafen vor dem Eingang der
Budike halten. Die in einem Ziermuster vergitterte
Tür war verschlossen, das Sicherheitsschloß blitzte
vor Neuigkeit. Im Grunde erleichtert, ging er zum
Wagen zurück, halb im Einsteigen hörte er seinen
Namen rufen, sah ratlos auf eine junge Frau, die
mit prallen Netzen auf ihn zukam, er erkannte sie
erst an dem Hund, der mit ihr zugleich den Schritt
verhielt. – Tach! sagte sie strahlend, zwängte die
Armbanduhr unter dem Ärmelrand hervor, hielt
ihm die krumme Hand mit dem Netz so lange hin,
bis er ihr es abnahm und sie ihm die Hand geben
konnte. – Sehen Sie mal was ich eingekauft habe!
sagte sie fröhlich. – Heute gibts Fisch! und ich bin
pünktlich! Sie war hellwach, frisch von der Kälte.
Ihr Atem wurde zu zierlichen Wolken in der Luft.
Sie nannte ihm eine Adresse. B. sah ihr ungläubig
nach durch das Taxenfenster. Er konnte sich nicht
vorstellen, daß sie der D. über die Grenze helfen
konnte, eine fremde Person, schmächtig in einem
blauen Tuchmantel, die mit Netzen voller Fisch und
Fleisch an der Hand eine Kneipe aufschließt, im
Eintreten noch den Kopf wendet, spitzbübisch und
ermunternd über die Schulter nickt. – Na wat is nu,
Meister: sagte der Chauffeur. – Fahrn wir Henriet-
ten? B. sagte ja, ergeben, mehr aus Gehorsam.

Das Haus in der Henriettenstraße war wie die anderen. Vier Stockwerke verwitterter, ehemals ockerfarbener Stuck, Arztschilder am Vorgartengitter, ein geschoßhohes Portal, dahinter zehn breite Marmorstufen, enge teppichbelegte Holztreppe, braunrot lackierte Türen, Mittelstandsberufe unter den Namen auf den glänzenden Messingschildern, Aschenbecher auf den Fensterbrettern zum Hof, Rohrstühle auf den Absätzen, alles wollte dem jungen Herrn B. wie eine falsche Adresse vorkommen. Er konnte das bürgerliche Haus immer noch nur als eine Tarnung für Ganoven verstehen und stutzte verblüfft, als ihm im dritten Stock ein hagerer junger Mann die Tür öffnete, förmlich in Schwarzweiß gekleidet wie fürs Theater, und ihn ausnehmend höflich mit seinem Namen begrüßte. Über einen verwinkelten Flur, in dem viele Mäntel an den Wänden hingen, führte er B. in ein Zimmer, das wie ein Büro möbliert war mit schrammigen alten Rollschränken, einem Schreibmaschinentisch, nur zwei Stühlen an dem hohen, stumpfbogigen Fenster; als er sich hinter die Schreibmaschine gesetzt hatte, nahm er die Brille ab und betrachtete B. prüfend, setzte das blitzende Gestell wieder auf, als habe er sich zu etwas entschlossen. Er sprach den Berliner Dialekt so rasch, so redensartlich, daß B. ihn immer erst nach einer Pause verstand. Wenn er B.s Antworten mit zwei Fingern in die Maschine tippte, saß er dicht über die Tasten gebeugt, wie ein ungeschickter Lehrling.

- 21 Jahre alt: sagte B.
- Einssiebzig groß, wirkt größer.
- Haare hellblond, so weißlich.
- Augen graugrün. Ja, graugrün: sagte B.

Der andere hatte sein Zögern abgewartet, wiederholte beim Schreiben das Wort graugrün, als diktiere er sich das noch einmal.
- Sprachen kann sie keine. Russisch kann sie.
- Krankenschwester ist sie: sagte B.
- Buchstabieren Sie nochmal den Namen: sagte der andere überrascht, nickte bei jedem Buchstaben verdutzt. - Adresse! sagte er. Noch ehe B. den Namen der Straße ausgesprochen hatte, fuhr ihm der andere dazwischen. - Bei dem Kombinat da im Norden ist sie! Die kennen wir doch! Das Zimmer ist sie losgeworden! Das ist doch die, die sagt immer, wenn sie Angst hat, sagt sie: Der Sozialismus wird schon siegen! Er hatte einen ängstlichen wie hochfahrenden Tonfall nachgeahmt, lachte leise, kopfschüttelnd.
- Ich hab sie ja nu lange nich gesehn: begann B. zögernd, aber der andere entschuldigte sich zu seiner Verwunderung. - Rutscht eim so raus: sagte er. - Und das wird sich ja nu ändern. Er füllte den Fragebogen weiter aus, unterbrach sich oft mit kleinen erstaunten Ausrufen, die der D. galten, - Dolle Dame! sagte er, oder: Die hat sich das ja gründlich überlegt!, und schrieb weiter mit seinen beiden Zeigefingern. Als er den Bogen von der Walze schoß,

fragte er unverhofft geschäftsmäßig, was B. anlegen könne. B. blickte verwirrt. Der andere erklärte geduldig: Es kostet. Reisekosten! Was für Geld Sie haben.
B. nannte den zehnten Teil der Summe, die damals einen mittleren Wagen wert war. Als der andere sein Gesicht in Zweifelsfalten zog, sorgenvoll über seinen braunen Scheitel wischte, erhöhte B. sein Angebot um ein Fünftel, in der Hoffnung, damit glaubwürdig arm zu wirken. Der andere hatte ihn gar nicht angesehen.

– Wenn Sies zusammenhaben, werfen Sies hier durch den Briefschlitz: sagte er. Er fing an, Geheimnisvorschriften zu erläutern, aber im Aufblicken mochte ihm B.s unsichere Miene traurig vorkommen, und er legte ihm leicht einen Arm um die Schulter, während er ihn an die Treppe brachte. – Machen Sie sich nichts draus, daß es nicht reicht: sagte er. – Die kennen wir gut. Die kriegt die Nummer vierhundertfuffzich, die Jubiläumsnummer. Machen wir ihr ne Freifahrt: sagte er, alles in beruhigendem Ton, als müsse er B. trösten. In der Tür zwinkerte er ihm zu und hob drei Finger zum Abschied. – Im neuen Jahr: sagte er fröhlich.

Der junge Herr B. stand in dem polierten Treppenhaus wie betäubt, ohne recht zu sehen, wie er manchmal aus dem Kino kam, vom gewöhnlichen Licht geblendet. Die Viertelstunde schien ihm unwirklich, außerhalb der möglichen Welt. Auf der Straße sah

173

er gedankenlos zwei Kindern zu, die einander mit Schnee einrieben, bis der Taxifahrer ihm die Tür entgegendrückte und sagte: Junger Mann. Auf meiner Uhr läuft Ihr Geld.

Er ließ sich zu dem aufgegebenen Zimmer zurückbringen und konnte den Alten zur Verlängerung des Mietvertrags bewegen; er mußte nur versprechen, Damenbesuch um zehn Uhr aus dem Haus zu bringen. Es war ihm gleichgültig. Die ersten Tage merkte er kaum vergehen, mit schnupfentaubem Kopf lag er auf dem Bett, hielt sich mit Grog in dumpfen Träumen, er mochte auch nicht essen. Besuche in der Kneipe an der Haltestelle hatte der Mensch in der sonderbaren Wohnung ihm verboten; am Tag vor Weihnachten durfte er anrufen. Bevor er seinen Namen zu Ende sagen konnte, hatte die Wirtin schon gesagt: Ich weiß. Noch zwei Wochen. Er hatte neben ihrer Stimme Gesprächsgeräusch an der Theke gehört, auch die Musik aus dem Radio, das im Flaschenregal neben frischen Bierfilzen stand. Am Weihnachtsabend lud ihn der Vermieter zur Versöhnung in sein eigenes Zimmer ein und schenkte ihm eine Kravatte; B. ließ sich das Album mit den Bildern der gestorbenen Frau zeigen, er wußte nichts zu reden. Er dachte oft über die Wohnung nach, der er fünfhundert Mark anvertraut hatte. Unter den Fenstern hatte er die Fahrgeräusche der Stadtbahn gehört, die nicht weit davon aus dem Rasseln in einen singenden Ton übergingen. Er hatte dem förmlichen jungen Mann einen Augenblick lang vertraut. An der Innenseite der Tür waren über dem gewöhnlichen Schließblech noch zwei Spezialschlösser angebracht gewesen, dazu ein Riegel, und eine Kette, alles unter verstaubtem Lack, der älter war als vier Monate. In den anderen Zimmern hatte er reden hören. Der Parkettfußboden war grau getreten gewesen, als kämen da viele Leute, mehr als vierhundertfünfzig. Als er nach Neujahr die Kneipe anrief, sagte die Wirtin: Es geht ihr gut. Nächste Woche. Er konnte sich aber nicht vorstellen, warum ihm geholfen werden sollte, er hatte niemandem geholfen. Aus einer Frage nach Paßbildern hatte er verstanden, daß die D. mit einem falschen Personalpapier kommen sollte; er hatte in den Zeitungen von Leuten gelesen, die mit gefälschten Pässen ertappt worden waren. Eine Woche später rief er die Kneipe an. Die Wirtin sagte: Wir haben da eine technische Störung; übermorgen. Er lief ein paar Tage lang wieder mit der Kamera umher, meist an den südlichen Grenzen der Stadt, und fotografierte Stacheldrahtzäune, Tafeln mit Reklame für die Politik der ostdeutschen Behörden, Wachtürme gegen den Schnee, Sehschlitze, in denen Ferngläser sich gegen ihn bewegten. In der Wochenschau der Kinos sah er den dickwandigen Durchlaß, der kaum eine Handbreit freien Raum bot, wenn die gelben Wagen der Post nach Ostberlin manövrierten; er hielt eine Flucht für unmöglich. Die Wirtin sagte: Es läuft. Sie läßt grüßen. Tage lang lief er von einem Kino ins andere, wohltätig abgelenkt von Leuten, die auf das geschickteste Tresore aufschweißten, sich umarmten, Lassos schwangen, Unterwäsche ablegten. Als ihm einmal das Warten auf den ausgemachten Termin zu lang geworden war, hatte die Wirtin ihn hart angelassen: – Dicker! Du sollst die Mutter nicht stören, wenn sie das Kind aus dem Wasser holt! hatte sie gesagt in einem aufgebrachten Ton, der ihm drohend vorkam. Beim nächsten Mal sagte sie: Sie wollte was von dir hören. Wir haben ihr gesagt Liebe, und so. Wird dir ja recht sein, oder? – Ja: antwortete B., vor Verlegenheit so leise, daß er es wiederholen mußte. Manchmal war er doch stolz auf sich, weil er das Unternehmen, die Routine der Geheimhaltung, die abgekürzten Telefongespräche für romantisch hielt. Er hielt sich auch zugute, daß er fünfhundert Mark riskiert hatte; der Betrag kam ihm ungeheuer vor, so viel hatte er einmal in der Spielbank verloren. Er kam schon vormittags nicht vorbei an den warmlichtigen Schaufenstern der Budiken, er stellte sich für einen Schnaps an eine Theke, für ein Bier an die nächste; der Rest seines Geldes ging rasch über die Kante. Der Flugschein, den er in der Gesäßtasche fühlte, beruhigte ihn oft, damit konnte er die Stadt verlassen. – Morgen geht es los: sagte die Wirtin, – da wird sie schönes Wetter haben. Er glaubte ihr nicht, er hielt ein Entkommen für nicht möglich. Er verbrachte den Tag damit, viele Aufnahmen von der D. zu so großem Format zu vergrößern, wie seine Schalen irgend zuließen; die fertigen Bilder zeigten eine fremde Person, die fragend blickte, beiseitesah, unbesorgt, ohne Ahnung von Angst. Er redete sich beharrlich ein, daß er nicht, vielmehr sie schuld sein müsse an einer Verhaftung, sie habe sich auf einen solchen Ausgang eingelassen. – Sie hat was falsch gemacht: sagte die Wirtin, als er die D. schon in Westberlin glaubte. Er stand auf dem weitläufigen Platz vor dem Lokal, er sah das erleuchtete Transparent, schattenhafte Bewegungen hinter den halbhoch verhängten Fenstern. Er fühlte keinen Schreck, er hatte nur das Bewußtsein, unerhört wach zu sein, als nehme er alles um ihn, das betriebsame Passantengewimmel vor den strahlenden Schaufenstern, den schmutzigen Schnee, die wuchtigen Durchfahrten der Omnibusse, die über alles gespannte schützende Dunkelheit, für immer wahr, unvergeßlich. – Ja und dann: sagte er, verwundert über den neugierigen Ton seiner Stimme. Ihm war, als lache die Wirtin leise, so nahe wie in der Nebenzelle. – Und dann hat sie es wieder sehr richtig gemacht. Morgen wissen wir mehr. Er versaß die Nacht in Bars. Von Morgen an fuhr er stundenlang in der Untergrundbahn kreuz und quer durch die Stadt, um die Zeit zu vertreiben, bis er in eine Telefonzelle gehen durfte. Jetzt wäre er gern nach Ostberlin hinübergefahren, er traute sich nicht über die Grenze. – In dreiundzwanzig Stunden: sagte die

Wirtin: ist sie da. Dann gehn wir frühstücken, oder ich bestelle mir einen Besen. (or I'll eat my hat?)

Der junge Herr B. flog am Nachmittag nach Hamburg und stieg da in eine Maschine nach Stuttgart um. Nach langen Telefongesprächen hatte eine Kraftfahrzeugfabrik in Württemberg zugesagt, ihm am nächsten Morgen einen Sportwagen außer der Reihe zu verkaufen. Er hatte sich in Westberlin noch ein Paar Karlsbader Handschuhe besorgt, die innen ledern sind, auf dem Handrücken aber aus Wolle gestrickt, zum Klarwischen von beschlagenen Autoscheiben.

8

Die D. fand später wunderlich, daß sie B.s Brief
überhaupt hatte verstehen können.
Sie war müde. Im Oktober war sie von der Privatstation abgelöst worden, sie hatte sich nicht gewehrt.
Sie hatte danach nur einmal den Professor abgepaßt,
als sein Gefolge ihn von der Visite zum Fahrstuhl
geleitete, und störrisch bestanden auf der Frage, ob
sie sich eines Fehlers schuldig gemacht habe; der Alte
hielt sie, den Kopf in den Nacken gelegt, prüfend
im Blick, während er höflich, wenngleich ohne Mitleid, antwortete: Eines Fehlers, nein. Haben Sie
sich nicht. Schuldig! wo denken Sie hin –, und mit
einem Mal, hinterm Rücken der Oberschwester, war
sein Ausdruck von Neugier in einen spöttischen
übergegangen, die Augen hatten verschwörerisch
gezwinkert, der eben noch zugeschnappte Mund war
lustig verzogen, so daß die D., innig erfreut, übers
ganze Gesicht lächelnd, fast mit einem Knicks seine
Hand ergriff, ehe er sichs versah, und zurücktrat
mit den Worten: Ich danke auch, für alles –, obschon sie ihm nichts anrechnen konnte als was er
von ihrer Ergebenheit nicht wußte. Er hatte sich,
eine Hand wie ratlos auf dem kurzen schwarzgrauen
Haar, wieder dem Fahrstuhlschacht zugewandt und
abermals auf den Rufknopf gedrückt, ehe die Leiterin der Station ihm zuvorkommen konnte, denn die

sah immer noch fassungslos, steif vor Entrüstung, auf die Untergebene, die sich harmlos und aufsässig eine Frage herausgenommen hatte. Es war für die D. die rascheste Art, ihr Zeugnis zu verderben; sie machte sich nicht einmal etwas aus der Zurücksetzung, für die eine Rückkehr auf die öffentliche Station galt. Sie war, ohne es zu ahnen, in eine personalpolitische Intrige der Oberin geraten, und viele Kolleginnen redeten ihr mit Empörung zu, schüttelten die Köpfe, als sie nicht nur keine Beschwerde gegen die Einsetzung einer anderen vorbrachte, sondern auch noch an deren Tisch ging in der Kantine, mit ihr sprach wie vorher. Es war eine Freundin gewesen. Für Neid war sie zu müde. Für gewöhnlich hätte sie wenigstens zum Schein mit der Kündigung gedroht und mit den Stellenangeboten anderswo, der einträglichen und ordentlich bemessenen Arbeit in der Industrie; nun verlangte es sie gar nicht nach einer eigenen Station; so lange auch sie schon die Vollschwesternhaube mit den rückwärtigen steifen Falten trug, auf die sie einmal stolz gewesen war wie ein Kind. Die Zeiten, in denen sie Pläne gehabt hatte, vor Aussichten auf berufliches Vorankommen manchmal albern gewesen war vor Genugtuung, waren inzwischen undenkbar entlegen. Sie hatte sich sogar fast ganz gewöhnt, ein Zimmer zu teilen, die Mansarde im Personalhaus zu teilen mit einer sechsundzwanzigjährigen Ersten Schwester aus dem Magdeburgischen, obwohl die ihr Alter etwas überheblich herauskehrte, Strümpfe im Waschbecken, oft auch ihr Bett ungemacht liegen ließ, mitunter leise schnarchte im tiefen Schlaf; die D. fand nicht viel dabei, der anderen das Nötigste nachzuräumen, sie pfiff geduldig vor sich hin in der Nacht, bis das sanfte Rasseln verstummte, sie verließ auch ungebeten das Zimmer, wenn die andere wieder einmal ihren jungen Mann über die Treppen des Wirtschaftshauses hatte einschmuggeln können, und ging im Park spazieren oder zum Fernsehen in den Aufenthaltsraum, sie hatte sich auch einmal auf deren Bettrand gesetzt, als sie bei der Rückkehr die beiden noch im Bett fand, so daß die Oberin, die gleich nach ihr eintrat, keinen Vorwand fand, die herabhängende Decke anzuheben, hinter der der Junge auf dem Fußboden lag, flach atmend; sie gab auch vor zuzuhören, wenn die andere in regelmäßigen Anwandlungen von Schwermut bei einem Weinbrand namens ›Auslese‹ erzählen oder Briefe vorlesen wollte von ihren Eltern, die im Sommer vor der Absperrung über die Grenze in den Westen gegangen waren; aber die D. ließ sich nicht mitnehmen nach draußen, nicht ins Kino und nicht ins Dorfcafé und nicht zum Tanzen, sie wollte nicht mehr tun als an Kameradschaft üblich, sie mochte nicht noch einmal sich befreunden mit jemand. Sie ging kaum je aus dem Kombinat, – wenn de vierzehn Stunden gearbeitet hast bis acht, bleibste auch bis zehn: sagt sie, sie galt nahezu für ein bißchen vertrottelt, weil sie sich nicht gegen unangenehme Arbeiten sträubte, sie wusch Geschirr aus Gefälligkeit für andere, polierte den Fußboden mit dem schweren Bohnerbesen, die gleichförmigen Bewegungen drängten das Denken so wohltätig zurück. Damals hatten viele der jüngeren Schwestern sich zusammengetan, mit Zwirnsfäden vor Schranktüren, dünnen Bleistiftstrichen in Briefschaften, mit in Schubladen eingeklemmten Haaren der Oberin eine Falle zu legen, und es war die D., die der verlegenen alten Frau mit unschuldig erhobener Nase vorschlug, endlich die Polizei auf die Spur jenes Menschen zu setzen, der erwiesener Maßen die Schränke der Schwestern durchsuchte, in Schubladen schnüffelte, ihre Briefe las, offenbar auf der Suche nach Wertgegenständen; der schale Spaß hatte sie abgelenkt, schon eine schattenhafte Erinnerung an den vergangenen Mai reichte ihr zu dem Gefühl einer Schülerin, die Aufgaben zu einer Prüfung vertrödelt, die sie doch bestehen möchte. Bis in die fernsten Stationen sprach sich herum, daß sie fünf Patienten, die um das Bett einer Sterbenden hingen und die letzten Bewegungen gierig verfolgten, so bitterlich für das unterlassene Klingeln beschimpfte, daß einer von denen lieber freiwillig um seine Entlassung bat, als noch länger die dauerhafte Acht zu ertragen, in die der Saal alle getan hatte, indem keiner an sie Worte richtete als die der D. so beherzt vom Munde gegangen waren; auf den Gängen, in der Kantine nickten ihr Kolleginnen zu, die sie gar nicht kannte, und nun war ihr auch die Prämie vergeben, die ihr in der Feierstunde zum Jahrestag des Staates für vorbildliche Pflichterfüllung zugeteilt worden war. Die Prämie hatte sie dem ältesten Bruder für seine Anschaffungen geliehen, sie wußte nicht wozu Geld ausgeben, ihr Mantel war schon schäbig, aber sie hätte B. einen neuen ja nicht vorführen können. Beim Gedanken an die hohe Gutschrift auf ihrem Lohnkonto kam ihr manchmal das Wort Notgroschen in den Sinn, weiter mochte sie nicht denken. Zu ihrem Geburtstag schenkten die Angestellten der Station ihr ein regulierbares Bügeleisen und anderes, was sie hätte brauchen können für eine Aussteuer; über den Bruder tauschte sie alles auf dem Schwarzen Markt ein gegen ein japanisches Transistorradio, das nicht größer war als ihre Schürzentasche, nur damit sie die Nachrichten der westberliner Sender auch während des Dienstes hören konnte. Auf den gereimten Glückwunsch, den eine der Putzfrauen vorgetragen hatte, mit gerührten Pausen hinter den Worten Zukunft und Lebensglück, hatte die D., zum Gelächter der anderen, ernsthaft seufzend geantwortet: Ich bin doch schon so alt. Die Zukunft, die einmal die offene Welt, fremde Länder, die ganze Welt, auch den jungen Herrn B. enthalten hatte, kam ihr abgeschnitten vor. Manchmal mußte sie sich mit Anstrengung besinnen auf ihre Beschwerden gegen den ostdeutschen Staat, obschon er nach eigenen

Worten für alles Verantwortung trug, für den Mangel an Medikamenten und Verbandstoff, für in der Wäscherei zerkochte Knöpfe ebenso wie für Freiheitsstrafen gegen Leute, die sich mit ihm einen Wortwitz erlaubt hatten; erst die Absperrung von der Welt trieb ihr kalte Wut ins Gehirn, wie in Kinderzeiten ein tückischer Wortbruch. Dann wieder konnte ihr das Unglück nicht groß genug sein, und wie alle war sie empört über den Anblick eines Wagens mit einer westberliner Nummer, weil es für Geschäftsleute Ausnahmen gab, als sei nichts gewesen, weil die Absperrung nicht vollkommen war. Sie war so gleichmäßig traurig, sie war einmal gründlich überrascht, als sie harmlos auflachen konnte, und nur weil ihr ein Patient den herunterhängenden Mantelgürtel mit einer überhöflichen Geste nachtrug. Sie schlief tief, traumlos, aber morgens tat ihr der Rücken weh; sie konnte sich nichts merken, was nicht zum Dienst gehörte, es kam vor, daß sie mitten im Sprechen aufhörte, der Anschein von Verständigung schien ihr umsonst. Sie war zum ersten Mal in einem Zustand, der nicht zu den meisten Leuten paßte. Sie rauchte jetzt zu jeder vollen Stunde eine Zigarette, und hatte früher bei den Brüdern eine Zehnerpackung am Tag übermäßig gefunden; sie konnte sich nicht zusammennehmen. Unterm Magen hatte sie regelmäßige, undeutliche Schmerzen, die lästig wurden, sobald sie darauf achtete. Oft wachte sie auf und hatte eine Hand zwischen den

Beinen. Sie beneidete die Zimmergenossin, die nach Streit mit ihrem Freund die Bettdecke über den Kopf zog und in hohen Tönen schluchzte, bis sie einschlief; die konnte wenigstens weinen.

Den Brief brachte ein Mädchen aus Westberlin mit, darauf war die D. nicht gefaßt. Sie kam nicht los von der Einbildung, die Fremde, etwa von ihren Maßen, wenngleich älter, und im Gesicht voller, sei die neue Geliebte des jungen Herrn B., hergeschickt, ihr das behutsam beizubringen. Ihr war als kenne sie die Besucherin schon lange, sie ging ihr durch den Warteraum lächelnd, ganz unbedenklich entgegen, auch in der unvernünftigen Hoffnung, die andere werde sie gleich mit du anreden. Die Besucherin wandelte im Aufstehen, mit zwei Schritten die Begrüßung in gemeinsames Weitergehen um, lauthals vom Regen redend, so daß den Patienten, die auf den Bänken entlang des Flurs in ihren Bademänteln mit Besuch beisammensaßen, nichts auffiel als ein Wiedersehen der Schwester D. mit einer vertrauten Bekannten, vielleicht Verwandten. Im Nakken hatte sie das Gefühl, einen Schlag zu erwarten. Sie ging mit wie gezogen. Die andere blieb vor einem der vergitterten Hoffenster stehen und versuchte über den Rand des weißen Ölstreifens nach unten zu spähen. Der Brief lag auf dem Fensterbrett neben ihrer Hand, daneben die Hand der D. steckte ihn in die Schürze. Sie wartete auf eine Erklärung. – Ich war noch nie in einem Krankenhaus! sagte die

Fremde wie begeistert, sah neugierig um sich, rieb sich die dicke Nase. Als sie die tropfnasse Kapuze in den Nacken streifte, sah die D. starkes gelbes Haar in einer gewundenen Bahn um den Kopf gesteckt, und sie hätte gern nach der Frisur gefragt. Die Besucherin konnte mit ihrem westdeutschen Ausweis über die Grenze gehen wie sie wollte, sie streifte mit einer raschen Handbewegung die Knöpfe aus den Löchern, schlug den Mantel weit auf, atmete hoch auf gegen die Hitze. – Mal los! sagte sie, immer im Gehen, mit Blicken in die offenen Türen von Schreibzimmer und Küche, – erzählen Sie mal was so fehlt. Die D. kam nicht auf eine Antwort. Das Kleid gefiel ihr sehr. Es bestand aus ganz dünnem Gewebe, auf das eine blanke schwarze Lackschicht aufgetragen war, mit einem fingerbreiten Gürtel, durchzuknöpfen. Sie hätte es gern anprobiert, sich darin zu sehen. – Schlafmittel, Kopfschmerztabletten, Antibiotika: zählte die andere auf, als stelle sie eine Einkaufsliste zusammen. – Leukoplast, Mull, Kamillentee: fuhr die D. unwillkürlich fort. – Nein! sagte die andere. – Kamillentee! Das ist eine Greuellüge. Sie blickte so pfiffig, daß die D. auflachte. Vom Ende des Gangs her sah es aus, als schüttelten sich beide vor einverstandenem Gelächter. Mit einem Mal war die Fremde gegangen. Auf die Frage nach B. hatte sie die Achseln gezuckt, als kenne sie ihn nicht. Sie hatte die D. an der Schulter berührt, ihr zugenickt, winkte an der Treppentür, aber das schien, als wolle sie den Abschied nur anderen zeigen. – Mach es gut, Schwester: hatte sie gesagt. Der D. kam sie vor wie ihr Zwilling, ein Mädchen von ihrer Größe, in einem olivgrünen Wettermantel, das sich mit beiden Händen die Kapuze über die Haare zieht und rasch davonstiefelt. Die D. sah ihr so enttäuscht nach, ihr Mund formte ohne Ton das Wort Aufwiedersehen, sie merkte es nicht.

Mit dem Brief ging sie in die nächste Toilette, riegelte sich ein. Der Umschlag brach ihr unter den Fingern auf. Auf dem steifen, vielfach zerknitterten Papier war von ihrem Äußeren die Rede. Da stand auch wieder der sonderbare Satz von seiner Liebe. »Komm doch« las sie. Die windschiefen Buchstaben waren schwer leserlich. Die Schrift war die von B. Als außerhalb Schritte auf den Fliesen näherkamen, zerknüllte sie Brief und Umschlag vor Schreck zu einem Klumpen.

Danach war die Erinnerung kaum noch wegzudrängen. Es war aber eine Erinnerung ohne Hintergrund, brüchig und rissig, wie Lufteis, wie ein Halbtraum, unbeständig. Sie war allgegenwärtig. Die gelben Doppelstockbusse, die neben der Krankenhausmauer an den Chausseebaumästen vorbeistrichen, waren Busse mit B., waren Nachmittage, an denen sie mit ihm in Westberlin umhergefahren war, ihm die Stadt zu zeigen, waren die gleichen Busse, wenngleich die westlichen Typen den Motor unterm Flur hatten, nicht wie im Osten eine plumpe Kühlerschnauze und in der Stirn neben der Liniennummer noch das Kennzeichen für die Polizei. Die gelben Kastenwagen der Untergrundbahn rasselten im offenen Schacht aufwärts, und sie hatte B. erklärt: Du, wir fahren jetzt durch ein Haus. Stadtbahnrasseln vom Hochdamm her, die selbe Form der Straßenschilder, Briefkästen, allein das Bewußtsein von der lärmenden Stadt um das Klinikkombinat wiederholte vergangene Zeit, Bilder mit Bewegungen, Berührungen, Stimmlauten. Noch jeder Park reichte ihr, die von dicklaubigen Bäumen verdunkelte Sommerstraße zu sehen, sich selbst in der Straße zu sehen, neben dem jungen Herrn B., der ihr einen Apfel zuwarf, sie warf ihm den Apfel zurück, er fing ungelenk. Da war eine kleine Obstbude gewesen. Die Verkäuferin hatte ihnen den Apfel geschenkt, weil sie nur einen wollten. Am Rande eines Platzes in der Ostcity, auf den breite Straßen dichte Wagenreihen schickten, hatte sie mit B. inmitten eines Pulks von Fußgängern vor der Ampel gestanden. Er hatte eine mäklerische Bemerkung gemacht über die Masten für die Oberleitung der Straßenbahn, die das mit Blumen besetzte Rondell umstanden wie ein überhoher Zaun. – Du gönnst uns bloß die vielen Autos nicht: hatte sie auf Verdacht gesagt. B. hatte gegrinst wie ein Ertappter. Später hatte sie freiwillig gesagt, um es eben zu machen: Find ich auch häßlich, die Masten. Dann hatten sie über die Technik gesprochen, in beliebigen Ländern über große Flächen Stromleitungen zu spannen. Beim Gehen hatte er immer den Arm um ihre Schultern halten wollen, es ging sich unbequem, sie hatte ihre Schritte seinen großen angepaßt. Er hatte oft, wie im Brief, etwas über ihre mageren, langfingrigen Hände gesagt; einmal im Aufwachen hatte sie gemerkt, daß B. im Schlaf ihre Hand sich über die Augen gelegt hatte. Seine Stimme hatte sie vergessen; sich selbst hörte sie sagen was sie gesagt hatte, von ihm kam nur wieder was er gemeint hatte, vom Ton gelöst, als spreche ihr Gedächtnis ihm nach. Sie war mit ihm zumeist im westlichen Berlin gewesen, sie allein konnte in der Erinnerung dahin zurück, wieder mit bloßen Füßen ratlos inmitten aufgeschlagner Schuhkartons sitzen, wieder mit dem Finger auf die fremden Waren in den vollgestopften Vitrinen des Kramladens zeigen, immer noch einmal im selben Juniwind an einem verschwenderisch mit bunten Zeitungen behängten Kiosk stehen und die reißerischen Schlagzeilen lesen, zwar als stehe sie ein paar Schritte weg und beobachte sich; jedoch in der Vorstellung, da mit ihm zu sein, bleichten die äußeren Kennzeichen des Westens aus und wurden überdeckt von Fassadenfarben, Autoformen, Bahnbrückenhöhlen diesseits der Grenze, meist der Umgebung ihres verlorenen Zimmers, und zwar bei naßkaltem, vorwinterlichem Wetterlicht; so konnte sie sich auch einbilden, sie führe B., seinen befangenen Schritt neben sich, durch die Korridore des Krankenhauses und erkläre ihm die Stationen, er hatte sie da aber nie abgeholt, nur einmal gesagt in einem lustlosen, pflichtschuldigen Ton: Das mußt du mir mal alles zeigen. Mit der Wiederholung wurden die Vorstellungen ausgelaugt, das lebendige und bewegte Bild ungreifbarer, ausgedörrt zu Wortfolgen: und dann standen die Musiker in der zweiten Reihe alle auf und B. schlug sich auf die Schenkel und dann haben wir in der Pause Würstchen gegessen und dann war es draußen schon dunkel. Früher hatte sie das Aufwachen hinauszögern können, den Halbschlaf umwandeln in willentlich verlängerte Träume, jetzt wurde sie ganz und gar geweckt von der dumpf tönenden Stimme des westberliner Nachrichtensprechers, den sie vor sechs Stunden unter der Decke am Ohr gehabt hatte, als hätte sie sich nicht für fünf Minuten in den Schlaf flüchten können, und der unscharfe Traum von B.s Schatten im Ornamentglas der Korridortür ging sofort hart über in fotografisch deutliche Vorstellungen von Laufgräben, Posten an Drahtverhauen, Minenfeldern unter geharktem Boden, von denen die Radiostimme gesprochen hatte, bis sie mutlos die Augen öffnete, den Arm unterm Kopf hervorzog und den Wecker abstellte, oft lange vor der Aufstehenszeit. Es war nicht unerträglich. Es war nur, sie mußte gelegentlich für zwei Personen aufkommen. Die eine zog eine Bettdecke von B.s Schultern, rüttelte den Schlafenden, flüsterte leise und aufgebracht: Wie kannst du bloß schreiben ich soll kommen wie denkst du dir'n das!, bis sie zusammenschrak vor näherkommenden Schritten, eben bevor sie den Brief hätte verstehen können; die andere breitete währenddessen mit einem Schlag ein stärkesteifes Laken unter der Patientin aus, die von einer Kollegin angehoben wurde, und erschrak vor dem Ruck, der durch den lahmen Körper ging unter einem Nachlassen des Haltegriffs.

Das Gespräch über die fehlenden Medikamente hatte sie für bloß höflich gehalten, für die reine Verlegenheit; sie hätte die Westdeutsche aber gern noch einmal sehen wollen, um sie wenigstens zu fragen nach der Gastwirtschaft in Westberlin, deren Adresse in einer fremden Handschrift hinten auf B.s Brief gestanden hatte. Als sie nach etwa zehn Tagen zur Pforte hinuntergerufen wurde, suchte sie vergeblich nach dem schmuddligen Kapuzenmantel. Auf der hölzernen Bank vor dem Schalter der Anmeldung saß ein wunderlich ernsthafter junger Herr, einen langen Schirm zwischen den Knien, die Hand auf einer großen Pralinenschachtel neben sich, den Rücken sehr gerade. Als er aufstand und sie anredete, ging er ihr eben bis in Höhe der Augen. – Ich komme hier grade vorbei: sagte er gemessen, unbekümmert um die spaßhafte Staungrimasse der D.; ebenso zeremoniell fuhr er fort: Ich hoffe, nicht zu stören, ging dabei unbeirrbar mit seinen kurzen Beinen vom offenen Schalter weg in Richtung des Treppenhauses, als kenne er sich aus. Hinter den Klapptüren überreichte er ihr mit beiden Händen die Schachtel, vergaß nicht eine Verbeugung anzudeuten, nahm ihr die Schachtel wieder aus der Hand, lüftete den Deckel, hob auch das Blatt mit der ersten Lage Süßigkeiten an, bis sie die kleinen blaubedruckten Blechtuben sah. – Ach da kommen Sie von der mit dem grünen..: fing sie an. Der Besucher versetzte steif: Ja wie sie heißt weiß ich auch nicht. Er hatte nur einmal neugierig den Blick gehoben. Sein kugeliger Kopf schien zu mächtig für seine schmalen Schultern. – Hat sie keine Zeit? fragte die D. vorsichtig. Sie hielt ihn für sehr empfindlich, sie traute ihm die sonderbarsten Antworten zu. – Nein: bestätigte er mürrisch. – Is hochgegangen: sagte er in ganz alltäglichem Ton, sah wie ein Tourist um sich und konnte sie am Ellbogen zur Seite führen, als die Türen des Lastenfahrstuhls aufschlugen und ein Pfleger mit einer leeren Bahre auf sie zufuhr. – Und nu kenn Sie sie ja gar nich: sagte er, bevor sie die Verhaftung recht begriffen hatte. Die D. nickte gehorsam, wie zu einem Lehrer. – Und was hat sie hier schon wollen können: sagte er wie wegwerfend, ließ den Satz offen im Ton, als solle sie ihn ergänzen. – Sie..: sagte die D. Sie mußte schlucken. – Sie hat mich gefragt.. nach einem Patienten.. weiß den Namen nich mehr... war nicht bei uns. Meinen Namen muß sie von der Anmeldung haben! sagte sie laut. Der kleine Herr legte nachdenklich den Kopf schief, schob die Lippen vor, schien etwas abzuschmecken,

nickte endlich anerkennend. – Und mich kenn Sie
von der Straße, ich laufe Ihnen nach, mit Blumen,
Süßigkeiten ..: sagte er kopfschüttelnd, ohne Verständnis für den Starrsinn enttäuschter Liebhaber.
Die D. lächelte hilflos. Bei diesem ernsthaften, lach-
haften Ton, seiner unerschütterlichen Miene blieb er
bis zuletzt, und wieder machte er etwas umgekehrt
als sie erwartete: er nahm zum ersten Mal den Hut
ab, als er sich verabschiedete. Zum Schluß sagte er,
womit man in der Regel anfängt: Wir lassen auch alle
grüßen, und verbeugte sich in der Tür. Die D. kam
immer noch verwirrt auf ihre Station zurück. Das
Blatt mit den Süßigkeiten lag auf dem Tisch, neben
dem Kasten voller säuberlich gepackter Röhren und
Schächtelchen, als Frau S., ganz Leitende Schwester,
ins Schreibzimmer gerauscht kam, das Kinn schon
erhoben, den Mund schon offen zur Beschwerde. –
Sie gehen spazieren als ob –! fing sie an. Sie hielt
vor dem Tisch inne, griff nach einer Praline, verblüfft, kaute gedankenlos. – War was? setzte die D.
dagegen, mit Absicht nicht bußfertig. Aber die Vorgesetzte antwortete gar nicht, sie räumte den Kasten
aus, hob die Medikamente einzeln hoch, las sich laut
die Namen vor, in einem ungläubigen, staunenden
Ton. Dabei war auch ein Päckchen Kamillentee. Das
Gedächtnis der Blonden, die sich so munter bewegt
hatte in ihrem Lackkittel, war verläßlich gewesen.
Es hatte sehr vergnügt ausgesehen, wie sie sich die
Nase rieb. Die D. wandte sich nicht um. Sie stand in

der Ecke, halb vom Schrank gedeckt, vor dem lächerlich kleinen Spiegel, Haarklammern zwischen den Lippen, und nestelte an der Haube. Ihr Gesicht schien zu flattern in dem verschatteten Glas. Sie sah sich nicht klar. Ihr war eingefallen, daß sie dem wunderlichen Boten eine Antwort für B. hätte mitgeben können. Ihr war eingefallen, daß auch die Verhaftete diesen Brief hätte in der Tasche haben können.
Aber sie hatte keine Antwort fertig. Sie brauchte Wochen für die drei Sätze, ehe ihr alle Worte richtig standen, so daß B. hoffentlich nicht anders konnte, als sie verstehen, so daß keins ihr zuviel auflegte. Sie dachte sich den Brief zurecht in langwierigen Zwiegesprächen mit jemand, der in ihrer Vorstellung B. geworden war. Sie stellte sich einen hochgewachsenen, beruhigend kräftigen jungen Mann vor, auf den paßte ihre Auffassung von Ausdrücken wie besonnen, überlegen, geduldig, treu; er war verschlossen, oft zu ernst, aber sie konnte ihn leicht, bloß mit einer Kinderschnute zum Lächeln bringen. Dieses Lächeln vermochte sie sich einzubilden, als sähe sie es. Es gefiel ihr sehr. Seine weißen Haare wußte sie nur in Worten, nicht als Bild; sie war in manchem seiner nicht sicher, von ihm befremdet, das schob sie auf die Trennung. Sie rechnete ihm hoch an, wie sachgemäß er, obschon einer von den Westdeutschen, von ihr sich ferngehalten hatte, ihr Nachrichten zukommen ließ, so daß niemand ihr

ein Interesse für den Westen seinetwegen würde nachweisen können; sie hatte ihm das aber nicht zugetraut. Sie hätte ihn gern bewundert, weil er mit seinem umständlichen, bißchen tapsigen Wesen einen Weg für sie gefunden hatte und von ihrem Kommen schrieb wie von etwas Normalem; sie hatte auch das nicht von ihm gemeint. Sie kam sich ungerecht vor, weil sie nicht sogleich eingewilligt hatte, als sei sie mißtrauisch. Sie versuchte sich zu erklären vor dem undeutlichen Gegenüber, dem Gedächtnisschatten, der sich manchmal aufhellte zu einer Bewegung von B., einem einsichtigen Nicken, Fragemiene, oft kurzem Kopfschütteln, das ihr den Gedanken abschnitt. Sie wiederholte ihm ihre Verdachte gegen den Westen, die ihr seit dem politischen Schulunterricht im Gefühl saßen wie etwas Natürliches, sie sagte, sie dachte: es lohnt nicht da anfangen zu leben, da dauert es nicht, es geht da einmal alles kaputt, und jeder auf sich allein gestellt; sie antwortete sich mit Trotz die Sätze seines Briefes, schon abgelenkt von dem sonderbar unbeherrschten Ton, wider Willen auf der Hut vor den kinomäßigen Ausdrücken von seiner Liebe, sie hätte das ausgesprochen nicht hören mögen; im Duschkeller stand sie naß vor der beschlagenen Glaswand, bewegte das dunstige Abbild ihres Körpers, verwundert, neugierig, bevor sie sich Haar und Handtuch vor die Augen zog; sie ging vorbei am novembergrauen Spiegel und dem Gesicht, für das der junge Herr B.

sie gelobt hatte wie für ein Verdienst, die passable Maske, regelmäßige Schmalform, derb verjüngt unterm Wangenbein, blasse magere Lippen, graue Brauen, zwischen den hellen Farben von Haube und zurückgestecktem Haar die Augen dunkler blau, die Augen wurden ihr schmal, sie warnte ihn, sie dachte: du machst dir Flausen vor, es wird nicht reichen für ein ganzes Leben, es reicht zum Kommen lange nicht; sie war auch besorgt, ihre Ausbildung könne für ein westdeutsches Krankenhaus nicht genügen. Sie ließ dem jungen Herrn B. den ersten Satz ihrer Antwort offen, er konnte noch davon zurück, auf sie verzichten. Sie versuchte ihm die penibel genauen Gerüchte von Fluchtversuchen zu erzählen, sie dachte langsam, mit der Empfindung eines bekümmerten, enttäuschten Sprechtons, sie redete auf ihn ein: es kann dir nicht ernst sein. Sie hielt ihm die Toten vor, die Verwundeten, im Kanal, im Drahtverhau, an den Mauern maschinell erschossen, in den Abwasserröhren mit Gas betäubt von Militär, das auch sie, die D. nicht meinen würde, nur die Würde des staatlichen Verbots, die soldatische Technik. Im zweiten Satz ihrer Antwort stellte sie dem jungen Herrn B. eine Bedingung: sie willigte ein, zu kommen unter Strafe des Arbeitslagers, auch ums Gefängnis; nicht ums Leben. Sie hielt die Bedingung für gar nicht erfüllbar, ihr war als sei sie losgesprochen, entlassen aus der Angst, sie fand den dritten Satz ohne einmal abzusetzen, der sollte nichts bedeuten, etwas Förmliches von Dankbarkeit, nette Floskel am Schluß. Als sie die Adresse der Gastwirtschaft abschrieb, die hinten auf B.s Brief gestanden hatte, war ihr fast übermütig, sie mußte nicht fürchten, B. da noch zu erreichen, bei ihren Worten genommen zu werden. Mit dem dünnen Papier in der Schürzentasche wartete sie vor einem Arztzimmer, in dem einer der wenigen Westberliner, die jede Nacht über die Grenze zurückfuhren, seinen Schreibtisch hatte. Sie hatte ihn beobachtet, auch über ihn Auskünfte eingeholt, eine Kollegin fand ihn zu leutselig, eine andere und ein Pfleger nannten ihn o. B., der medizinische Ausdruck ohne Befund stand für Vertrauenswürdigkeit, für sein politisches Verhalten. Sie war so darauf bedacht, nicht schüchtern zu werden, sie fing es ungeschickt an mit dem adretten quicken Herrn, er legte ihr die Hand auf die Schulter, sah ihr dabei fürsorglich ins Gesicht, sie fragte aber: Wenn Sie durch die Kontrolle gehen .. wie ist das eigentlich –, er ließ sie los, stellte sich ihr gegenüber, blickte im überlaufenen Flur umher, sein verquatschtes Gehabe war gereizt und still geworden, er sagte dringend und mehrmals: Bloß nicht! Schlagen Sie sich das aus dem Kopf! Bloß nicht!, er hatte die Frage nach einem Ausweg verstanden, sie hatte sich vergewissern wollen über Leibesvisitationen an der Grenze, er blickte verlangend nach der Tür seines Dienstzimmers, streckte ungemein erleichtert die Hand aus, als sie endlich in ihre Tasche gegriffen hatte, führte sie, den Arm wieder um ihre Schultern gelegt, auf sein Zimmer zu, mit seinen dreißig Jahren auf einmal kameradschaftlich wie ein Gleichaltriger, sagte beim Abschied aber in alle Hörweite: Dann müssen Sie sich eben mal untersuchen lassen!, weil die Reinemachefrau mit ihrem Wassereimer jetzt näher herangekrochen war. Die D. fand ihn sehr angepaßt, und zu leutselig, sie vertraute nicht darauf, daß der Brief nicht in kleinen Schnipseln noch an diesem Tag mit dem Abfall verbrannt wurde, nachdem er ihn gelesen hatte. An den folgenden Tagen vermied sie die Korridore, die zu diesem Flügel führten, sie war so besorgt wie zuversichtlich, alles sei vorbei, sie erschrak doch, als der Westberliner über den Flur ihrer Station latschte, die Hände gemütlich in den Kitteltaschen, mit beiläufigem Nicken. – Na, junge Frau? hatte er gesagt, und das Mädchen, mit dem die D. gerade Wäsche abzählte, sagte ihm gedankenverloren hinterher: Schöne Haare hat er. So dunkel so dicht –, sehr gekränkt von dem groben Einwurf der D.: Schenk ich dir, kannste haben. Da hatte die Angst angefangen.

Angst war nicht, wie sie gemeint hatte. Die Empfindung war nicht hastig, unstet, übermächtig. Für sie war es das Bewußtsein, schmerzhaft wach zu sein, wach wie noch nie vorher. Es war lästig, es machte sie langsam, als sei sie müde. So konnte sie nach Andeutungen, nach Fallen suchen, wenn die Stationsärztin, eine pausbäckige fröhliche Dame mit fast ganz zugewachsener Taille, mit ihrer verdrießlichen Heiterkeit und mütterlichen Anreden wie Frolleinchen die Schwester D. belobigte für das Heranschaffen von westlichen Produkten, sie jedoch im nächsten Atemzug warnte vor Vertrauensseligkeit gegenüber dem Kapitalismus, den sie unmenschlich nannte; die D. stand folgsam still vor dem Schreibtisch, knetete eine Hand mit der anderen und versuchte sich vertrauliche Plauderei unter Gebildeten an den Tischen des Ärzterestaurants vorzustellen. – Is in Ordnung, Frau Dokter: sagte sie, nicht ganz sicher, ob sie so treuherzig geblickt hatte wie angemessen war. Dann wieder ließ sie sich in ein Gespräch ziehen von der Schwester Oberin, obwohl Flüsterei haben wollte, daß die Alte nicht nur aus ihrer privaten Neugier die Zimmer der Untergebenen durchstöbere, sie versuchte sich zu geben wie eine, die hat nichts zu verbergen, sie kam über linkisches ja oder nein kaum hinaus; gerade bemüht um natürliches Auftreten fühlte sie sich ersteifen. Sie hätte nicht sagen können, warum sie ihr Transistorradio neuerdings nicht mehr in den Küchenschrank stellte, sondern den Kasten in ihrem Zimmer in der untersten Schublade ließ wie etwas Unbenutztes; vor lauter Besorgnis, mit ihrer Aufmerksamkeit für die Nachrichten der Westsender ins Gerede zu kommen, gingen ihr nicht die schnippischen Mienen der Kolleginnen auf, die das Gerät auch regelmäßig abgehört hatten. Sie wußte sich nicht zu denken, wer ihr sollte zu B. helfen können, ihr fiel da nichts ein als spionenmäßiges, verschwörerisches Verhalten, wie sie es gesehen hatte in Filmen über den antifaschistischen Widerstand; über einen unerwartet lauten Gruß, bloß spitzbübische Redensarten der Nachbarin in der Personalkantine konnte sie lange nachdenken, am Ende immer ratlos, gänzlich entmutigt; einmal im nächtlichen Treppenhaus ging das Sparlicht aus, als sie eine Stufe vor dem Absatz war, sie hielt den Fuß an in der unsinnigen Einbildung, im Dunkeln plötzlich nicht mehr allein zu sein, stieg mit Kopfschütteln über sich selbst dem rot leuchtenden Schalterknopf entgegen. Alle paar Wochen kam einer von den Studenten aus Westberlin mit Medikamenten in der Hosentasche, im Jackenfutter, aber die hielten sich nicht gern auf mit Unterhaltungen, sie hätte die Frage nach ungefährlichen Fluchtwegen auch kaum herausgebracht; sie war auch nicht mehr unbefangen, nachdem einer der Besucher, ein übermäßig groß gewachsener Westfale mit einem sanften großen Kindergesicht sie gefragt hatte: Und Sie? Sie kommen hier gut zurecht? und sie obenhin geantwortet hatte mit ja und sehr gut, vor Schreck hochfahrend, wie sie einen Spitzel hätte abfahren lassen; die mochten gekränkt sein, die mochten sich unwissend nur stellen, wenn sie fragte nach der Gelbhaarigen im Kapuzenmantel. Manchmal, wenn die Radiostationen Westberlins von vier, ja fünf Ankömmlingen aus dem Osten an einem einzigen Tage sprachen, war sie so ungeduldig, mit ihrer Angst so unzufrieden, in Gedanken lief sie los auf den Zaun, ein Grenzgewässer, hielt nach wenigen Schritten inne. Einmal versuchte sie, vorsätzlich sich zu betrinken, und die Zimmergenossin führte nahezu einen Tanz auf vor Vorfreude, die Jüngere einzuweihen in die Geheimnisse der Trunkenheit, die D. saß aber schon nach dem ersten Wasserglas voll ›Auslese‹ mit hängenden Schultern, mochte nicht reden, beobachtete die Übelkeit sich ausbreiten hinter der Stirn, im Magen, und als die rauchige, stickig überheizte Mansarde voller Lärm und Mädchen war, lag sie schon lange eingeschlafen im Sessel; am Morgen fand sie sich ausgezogen im Bett, die Kolleginnen hatten ihr aber weiße Kinderschleifchen ins Haar gebunden, sie konnte ihnen den Spaß gar nicht verdenken, ließ verträglich sich aufziehen, obwohl ihr im Innern schauderte vor dem bloßen Wort Schnaps. Sie beschimpfte sich wüst für ihre alberne Hoffnung, so sei etwas zu vergessen, sie war noch Tage danach nur zerfahrener, sie konnte sich selbst nicht ausstehen. Insgeheim neidete sie den anderen, wie unbesorgt ihr Gelächter gewesen war, wie unbedenklich die Ulkereien über die Verhältnisse im Krankenhaus der Regierung. Sie war noch nie ausgeschlossen gewesen. Sie traute keiner ihrer Freundinnen zu, sie der Polizei zu melden, wie das Gesetz es vorschrieb, sie mochte nicht einmal den ältesten

Bruder um Rat fragen, nicht nur weil das Gesetz noch den verschwiegenen Mitwisser bedrohte mit Gefängnis, auch weil er ihr abraten würde; die Freunde, die ihr die Einrichtung der kapitalistischen Gesellschaft als doch mehr ungerecht erklärt hatten, schrieben nicht mehr Postkarten mit bunten Ansichten aus Amsterdam, aus einem Dorf am Main schickten sie jetzt tiefsinnige Anmerkungen zur Interessengesellschaft und Schwierigkeiten sich anzupassen, und fanden es witzig, die Worte nicht nach der Regel zu schreiben, sondern wie sie in der sächsischen Mundart ausgesprochen wurden, auf die konnte sie nicht rechnen. Sie war allein. Sie hatte hier keinen Menschen. Wenn sie die Hand umbog, sah sie wie schmal das Handgelenk war, die Adern bläulicher, verletzlicher, sie hatte Angst. Manchmal, wenn sie Patienten Trost zusprach, ihnen Hoffnungen machte, war ihr, als rede sie sich selbst zu. Aber es war nicht unerträglich. Sie konnte das Warten aushalten. An ihrer Kraft, an Ausdauer würde es nicht liegen. Sie konnte das Alleinsein aushalten. Schlimmer waren die Träume.

Ein Traum war voll Wasser. Sie war im Wasser, unter Wasser konnte sie die Arme bewegen, sie bekam keinen über Wasser, die Haube abzunehmen, die leuchtete in der Nacht. In der Nacht war das Wasser schwer, glatt. Sie schwamm und verschob einen Winkel nach vorn, den gedachte Linien zu einem einzeln stehenden Brückenpfeiler und einem Bohrturm bildeten. Der Bohrturm war ein Wachtturm, in der Mitte zwischen Pfeiler und Turm mußte sie tauchen. Im Tauchen sah sie das westliche Ufer, sonderbar erreichbar, eine Baumstraße vor roten Hausgiebeln, hell vom frühen Morgen. Sie stand aber auch auf einem Dampfersteg, neben einem Ambulanzwagen, ein Fernglas vor der Brust, verwegen gekleidet, wie für einen Sport. Sie gab Anweisungen. Sie sagte: Und wenn es auch Dezember ist, das Wasser müßte seine acht Grad noch haben. Aber natürlich müßte man gleich am Ufer warten und frottieren heiß und kalt, sonst gibt es Lungenentzündung.

Ein anderer Traum war unter der Erde. Unter der Erde war eine Haltestelle der unterirdischen Bahn, aber nur für Dienst, ohne Verkaufsbuden. Sie war vom letzten zivilen Bahnhof mitgefahren, hinter die Tür geduckt, sie ging ganz resolut über den Bahnsteig, bis sie die graue Tür mit den beiden Hebeln fand. Es tat ihr leid, daß sie ihre Nichte nicht hatte mitnehmen dürfen. Hinter der Tür begann das geheime Ubahnnetz, das unter ganz Berlin ausgebaut war. Es kam darauf an, immer zu gehen. Manchmal waren Stufen zu steigen, sie drückte das Gitter mit den Schultern hoch und ging auf dem sauberen, nicht umbauten Bürgersteig weiter bis zu dem nächsten Gitter. Dabei mußte man sich vorsehen, sonst geriet man in ein Wartezimmer und bekam eine hohe Nummer. Unter der Erde mußte man nur gehen. Es bedeutete nichts, wenn die Gänge enger wurden, auch Kriechen machte gar nichts, immer nur gehen. Aber die Treppen.

Ein anderer Traum, der nur einmal kam, ging in drei durchsichtigen Schichten übereinander. Sie berichtete, sie machte eine Aussage. Sie war aber auch mitten drin. Manches war anders, als sie hatte sagen wollen, mit einem einzigen Widerspruch in der Aussage waren die mildernden Umstände verwirkt. Hinter der Tür liegt er, erschlagen. Ich wars nicht. Ein Gemeinschaftshaus, ein scheunenhoher Schlafsaal, vom Wandelgang geht eine kleine Tür ab. Sie kann sich nicht verständlich machen. Plötzlich mit einem Kind auf dem Arm, versucht sie den Leuten in den Betten klarzumachen, daß infolge des Todesfalls die Insassen des obersten Stockwerks vom Krankenhaus selbst versorgt werden müßten. Sie sprach eine falsche Sprache, sie war in einem fremden Land, ungarisch, tschechoslowakisch, die Patienten waren angeschossene Grenzverletzer. Er aber liegt erschlagen in dem Zimmer, sie wird es mit Sicherheit noch nie gesehen haben. Mit Hilfe eines Detektivs findet sie auf einer unordentlich überhäuften Kommode im Flur einen Briefumschlag mit ihrer Adresse, drei Treppen, Mitte. Ich habe eine Dummheit gemacht, entschuldige: steht da. Eine Entschuldigung ist das Mindeste, was ihr zusteht. Der Amtsträger nötigt sie, die Tür zu öffnen. Hinter der Tür zwängt sie die Augen zu, sie hat es ja

204

doch gesehen. Es ist aber nicht B., es ist der jüngste Bruder, sie hat es alle Zeit gewußt.
Ein Traum weckte sie oft. Sie lag wie im Schlaf, aber in einem sandigen Gelände, unter einer Matte aus vielleicht Stroh verborgen wie unter der Bettdecke, sie hatte aber außerhalb, im grellen Licht, eine Hand vergessen, diese Hand fühlte im Aufwachen die Blicke von Posten näherkommen. Sie lag auf dem Rücken, sie konnte nicht weglaufen, die verschlafene Hand war lahm, sie konnte die Hand nicht mehr an sich nehmen.
Es dauerte länger als einen Monat, ehe sie am Pförtner vorbei auf die Straße gehen konnte für immer, die Zeit wurde ihr nicht lang. Sie hatte keinen Schreck gezeigt, als sie spät im Dezember im Keller des Personalflügels zwischen zwei Sätzen Tischtennis angehalten, nicht einmal beiseitegenommen wurde von einer Schülerin, die sie kaum vom Sehen kannte; sie hielt den Kopf gesenkt, wie um sich die Adresse einzuprägen, sie war nur ihrer Augen nicht sicher, verschlug dann aber den Ball weniger oft, als sie gefürchtet hatte, spielte rascher, überwach, als gehe der Kampf gegen einen Feind, nahezu übermütig, weil er angefangen hatte, sehr erleichtert von jedem Fehler der Partnerin, fast traurig, als die das scharfe Tempo nicht durchhalten wollte und vor der Zeit aufgab. Die Adresse war die Wohnung eines Assistenzarztes, hoch oben in einem der mit schalfarbenen Kacheln verkleideten Wohnblocks im Zen-

trum, sie meinte einmal das Zeichen der Staatspartei an seinem Revers gesehen zu haben, halbwegs glaubte sie an eine Falle der geheimen Polizei, stand auch eine Weile gedankenlos am Treppenhausfenster und blickte auf die naßdunkle Winterstraße hinunter, das kleine warme Licht der haltenden Straßenbahn, das verwischte Gefunkel des winzigen Tannenbaums zwischen dem unreinen Geblink der Ampeln, das gewöhnliche Leben, sie wollte keine Wahl mehr haben. In der Wohnung, in dem niedrigen, mit kahlen Fichtenmöbeln eng bestellten Zimmer war sie nur noch verlegen, weil sie bei einem Vorgesetzten zu Besuch war, mußte auch heimlich oft hinsehen auf das Jackett, das ohne die Spur eines Abzeichens auf der Lehne des Schaukelstuhls baumelte hinter dem untersetzten dicklichen jungen Mann, der mit seinen sanften braunen Augen gelegentlich beschwichtigend zur D. hinüberblickte, mit verstecktem Lächeln, weil die andere Besucherin nicht aufgehört hatte, über westdeutsche Politik zu reden, in aufgebrachten Tönen, wie über einen Kriminalfall. Die andere Besucherin, die vorgeblich aus München gekommen war, sprach so berlinisch wie die D., mit unnachahmlichen lokalen Ausdrücken, aber in der Art einer komischen Vorführung, es mißfiel der D., sie fühlte sich von der Westlichen, der Älteren abschätzend, nahezu ärztlich beobachtet, deren gebildetes, dabei hausbackenes Gehabe konnte sie nicht zusammenbringen mit der Gefahr, in die die Frau sich begeben wollte ihretwegen, einer Unbekannten zugunsten; sie war enttäuscht, fast ein wenig gekränkt, weil die Fremde ihr mit wenigen Worten beiseite eine neue Verabredung angesagt hatte und gleich fortfuhr mit ihren abfälligen Erzählungen von einem Hotel in der Stadt der westdeutschen Regierung, so daß die D. sich rausgeschickt vorkam. – Ernst isses Ihnen: hatte die sich beiläufig vergewissert, in einem Ton, den die D. für spöttisch hielt und verstand als Zweifel an ihrem Entschluß, so daß sie nachträglich erstaunt war, wie eifrig, ja vertraulich sie geantwortet hatte: Das is mal sicher. Aber sie kam mit allen diesen Westleuten nicht auf ein harmloses, unbedachtes Benehmen, nicht mit dieser angestrengt und kurzsichtig blickenden Frau, nicht mit den Studenten, die mitunter an ihrer Stelle kamen, sie konnte mit denen nicht, ob sie mit ihr umgingen von gleich zu gleich oder wie ältere Brüder, sie konnte sie nicht verstehen, so oft sie auch mit ihnen zusammentraf in Wohnungen überall in der Stadt, zwischen den Buden des Weihnachtsmarktes, einmal in dem Wirtshaus einer Kleingartensiedlung, sie versuchte lange, ihnen anzusehen, was sie für eigentlich westlich hielt, wollte eine glatte Stirn nehmen für Unempfindlichkeit, unerschütterliche Witzlaune abtun als Gleichgültigkeit gegen Politik, stand sie aber wartend auf den überlaufenen Umsteigebahnhöfen der Stadtbahn, wußte sie nicht vorher, welcher der Passanten sie mit Schwester und ihrem Vornamen anreden würde, und einem, der dabei vor ihr den Hut gelüftet hatte, antwortete sie anfangs, als sei er ein entlassener Patient, der sich der Krankenschwester erinnerte. Es war auch, Dankbarkeit gegen die Helfer machte sie verlegen. Überdies, sie war beschämt, wie viele Leute ihretwegen eine Anklage wegen Menschenhandels riskierten, wie das Recht ihres Landes Hilfe bei der Ausreise aussprach, und Jahre Gefängnis, sie meinte deren Hilfe nicht verdient zu haben. Es fiel ihr nicht leicht, deren Gründe sich vorzustellen; sie konnte danach nicht fragen. Einmal, in einem Gespräch beim Warten auf den nächsten Zug, hatte sie gesagt: Unsere Krankenversorgung, müssen Sie zugeben, das muß alles übernommen werden nach der Wiedervereinigung –, und mußte noch lange nachdenken über das lustlose Lachen, mit dem der Kurier, ein naseweiser, gar nicht erwachsener Junge mit schlenkrigen Bewegungen, das Wort von der Vereinigung der deutschen Restgebiete wiederholt hatte, auch über die verwirrte, höfliche Miene, mit der er ihr schließlich zugestimmt hatte, als sei die Sache ja nicht von Belang. Nach ihrem Vertrauen war sie nicht gefragt. Sie hatte einmal sich erkundigt nach der Kollegin, die mit gefärbtem Haar durch den Grenzbahnhof gegangen war, eigentlich aus Neugier auf den Fluchtweg, und es kam heraus, daß diese Leute ihr das Färbemittel und das Geleit beschafft hatten; sie ließ nun Grüße sagen. Wie diese leise Person, die leichter als sie hatte die Lider niederschlagen müssen, konnte sie es schaffen. Wie die Westdeutsche, die zu dem teuren Lackkleid von ihren Eltern den schäbigen Wettermantel getragen hatte, konnte sie es nicht schaffen. Die D. fuhr gehorsam an den Stadtrand in der Straßenbahn, neben einer langen Waldstraße durch gar nicht bewohntes Gebiet zu einem Dorf, in dem die mit lichtdurchlässigem Kunststoff überdachte Haltestelle außer dem Zeitungskiosk das einzige neue Gebäude schien zwischen den forsthausmäßigen Landvillen aus dem vorigen Jahrhundert, und ließ sich in der gediegenen, altertümlichen Drogerie fotografieren, wie ihr aufgetragen war; mit dem fertigen Paßbild im Portemonnaie fuhr sie über die Stadtbahn zurück ins Zentrum, sah aus dem weißlich beleuchteten Wagenkasten über das weithin ausgelegte Feld von Gleisen in die nasse Dunkelheit, hinüber zu dem feucht leuchtenden Rot einer Reklamezeile in Westberlin, und dachte kleinlaut: Mit einem Paßbild, Leute, das schafft ihr nie. Dann wieder, kam sie vorbei an den leeren Straßenstummeln gegen Westen und sah die schweren Lastwagen der Armee an den vordersten Betonwänden aufgefahren, oder auch vor dem Bahnhof mitten in der Stadt, durch den die Westdeutschen und die Ausländer zurückfuhren in das westliche Berlin, konnte sie doch in einer Art Übermut, wie eine Neckerei denken: Na mal los, Sportsfreunde, beweists mir mal. So reden mit den Kurieren hätte sie nicht können, im

Gespräch mit ihnen bemühte sie sich um Hochdeutsch, gab sich zurückhaltend, redete wenn möglich nur auf Befragen, mit Respekt vor den Gebildeten; in Gedanken ging sie mit ihnen um wie mit Spießgesellen aus der Schulzeit, wie mit Freunden, spaßhaft und bedenkenlos. Zu Weihnachten, auch zu Neujahr, hatte sie bereitwillig Schichten übernommen von Kolleginnen, die die Feste einen Abend lang in der Familie verbringen wollten, so daß sie bei ihnen für wenigstens einen Tag Vertretung guthatte, wiewohl nur in einzelnen Stunden und behelfsmäßig, denn die Einteilung des Pflegedienstes in Schichten war noch wie je ein Wunschtraum der Gewerkschaft, ein halbjährlich wiederholtes Versprechen, dem genug Schwestern weggelaufen waren, dem die Ausbildung sehr langsam nachwuchs; sie hatte vorsorgen wollen, sie wollte nicht Hals über Kopf weggehen müssen und die Patienten im Stich lassen. Zu Weihnachten hatte sie sich vor der amtlichen Feier gedrückt, besorgt nicht angesteckt zu werden von der rührseligen Stimmung, ihr war auch lächerlich zumute, als die sechs Schülerinnen, die auf dem Flur sangen, auf ihrer Station sich vor den offenen Türen aufstellten zu einer starren, feierlichen Gruppe; am Neujahrsmorgen, als die Mutter aus Potsdam anrief und ihre Wünsche aufsagte in einer gezierten, frömmlichen Art, mußte die D. schlucken, ehe sie antwortete. Ein Neues Jahr, es klang so möglich. Es klang ihr unerreichbar. Oft, wenn ihr ein Polizist entgegenkam, bei der Kontrolle an der Stadtgrenze gegen die Republik sie ihren Ausweis vorzeigte, konnte sie den Blick schwer abwenden, betrachtete die Leute in der Uniform neugierig, als sei ihren Gesichtern abzulesen, wozu sie imstande waren. Es machte ihr nichts aus, für die westberliner Studenten Besorgungen in der Mark Brandenburg auszutragen, wohin die mit einem westdeutschen Ausweis nicht konnten; sie konnte nicht hoffen, damit die Ausreise wettzumachen, die ihr für Ende Januar versprochen war; es machte ihr Mut, daß sie ihr solche Aufträge zutrauten. Einmal fuhr sie, einen Brief im Schuh, in ein Dorf nördlich von Ostberlin; als ihr das Warten auf die Antwort lang wurde in der kaum verschlagenen Bahnhofswirtschaft, ging sie neben dem Damm auf einem überfrorenen Fußweg in den schütteren Kiefernwald, zog schon im Dunkeln zwischen den starren Stämmen umher, lief quer über den finsteren Schnee zurück zu dem Flickenteppich aus Lichtern, mit dem die niedrigen Bauernhäuser sich stemmten gegen die Himmelschwärze, sie war ganz durchgekühlt vom Wind, kalt vor Heimweh nach dem Land, aus dem sie weggehen wollte. Den Angehörigen eines Arbeiters, der für eine abschätzige Bemerkung gegen die Abriegelung Westberlins ins Gefängnis gebracht war, sollte sie Geld bringen; die Frau ließ sie nicht sofort wieder gehen, nötigte ihr Kaffee auf in der Küche, kam aber von den Grüßen für die Verwandten gleich auf die durchschnittliche, witzlose Äußerung, die die Familie das halbe Einkommen gekostet hatte, wiederholte sie in einem Ton ohne Wut, ohne Verständnis, unbekümmert um die Kinder, die auf ein anerkennendes Grinsen der Besucherin warteten; noch im Bus war die D. so aufgebracht, wünschte sich so dringend aus dem Land, der Schaffner zog sie auf mit ihrem blindernsten Gesicht, konnte sie nicht ablenken, wandte sich verdrossen ab. Dennoch, auf den stundenlangen Fahrten in der Stadtbahn, beim Warten in den Gaststätten horchte sie gierig auf die Gespräche der Nachbarn, die vorschnelle, aufsässige, staunende Art zu erzählen; sie stand einmal lange vor dem oberirdischen Eingang einer Ubahnstation und sah den beiden alten Schaffnerinnen zu, die einander in den beiden Schalterkästen gegenübersaßen und sich träge und genußvoll besprachen, ungerührt vom Durchgang der Fahrgäste; die D. mochte die Stadt nicht aufgeben, sie fürchtete sich davor, ihre Leute bald nicht mehr zu verstehen. Das Gefühl von Abschied war schwer genug, langwieriger vor Unentschiedenheit, von einer eklig halbherzigen Art, weil die Reise mißglücken konnte. Sie suchte sich ein Wochenende aus, den mittleren Bruder zu besuchen, ging von dem kleinstädtischen Bahnhof lange auf der windigen Chaussee voran in einer von Raupenketten zerschürften Wüstenei von Sand und Jungwald, verlief sich später zwischen übermäßigen

Hallenskeletten, bis die Werkwache sie bei den Baracken der Verwaltung aufgriff und auf einer städtisch sauberen Betonstraße durch das penibel aufgeräumte Gebiet der Raffinerie zu den Wohnhäusern fuhr, die einstweilen in Unterkünfte für Arbeiter aufgeteilt waren; der Pförtner wollte eine weibliche Person nicht in den Männerblock lassen, sie witschte an ihm vorbei, fand an einer Tür auch den Namen ihres Bruders, in dem Dreibettenzimmer einen fremden Schlafenden, den sie nicht wach bekam; auf der Rückfahrt zum Bahnhof sah sie dem Bus die Wagen aus der Stadt entgegenkommen, rumpelnde helle Kästen voller Leute, unter denen der Bruder sein mochte; sie drängte sich auch noch durch die beiden mit Rauch und Papiergirlanden zugehängten Tanzlokale, sie fand ihn nicht. Sie hatte ihm nichts aufschreiben mögen. Die Züge nach Potsdam hießen Sputniks, nach dem ersten kosmischen Satelliten der Sowjetunion, weil sie Westberlin umkreisten wie der Flugkörper die Erde; die D. hatte sich mit einem Telegramm angemeldet, war doch überrascht, den Abendbrottisch nicht in der Küche, im Wohnzimmer gedeckt zu finden; sie versuchte, den Besuch für beiläufig auszugeben, erzählte von der Arbeit, den Vorgesetzten, übertrieb deren Eigenheiten, sie kam nicht an gegen die mürrische Stimmung der Mutter, die sie zum Essen nötigte, im nächsten Satz über die Vernachlässigung durch die Kinder klagte, die D. fühlte sich unsicher unter ihrem nörgelnden, mißtrauischen Blick, sie fragte endlich geradeheraus: Was ist denn, hab ich nen Fleck auf der Nase? – Schwanger biste! sagte die Alte aufgebracht, ließ sich davon nicht abbringen, wiederholte störrisch: Du bist so anders, für dumm hältste mich! Die D. ging schließlich zum Spaß darauf ein, die Mutter wollte den Spott nicht verstehen, bot ihr ganz verträglich das Wohnzimmer an, ernstlich erzürnt, als die D. wieder leugnete. Der Abend war zerstritten, die D. konnte sich bald nicht mehr zu einem versöhnlichen Wort bringen, sonderbar erschöpft von dem Streit sah sie der Mutter beim Flicken zu, unglücklich über das selbstgerechte Schweigen, legte sich früh schlafen. Sie hätte noch einmal nach dem Tod des Vaters fragen wollen. Sie hätte der Alten gern abgebeten, wie grausam, ganz bedenkenlos alle Kinder ihr eine neue Heirat verboten hatten nach dem Krieg. Sie hätte die verbitterte, abgearbeitete Frau einmal noch umarmen wollen, aber als sie am Morgen aufwachte und die Außentür klappern hörte, meinte sie geträumt zu haben, daß die Mutter, schon im Mantel, sich zu ihr niedergebeugt hätte und dicht an ihrem Ohr etwas geflüstert wie: Wenn was ist, mußt du aber kommen. In der Küche, kreuz und quer hinter die Glasscheiben des Schrankaufsatzes gesteckt, sah sie die Postkarten des Jüngsten aus München, mit der bunten Bildseite nach vorn. Die Wohnung sollte nun für andere Mieter geräumt werden, weil der Mutter allein keine anderthalb

Zimmer zustanden. Sie hatte noch eben Zeit für den Weg zum Friedhof, wo zwischen den Steinen einer Verwandtengrabstätte eine Tafel für ihren Vater aufgestellt war. Sie versuchte die festgetrockneten Regenspritzer von dem falschen Marmor zu entfernen, ihr Taschentuch reichte kaum, den Namen zu säubern, das Todesjahr mußte sie schmutzig lassen. Wie blind von Trauer ging sie zum Bahnhof, die Blicke der Passanten auf die nasse Erde am Mantel, wo sie gekniet hatte, merkte sie nicht. Bei dem nächsten Treffen mit einem Abgesandten der Westberliner fragte sie nach einer Nachricht von B., und obwohl der Kurier, jener ungefüge, kindähnliche Westfale, sich einen Augenblick ratlos bedachte und dann eine Spur zu rasch sagte: Sie sollen sich auf ihn verlassen, hat er gesagt-, zögerte sie nicht, ihm zu glauben. Sie konnte sich die Worte von B. gesprochen vorstellen. Zu dem ältesten Bruder kam sie nicht mehr, sie hatte den Besuch bei ihm aufsparen wollen für zuletzt, um Tage eher kam der Bescheid aus Westberlin, so unverhofft, daß sie nur mit Mühe Vertretung für den anderen Morgen fand. Das Gesuch um drei Tage Urlaub ließ sie in einem Briefumschlag beim Pförtner, für die Oberin hätte sie einen Grund erfinden müssen, sie mochte da nicht mit Lügen aufhören.

Der Kurier, sonderbar verlegen, hatte auch etwas gesagt von einer Kneipe, in der er den jungen Herrn B. noch im Dezember gesehen hatte mit einem

215

Mädchen, und die D. wäre ihm gern ins Wort gefallen, als er immer ungeschickter dann sich verhaspelte mit einer Beschreibung des Lokals. Sein Gerede störte ihr einen ungemein lebhaften Eindruck von einem Herrn B., der unerschütterlich dasaß, ein wenig vorgebeugt, in losem Gespräch mit Nachbarn am Tisch, zuverlässig, verschwiegen, wartend. – Was hat er denn an? sagte sie.

Sie tat noch drei Stunden Dienst, bevor sie sich umzog. Auf dem Bett lag die Wäsche, die sie für viel Geld gekauft hatte, so gut wie westdeutsche, die Fabriketiketts hatte sie abgetrennt, in Fäden zerrissen, verbrannt. Für den dunkelblauen Stoff zu dem neuen Kostüm hatte sie am meisten bezahlt, ihr gefiel auch das grobe Gewebe nicht, der Verkäufer hatte ihr andere Importware nicht zeigen können; aus den westlichen Modezeitschriften, die ihr in der Schneidereigenossenschaft vorgelegt wurden, hatte sie sich einen französischen Schnitt gesucht, die Maßnehmerin fand sie zu schlank für die weite Jacke, die D. hatte auf nichts geachtet als auf das neueste Datum. Für die Haare hatte sie ein schwarzes Tuch, es nahm sich fremd aus zu dem hellen Mantel und den Schulterklappen. Sie hängte die Tracht weg, räumte das Zimmer auf. Mit dem kleinen Spiegel ging sie noch einmal ans Fenster. Sie konnte sich in die Augen sehen. Sie ging durch die Ausfahrt des Wirtschaftshofes, über die Straße, zur Haltestelle, blickte sich nicht um, nur darauf bedacht, voranzukommen, nicht danebenzutreten. Angst war nur die dünne, leicht aufflatternde Einbildung, der Nachbar in der Untergrundbahn könne sie anreden, ihr hinterherlaufen, ihr nachrufen: Kommen Sie mal mit. Die Wohnung, die ihr genannt war, lag in einer kleinfenstrigen, mit steifen braunen Putzmustern verzierten Arbeitersiedlung aus den zwanziger Jahren, sie stand gegen Mittag vor der Tür im obersten Stock. Eine Frau, so alt wie ihre Mutter, eine graugrobe Kochschürze vor dem kugeligen Bauch, holte sie in die Küche, erklärte ihr die benachbarten Mietparteien, den Weg zum Dachboden. Für die Toilette sagte sie »die Gelegenheit«. Die D. mußte nichts denken. Das Haar der Frau, blaß ohne Farbe, war so fisselig, die Kämme konnten es nicht festhalten. In dem derbknochigen, grauen Gesicht waren die Lippen sonderbar zart, fein genarbt, wie die eines Kindes, Lippen von Angina pectoris. Auf dem Flur hing eine Uniformjacke der städtischen Straßenbahn. Die Frau öffnete die Tür zu einem Schlafzimmer nur halb; auf dem Bett sah die D. einen jungen Mann liegen, einen Arm unterm Kopf, rauchend, er nickte ohne Überraschung in den Spalt, die D. nickte. Er war einer von denen, die ›Uboote‹ hießen, weil sie nach einer gescheiterten Flucht im Versteck auf einen anderen Weg warten mußten; die D. hatte Geld gegeben für Uboote, sie hatte nicht recht daran geglaubt. Sie hatte nicht denken können, es gebe unter der Stadt eine andere, eine heimliche Stadt. Zum

Mittagessen traf die Münchnerin ein, die so berlinisch gefragt hatte, ob es der D. ernst war. An diesem Tag kam sie der D. weniger lehrerhaft vor, geradezu schwesterlich. Ihr Blick hielt den der D. fest, sie lächelte ein wenig, immer wenn die D. genickt hatte, wölbte die Lippen pfiffig vor, als erkläre sie einen Spaß nach dem anderen. Die D. fühlte sich ganz wach, sie behielt alles sogleich. Auf das Bild in dem Paß, den die andere vor sie hingelegt hatte, mochte sie noch nicht blicken, sie fürchtete zu erschrecken. Es war nicht ihr Bild. Wenn die andere etwas im Paß nachlas, mußte sie eine Brille aufsetzen; die Bewegung sah gründlich aus. Die D. hatte bis in den Abend Zeit. Am Abend war sie eine Touristin aus Österreich auf dem Wege nach Skandinavien. Sie war mit einem Flugzeug nach Westberlin gekommen, den Transit bis zur Ostsee hatte ihr ein Reisebüro besorgt, also war sie an der ostdeutschen Grenze nicht gesehen worden. Ihr Gepäck war in der dickbauchigen, prächtig gelben Tasche aus Leder, die die Botin auf dem Schoß hielt und auspackte, Necessaire, zwei Pullover, ein Rock, Hausschuhe, Morgenmantel, alles frisch gewaschen, schon gebraucht, mit österreichischen Fabrikmarken. In einem Portemonnaie aus dunkelblauem sanftem, zierlich gefälteltem Leder waren Geldsorten, westberliner Busfahrscheine, die Fahrkarte nach Kopenhagen, Eintrittskarten für die Filme, die die Touristin in Westberlin gesehen hatte. Die Handlung der

Filme konnte sie sich nur schwer merken. Das Portemonnaie mit seinen vielen kleinen Taschen gefiel ihr der Maßen, sie sagte etwas über den altmodischen Knipsverschluß. – Das ist ein Geschenk: sagte die Botin, in einem nachsichtigen, belustigten Ton, die D. verstand: es war von B. Sie war inzwischen ganz munter, nahezu heiter, auch beruhigt, weil die Gastgeberin und der junge Versteckte der Einweisung gleichmütig zusahen, ohne Aufregung, nur besorgt, ob sie alles verstand. Beim Abschied tat die Besucherin, als spucke sie der D. dreimal über die Schulter. Die D. fühlte sich mit einem Mal steif, die Arme wurden ihr schwer. Als die Tür zufiel, wäre sie am liebsten hinterhergelaufen. Sie hätte gern das Geschirr abgewaschen, sich abzulenken, aber sie wurde in das Wohnzimmer geschickt. Nach einer Weile war die Wohnung so still, als sei sie allein. Sie wurde so ungeduldig, sie hätte heulen mögen. Der Paß hatte neun Seiten mit Visastempeln, Einreisevermerken, auch das Wappen mußte sie lernen. Sie konnte nicht stillsitzen, lief immer wieder umher auf dem peinlich sauberen Fußboden, zwischen den dickpolstrigen Möbeln, stand am Fenster und sah durch den Blumenmusterstore auf die Straße, den schmutzigen Schnee in den Vorgärten, das einsame Auto unter der Laterne, dabei verzweifelt über die Zeit, die sie versäumte. Die Dunkelheit schien viel zu rasch zuzunehmen, die Nacht war so nahe. Sie suchte schließlich nach der Schaffnerin, fand ihre

Jacke nicht mehr auf dem Flur, erschrak hitzig, als hinter ihr die Tür des Schlafzimmers aufging. Ihre Stimme war nicht mehr ganz sicher. Die Szene mutete sie unheimlich bekannt an, wie in einem lange gefürchteten Traum, sie verkleidet in dem ungewohnten Kostüm, in einer fremden Wohnung unter dem schattenreichen Licht einer geschnitzten Flurampel, gegenüber einem Unbekannten, der verschlafen und gleichmütig am Türrahmen lehnte. Sie fing an, etwas zu sagen, wußte nicht weiter. Der Versteckte, älter als sie, von untersetzter, derber Figur, kam mit hängenden Armen auf sie zu, nahm ihr den Paß aus der Hand, betrachtete ihr Gesicht wie eine Sache, sagte stirnrunzelnd, gelassen: Dis geht vieln so, Fräulein . . ., sah sie unverhofft streng an. Die D. verstand. Sie nannte den Namen der Touristin. Der andere fuhr fort, sie auszufragen in einem leutseligen, hinterhältigen Polizistenton. – Wo sind Sie denn so geboren: sagte er, mitleidig vor Überlegenheit. Sie wußte den Ort. Sie irrte sich im Monat. Sie war jetzt zweieinviertel Jahre älter. Sie war Krankengymnastin. Ihr Name war F. Sie war dem jungen Herrn B. so dankbar für den ausgesuchten Beruf, sie wurde einen Augenblick lang übermütig, antwortete dem Fremden in dem eben noch höflichen, erstaunten Ton einer Vielgereisten, der dergleichen noch an keiner Grenze vorgekommen war, dann doch erleichtert, daß er den Spaß mit dem Verhör nicht zu weit trieb und ihr den Paß erklärte wie in einem Schulunterricht, Österreichs Flüsse, die Reisen der Touristin in den vergangenen Jahren, Frankreich, Schweiz, Westdeutschland, USA, ihre Pläne in Kopenhagen. Er ließ sie zum Nachdenken gar nicht kommen, machte ihr Vorschläge für die Angehörigen der Touristin, sie saßen in der Küche vor einem von vielen Händen zerschundenen Schulatlas, stritten sich beim Abendbrot über die Handlung eines alten Spielfilms, dessen Schauplatz Wien war. Es machte ihr nichts aus, zu essen. Manchmal mußte sie hoch durchatmen. Manchmal war sie so zuversichtlich, sie bedauerte den Versteckten, weil er seit Wochen gewartet hatte und doch nicht vor ihr nach draußen kommen sollte. Das Gesicht war ihr vertraut wie seit langem; seine langsame, gründliche Art zu blicken, zu sprechen, die geringen Spuren von Scherz in seinen Mundwinkeln beruhigten sie oft. Er war Flechter. Er montierte Stahlmatten, das innere Gerüst für Betonwände. Seine Frau war in Westberlin mit dem Kind. Er hatte Bilder. Eins zeigte eine vielköpfige Familie in einem Wohnzimmer um einen runden Tisch mit Tannenzweigen sitzend, alle mit starrer Miene auf das Blitzlicht wartend. Die Frau hatte sich zu lächeln bemüht, das Gesicht war hilflos verzogen. Das Kind, zweijährig, einen Löffel in der einen, den Becher in der anderen Faust, hatte seine braunen Haare. Wenn er zu reden aufhörte, wurde ihr das Stillsitzen schwer. Er erzählte ihr umständlich seine letzte Arbeit in der

Außenwelt mit Fremdworten, die sich märchenhaft ausnahmen in seiner berlinischen Aussprache. Er hatte zuletzt eine Straße gebaut, breit wie eine Autobahn, den Zugang zu einer Festung der Regierung. – Was ist ein Japaner: fragte die D., sie horchte aber auf Schritte im Treppenhaus. Ein Japaner war eine schwere Schubkarre auf Gummirädern. – Wolln Sie nich was trinken: sagte er nach einem langen Schweigen. Sie war so zerfahren, sie schrak auf. Seine ausdauernde, ergebene Art zu sitzen steckte sie an mit Furcht. Sie traute sich nicht genug Mut zu, allein auf die Straße zu gehen, in der Untergrundbahn zu fahren, ganz einzeln unter den Leuten, ohne Aussicht auf Hilfe. – Mein Vater, wenn er auf Urlaub gekommen is, immer in die Kneipe, und meine Mutter, die war vielleicht sauer ... mir wird schlecht vom Trinken: sagte sie. Das Motorengeräusch auf der Straße begann so unverhofft, sie fühlte sich unbeweglich. Der andere saß etwas krummer als vorher, sie glaubte seinem Kopfschütteln nicht. Die Polizei konnte an der Ecke warten. Sie holte den Paß aus der fertig gepackten Tasche, das Gesicht der F. anzusehen. Sie fand keine Ähnlichkeit. Sie konnte nicht anders, sie riß die westliche Zigarettenpackung an, die zum Reiseproviant gehörte. Die Uhr in dem Wohnzimmer schlug auch zu den Viertelstunden. Als sie gehen mußte, fiel es ihr schwer, die Hand des Versteckten gleich wieder loszulassen. Ihr war, als ginge sie von allen Menschen weg. Sie wollte tapfer

grinsen, an seinem besorgten Blick merkte sie, wie schief es ausgefallen war. Er nannte ihr seine Adresse in Westberlin, einen Atemzug lang konnte sie sich die Straße vorstellen, auch daß sie da ging, dicht an den Häusern. Auf der nächtlichen Straße war niemand außer ihr.
Am Schalter der Untergrundbahn zeigte sie zum letzten Mal ihre Abonnementskarte. Auf dem Weg zum Ostbahnhof zerriß sie den Karton, insbesondere ihr Bild, in kleine Stücke, streute die Schnipsel nach und nach in den Schnee. Neben dem kahlen dunklen Platz strahlte das massige Gebäude wie eine gefährliche Höhle. Am seitlichen Ausgang traf sie auf die Schaffnerin, gab ihr das verbliebene Ostgeld, den ostdeutschen Ausweis, der jetzt falsch war. Sie sprachen kaum miteinander, die Frau ging in großem Abstand neben ihr durch die Halle, wandte sich zum Wartesaal. Die F. stieg schräg die Stufen hinan, auf denen immer die Besucher des Staates fotografiert wurden. Im Tunnel zu den Bahnsteigen kam sie darauf, ortsfremd zu tun. Die letzten Stufen des Aufgangs ging sie immer langsamer, sie fühlte sich plump vor Schwere. Neben ihr lief der Triebwagen aus Westberlin ein, der die Touristin zum Zug nach Skandinavien brachte. Unter den Passagieren, die aus dem Triebwagen stiegen, sollte sie auf einen achten, ein rotes verschlagenes Gesicht unter einer Schiebermütze. Er würde beim Aussteigen Handschuhe in der Hand halten, auf

dem Bahnsteig sie anziehen mit resoluten Bewegungen ›als ob er sich fertigmacht‹. Eine Abweichung bedeutete Gefahr. Die F. konnte mit einem Mal nicht mehr gut sehen, der bläuliche Schimmer der Neonstäbe verhängte den Mann mit einem dünnen Nebel. Er trug eine Schiebermütze. Er sah um sich, an ihr vorbei. Er ging auf die andere Seite des Bahnsteigs, die Hände auf dem Rücken. An den Händen war schwarzes Leder. Die D. ging an ihm vorbei auf den Ausgang zu. Er verhandelte mit dem Schlafwagenschaffner, der Schaffner deutete am Zug entlang. Als ein Zug der Stadtbahn in die Halle einfuhr, lief sie hastig die Treppe hinunter, weg vor dem Strom der einheimischen Fahrgäste. Sie merkte sich bewegen, sie war aber von sich entfernt. Der Schreck kam in Wellen wieder, drückte aufs Herz. Auf der Straße mußte sie sich anlehnen.

Nach einer Weile Gehens erkannte sie die Schaffnerin auf dem jenseitigen Bürgersteig. Sie trafen vor einem Schaufenster zusammen. Die D. bat um ihr Ostgeld, nannte einen Treffpunkt für den nächsten Tag. Die Frau redete ihr zu, die D. wollte nicht in die Wohnung zurück. Sie blickten beide auf die ausgestellten Gegenstände aus Porzellan, sahen einander nicht an. Schließlich ging die D. in die andere Richtung, schlapp vor Angst, krumm. Die Häuser waren dunkel, alle vor ihr verschlossen. Sie wußte nicht wohin, es war ihre Stadt, sie war von allen Leuten ausgeschlossen. Im Taxi besann sie sich noch einmal, aber sie brachte die Adresse ihres Bruders nicht über die Lippen.

Sie verbrachte die Nacht in der Wohnung des Chefs, des Professors, für den sie gearbeitet hatte. Sie war entschlossen, wegzulaufen, wenn er die Haustür nur einen Moment zu lange festhielt. Sie hatte ihre Geschichte von einem verpaßten Zug und dem vergessenen Schlüssel noch gar nicht zu Ende gestottert, er führte sie schon auf die Treppe zu. Es war ein überaltertes, verschmutztes Miethaus. Die Wohnung war im ersten Stock, fünf Zimmer um einen mit Bücherregalen vollgestopften Flur. Sie sah durch eine offene Tür einen Tisch mit Papieren, eine Weinflasche in kleinem Lampenlicht. Das Zimmer, in dem sie schlafen sollte, war eingerichtet wie für einen Studenten, an den Wänden standen Kästen und Apparate, die ihr nach Rundfunktechnik aussahen. Der Chef hatte sie nach nichts gefragt als nach der Zeit fürs Frühstück. Sie wartete hinter der angelehnten Tür auf das Geräusch des Telefonierens. Sie wußte die Nummer der Polizei auswendig. Aber sie hörte nur ärgerliches Murmeln, Schranktüren klappen, dann kam der alte Herr zurück mit einem Arm voll Bettwäsche. Er hatte sich eine Jacke über die Weste gezogen, auch die Kravatte zurechtgerückt. Er sah ganz wach aus. Er erklärte ihr die Wohnung, zog die Vorhänge zu, schaltete das Licht über ihrem Bett ein, als sei sie in ein Hotel gekommen; sie war sich keines Blicks bewußt geworden, er wandte sich in der

Tür noch einmal um. – Wollen Sie eine Schlaftablette? sagte er. Sie stand immer noch mitten im Zimmer, die Tasche an der Hand. – Ja: sagte sie. Die Schritte machten ihr Mühe. Sie legte ihm die Arme um die lächerlich dicken Schultern, sie weinte schon. Ihr war, als hätte sie auf der Welt nichts als diesen alten, mürrischen, fremden Kopf. Als er ihr das Glas mit dem Schlafmittel durch die Tür reichte, versuchte sie sich zu entschuldigen. – Dummes Zeug! sagte er verdrossen, wünschte ihr so grob wie einer Kranken gute Nacht, hatte in den Augenwinkeln aber gelächelt. Am anderen Vormittag fuhr er sie in seinem Wagen auf den Stadtbahnhof, wo sie auf die Münchnerin warten wollte. Sie hatte versucht, sich ihm anzuvertrauen, er hatte abgewinkt. Sie war so betrübt über den Abschied, sie vergaß sich zu bedanken.

Sie stand nicht lange mit dem Gesicht gegen die Wand und las die vergilbten Vorschriften, sie hörte nach ihr rufen. Es war die unbiegsame Altstimme, die sie kannte. Die Frau kam kurzsichtig blickend auf sie zu, stämmig, unerschrocken, nahm sie am Arm, führte sie auf die Straße. Über dem weiten Platz war der Tag ganz weiß. Ein Mann in braunem Regenmantel, der auf dem kunstreich geschmiedeten Brückengeländer lehnte, sah ihnen entgegen, den Kopf halb über die Schulter gewandt. Sie gingen rasch an ihm vorüber, zwei Leute bei eiligen Besorgungen, vielleicht Geschwister. Das Wasser war tiefschwarz, es machte sie frösteln. Die andere sprach

unbekümmert laut, atemlos, berlinisch über Zugan-
schlüsse, über das wahrscheinliche Wetter Däne-
marks am Abend. In einer Kirche, deren palast-
mäßige Front von großfenstrigen Bürofassaden
eingeschlossen war, in einem schattigen Seitenschiff,
zog die Fremde sich den hellen Trenchcoat der D.
an, gab ihr den dunkelblauen Tuchmantel, den sie
mitgebracht hatte, dazu eine schwarzlederne Kappe.
Der steife Kragen lag ihr dicht am Hals, sie mußte
den Nacken gerade halten. Vor der Schwingtür
prallten sie auf einen Menschen in gesteppter Watte-
jacke, er verhielt den Schritt wie ein Verblüffter. In
der Stadtbahn erklärte die Begleiterin die Umgebung des Viadukts, die Spree, den Umriß von Hoch-
bautürmen im Dunst über grauen Wohnkarrees,
alles in einer betulichen, respektvollen Art. – Ach:
sagte die F., oder: Davon hab ich gehört. Die Fahrgäste neben ihnen betrachteten das ausländische
Tuch, die Kappe, die verschlossene Miene der Touristin. Bei der Einfahrt in die großmächtige schwärz-
liche Halle sah sie drei Bahnsteige weiter einen hell-
farbenen Triebwagenzug warten. In dem Tunnel,
der die Plattformen miteinander verband, sprach
die Begleiterin von einer Verabredung in Ostberlin,
gab sich so ortsfremd, verwirrt, die D. beschrieb ihr
mit Eifer Straßenbahnlinien, Bushaltestellen, die
Lage des Stadtteils. Mitten im Satz zog die andere
sie über die Stufen nach oben, blieb mit ihr vor der
offenen Tür des Triebwagens stehen. Die F. stieg ein,

die andere ging neben ihr auf dem Bahnsteig voran.
– Schreiben Sie auch gleich! sagte sie. – Und schöne
Wochen in Kopenhagen! sagte sie. Die D. hielt sich
am oberen Rahmen des Fensters fest, sah wehrlos in
das biedere, gutmütige, unauffällige Gesicht. Ihr
fiel nichts ein. – Und mit schönen Briefmarken für
die Kinder! sagte die andere. Der Zug war angefahren, die D. beugte sich aus dem Fenster. – Grüßen
Sie die Kinder! sagte sie. – Grüßen Sie die Kinder.
Die kleine gedrungene Figur winkte mit einem
schwarzen Kopftuch, wurde von einem Gepäckkarren verdeckt, hatte sie allein gelassen.

Sie hatte sich auf die Reise gefreut, auf die Kurve
des Zuges in Richtung Norden, die Richtung der
Ferien. Als sie vom Fenster zurücktrat und den
Mantel von den Schultern schüttelte, wischte sie
mit den Schößen einem Herrn die Zeitung von den
Knien. Sie fing an, sich zu entschuldigen; je natürlicher sie Hochdeutsch sprechen wollte, desto einheimischer gingen ihr die Worte von den Lippen. Sie
bekam den Blick nicht los von dem Abzeichen der
Partei an der Jacke ihres Gegenübers, seiner gewissenhaft strengen Miene. Er hatte sich gleich gebückt,
ohne Aufblicken genickt, las weiter in seinem Buch,
bewegte den ganzen Kopf von Zeile zu Zeile. Sie
hatte sich hinter den Mantel verkriechen wollen,
um nicht erkannt zu werden von ehemaligen Patienten; sie hatte im halben Umwenden etwas gesehen
auf der anderen Seite, sie fürchtete, es wieder zu se-

hen. Sie sah durch den Spalt zwischen Mantelrand und Fensterrahmen auf den Stadtbahnzug, der neben dem Triebwagen allmählich zurückfiel, auf eine winternasse Straße zwischen Sportplätzen, auf die Hinterhöfe oberhalb der hohen Böschung, sie hatte den Abschied von der Stadt begreifen wollen. Der fremde Stoff roch trocken, nach Wind. Sie drückte den Mantel beiseite, sah durch den in halber Höhe unterteilten Wagen. Schräg gegenüber, bequem gelagert auf den beiden Einzelsitzen, sah sie die kleine Schauspielerin, die krank geworden war an der Trennung von einem Westberliner, die sie gepflegt hatte. Sie hatte ihre Zeitschrift auf die Knie sinken lassen und aß mit kleinen Bissen von einem Apfel, langsam, als denke sie nach. Es sah behaglich aus, wie sie die Beine auf dem blauen Samt hielt, sie übereinanderlegte; sie blickte nicht auf die Seite der D. Die D. war noch nie in der ersten Klasse gereist. Der hellblaue Bezug fühlte sich sanft und sauber an. Die Sitze waren großzügig breit, auf ihrem hätte sie zweimal Platz gehabt, sie fühlte sich eingeklemmt, angebunden, gefangen in dem schnellen donnernden Wagen. Sie ertrug den Blick nicht, den sie sich einbildete, sie wandte den Kopf wieder. Die Schauspielerin hielt mit beiden Händen die Zeitschrift, hatte die Lider aber gesenkt, als überlege sie sich etwas. Sie sah auf die D., die westliche Reisetasche neben ihr, auf die Klapptür im Gang, aus dem Fenster. Die Augen der D. hatte sie vermieden. Die

229

Angst war jetzt ein Gefühl der Leere in der linken
Hälfte des Brustkorbs. Die F. holte ein Taschenbuch aus der Manteltasche, blätterte bis zur Mitte
wie durch längst Gelesenes, hielt es vor sich. Die
Arme wurden gleich steif. Sie kippte das Buch, betrachtete den Titel, ob er westlich genug aussah. Es
war ein österreichisches Lehrbuch der menschlichen
Anatomie. Sie achtete darauf, regelmäßig umzublättern. Sie drehte die Uhr am Handgelenk nach
innen, um die Zeit vergehen zu sehen. Das Titelblatt
sah kahl aus, wissenschaftlich, nach keinem Ausland.
Die F. fingerte Zigaretten aus der Manteltasche, die
Augen gegen das Buch, legte das bunte cellophanierte Päckchen in die Mitte des Nebensitzes, ließ
die Hand daneben liegen, als sei sie vom Lesen abgelenkt worden. Die Schauspielerin erhob sich, kam
durch den Gang näher. Sie sah gesund aus. Sie verhielt den Schritt neben der D., der Wagen hatte geschwankt. Sie hielt sich nicht auf, verschwand hinter der Klapptür. Ihr dunkelbraunes Kleid war nach
der Empiremode geschnitten, mit einer schmalen
schwarzen Schleife unter dem kleinen Busen. Die D.
versuchte sich den Schnitt zu vergegenwärtigen. Die
Angst war die Einbildung, die Polizei in einem Maßanzug, passend zu dem hellen Holz, den vornehmen
Polstern, werde sich zu ihr hinunterbeugen und verbindlich flüstern: Kommen Sie doch bitte mal mit.
Das bitte würde dem ausländischen Mantel gelten.
Die D. nutzte einen beiläufigen Blick des ältlichen

Herrn ihr gegenüber, sie hielt ihm die Zigaretten hin. Er griff der Packung entgegen, sie verhedderte sich mit dem Papier. Die Schauspielerin kam zurück, den runden, lieblichen Kopf blanken Blicks erhoben, gefolgt von dem Kellner in der schwarzen Joppe, er stellte ihr ein kleines Stielglas mit Schnaps auf den Fenstertisch, verbeugte sich beflissen. Der Herr gegenüber der F. fing mit ihr ein Gespräch über Kopenhagen an. Sie entschuldigte sich, ging durch die Klapptür, das Abteil für die Nichtraucher, durch den klappernden Faltbalg in den Wagen der zweiten Klasse. Der Gang stand voller Reisender und Koffer, sie kehrte um. In der Toilette riß sie ihre Frisur auseinander, so daß sie zehn Minuten brauchen würde, ehe sie auf ihren Platz zurückmußte. Im Gang kam ihr der Kellner entgegen, das leere Tablett in der Hand. Die F. nahm das Buch wieder auf, der Reisegenosse bestand darauf, nun seine Zigaretten anzubieten. Es war die Marke der D., sie zwang sich zu husten. Er sprach über den Zug, über den Fahrplan, über die Verkäufe seiner Fabrik im Ausland. Nach einer Stunde hatte die Schauspielerin die Aufmerksamkeit fast aller Insassen auf sich versammelt. Ihr hartnäckiges, damenhaftes Trinken, die Gänge des Kellners mit dem Tablett, sein untertäniges Benehmen zog nicht nur abfällige, auch neidische Blicke auf sich. Sie spielte die Reisende erster Klasse, der Zug war darauf eingerichtet, ihr war nichts anzuhaben. Die F. ließ sich die Landschaft erklären, die

Industrie in der Nähe der Bahnhöfe, sie tat wißbegierig, um nur den Schutz des Gesprächs mit dem umständlichen, lehrerhaften Herrn nicht zu verlieren. Das Licht über den blassen Wiesen war kaum dämmerig, schon wurde die Beleuchtung eingeschaltet; das harte Licht traf sie ins Gesicht wie ein Schlag. Als die Dunkelheit schwarz war, war ihr Gegenüber eingeschlafen. Die Schauspielerin saß in die Ecke gedrückt, krumm mit angezogenen Knien, sie sah in das Glas, drehte es zwischen den Fingern. Die F. verkroch sich hinter dem Mantel. Sie zog den Mantel sehr langsam vom Gesicht, als sie Fingerspitzen an der Schulter spürte. Unter den müden Reisenden war sie wie allein mit der anderen. Im rückwärtigen Teil schlief ein junger Mann, den Kopf hoch aufgereckt gegen die Polster. Die Kleine saß jetzt sehr aufrecht und sah aufmerksam, immer noch wach, zu ihr hinüber. Neben der F. stand der Kellner. Er sollte sie zu einem Glas Sekt einladen. Er gab ihr das Glas in die Hand. Die andere hob ihr Glas. Die F. nickte, trank von dem warmen, perlenden Zeug. Sie saß geduckt, sie erwartete die Anrede. Als sie den Zug halten merkte, war sie allein. Die Kleine ging in einer Traube von Fahrgästen neben den Wagen. Sie ging mit raschen, sicheren Schritten, sie ließ die Schultern hängen. Es war der vorletzte Bahnhof. Bis zur Grenze waren es noch dreizehn Kilometer. Nach einer Weile zog die F. die Klammern aus den Haaren, begann sich zu kämmen.

Sie war nur ungeduldig, als der Triebwagen im Bahnhof neben dem Fährbecken hielt. Der Fahrer stand neben der brummenden Maschine im Gespräch mit einem Eisenbahner, er sah sie fragend an. Sie nickte. In Gedanken hörte sie die Beschreibung des Weges, die Schrittzahl stimmte. Als sie unter dem Dach des Bahnsteigs hervorkam, wehte ihr dünner Regen aus dem schwärzlichen Himmel ins Gesicht. Hinter düsteren Gebäudeklumpen glaubte sie die Ostsee zu riechen. Sie zögerte einen Augenblick zwischen rechts und links, wie immer, wenn sie Handschuhe trug. Sie hatte die Richtung als Kind gelernt an einem Muttermal an der linken Hand. Sie ging auf die Baracke zu. Neben dem niedrigen Bau sah sie Eisenbahnwagen rollen, auf der Fähre veränderte sich der Ton. Der Ton war nicht weit. In dem hellen Raum sahen ihr die Polizisten höflich entgegen. Sie hörte die Schritte einer anderen Reisenden hinter sich, sie mußte weitergehen. Während der Polizist in ihrer Tasche umhergriff, blätterte sie in dem Paß, mit dem B. sie schützen wollte. Sie drehte ihn in zwei Fingern noch einmal zu sich, betrachtete die kindliche Unterschrift, das fremde Bild, las das Wort in der Rubrik für Farbe der Augen. Sie hatte auffällig blaue Augen. Sie konnten heller oder tiefer blau aussehen, je nach dem Licht der Umgebung. Der junge Herr B. hatte sie hereingelegt mit einem Paß für graugrüne Augen. Sie wollte nicht mehr. Er wußte von ihr nicht einmal die Augen. Sie

wollte zurück. Der Uniformierte in dem kleinen Glaskästchen neben der Zollbank sagte etwas in einer fremden Sprache. Sie versuchte die Lider gesenkt zu halten, sie sah ihm in die Augen.
Als sie abgefertigt war, kam der Polizist mit ihr nach draußen, hielt sie am Arm zurück, bis die Güterwagen auf das Fährboot gerollt waren. Er warnte sie vor dem nassen schlüpfrigen Aufgang. Er redete nur mit ihr, weil die andere Passagierin einen französischen Paß hatte. Er wünschte ihr eine gute Reise.

9

Der junge Herr B. lief hin und her auf den Fahrbahnen der Werktankstelle und wartete auf seinen neuen Wagen. Er hatte in der Nacht halb wach gelegen, in zäh wiederkehrenden Träumen vom Fahren auf der Autobahn, ihn fröstelte in dem näßlichen Wind. Auf dem weitläufigen, säuberlich mit weißen Strichen markierten Platz zwischen den Hallen sah er die scheckige Herde der Autos, mit denen die Arbeiter in die Fabrik kamen, in der Ferne das eintönige Feld der teuren Maschinen, die sie bauten. Das graue Morgenlicht stumpfte die Farben ab, die Menge und die regelmäßige Aufstellung der immer gleichen Form machten das Modell langweilig. Der junge Herr B. konnte die Vorfreude nicht aufbringen, deren Gefühl so wach gewesen war im Traum.

Um sich einen Wagen außer der Reihe zu erzwingen, hatte er sich berufen auf den Namen der Familie, die für den gestohlenen aufgekommen war. Ihm war nicht wohl, er fürchtete die Entdeckung des Schwindels, er war aber auch wütend, mit einer solchen Empfehlung warten zu müssen. Als er endlich in dem rotschwarzen bulligen Gehäuse saß, achtete er nur obenhin auf die Ratschläge der Mechaniker, die um das Auto standen, ungeduldig, den Schlagbaum hinter sich zu lassen.

Er lenkte vorsichtig, nahezu zaghaft in den städtischen Verkehr, trottete bescheiden in den vielgliedrigen Kolonnen, des Wagens noch nicht sicher. Er schaltete sorgfältig, penibel wie in der Fahrschule, den Blick mehr auf dem Drehzahlmesser und dem Tachometer als auf der Straße, besorgt, den empfindlichen Motor nicht zu verderben. Erst nach einer langen Weile Probierens, auf einer freien Strecke, ging er auf achtzig, neunzig Kilometer Geschwindigkeit und überließ sich dem sanften tückischen Rausch. Ein Wagen des gleichen Typs kam ihm entgegen und grüßte ihn mit der Lichthupe. Nicht lange, der junge Herr B. fing an zu singen, trägen Jazz und Wortstummel.

Es war schon früher Vormittag, als er an einer Tankstelle versuchte, die Kneipe in Westberlin anzurufen. Er wählte vier Ziffern bis Westberlin, mit sechs Ziffern durch die Stadt bis zu dem Münzautomaten, neben dem er die D. jetzt glaubte. – Ist sie da? sagte er. Die Wirtin zögerte. Neben dem summenden Sprechton hörte er Stimmengeräusche an der Theke. – Ja: sagte sie, aber hing gleich ab. Es hatte gleichmütig geklungen, ein wenig grimmig, er wehrte sich gegen eine Empfindung von Unruhe, vergaß sie.

So achtsam er die Töne der neuen Maschine abgehört hatte, es traf ihn unverhofft, als der Motor abstarb in dem trödeligen, von Ampeln unterbrochenen Verkehr einer kleinen Stadt. Die Blicke aus den Wagen neben ihm machten sich lustig über seine panischen Anstrengungen, wieder in Gang zu kommen; das behelfsmäßige rotweiße Nummernschild, das die Überführung eines nagelneuen, nicht eingefahrenen Wagens anzeigte, schützte ihn nicht. Da er nicht in die Fabrik zurückkommen wollte zu den Mechanikern, deren Hinweisen er davongefahren war, quälte er den Wagen über die Kreuzungen, bis er eine Werkstatt fand, die das Symbol seines Fabrikats über der Tür hatte.

Dem Autohof gegenüber war ein kleines Postamt, gebaut wie ein Schlößchen. Er zögerte einen Moment, lief dann doch den flachstufigen Aufgang hinan, ließ sich mit der Kneipe verbinden. – Ich kann nicht gleich kommen, ich . . .: fing er an. – Mir doch egal: sagte die Wirtin unerschüttert, und hing ab. Während er auf die Reparatur wartete, rätselte er an der groben Antwort. Er fand sie unerklärlich. Er hörte dem Meister gar nicht zu, der ihm die falsche Einstellung des Leerlaufs, das Verhältnis von Luftzufuhr und Benzin auseinandersetzte wie einem Anfänger. – Sie sind dann mit zu vollem Gas gefahren! sagte er rügend, unnachsichtig. B. hatte nicht zugehört. Der ausgesuchte Wagen, eingedreckt von Sprühregen und Tauwetterpfützen, stand mit offener Schnauze vor dem Schuppen, nach zwei Stunden schon kaputt. Der junge Herr B. hatte noch bitten müssen, um gleich versorgt zu werden. Mit jeder Minute, die die Handwerker sich ließen, verlor er einen Kilometer nach dem anderen vom Weg

nach Hamburg. Er hatte am Abend in Hamburg sein wollen, die D. hatte aus dem Flughafen in sein Auto steigen sollen.
Auf der Autobahn fuhr er ohne Lust, furchtsam, ohne Blick für die Wälder, Dörfer, Weingärten, die unter der Nässe zusammenkrochen. Kleinlaut ließ er die gewöhnlichen Wagen an seinem überschnellen Ding vorbeiwitschen. Wenn er Lastwagen überholt hatte, versuchte er sich auf der linken Spur zu halten, wie er gewohnt war, aber die Blinkhupen drängten dicht hinter ihm, scheuchten ihn weg. Immer wieder, an Tankstellen, Raststätten hielt er doch und telefonierte.
– Was is denn! sagte er, und die Wirtin antwortete: Bescheuert biste!
– Wo ist sie denn! sagte er, und die Wirtin antwortete: Weiß ich.
Es ging ihm sehr gegen den Stolz, auch weil die Tankwarte, Büfetteusen die sonderbaren Ferngespräche anhörten. Die Quittungen steckte er ordentlich in die Brieftasche, wie Beweise. – Gebt sie mir doch! sagte er, aber die Wirtin hatte den Hörer gleich zurückgehängt, als sie seine Stimme erkannte. Den ganzen Nachmittag über hörte er nur die Rufzeichen in Berlin, keine Antwort.
Er war fast außer sich vor Empörung, er saß fest in dem reizbaren Auto, das er noch lange nicht schneller fahren durfte als hundert Kilometer in der Stunde, er konnte die Wut an nichts auslassen. Mit-

tags hatte er nicht angehalten, er aß Brötchen aus der Hand, um ja nicht Zeit zu verlieren. Abends, unter dem eintönigen Beben seines Scheinwerferlichts auf den Betonplatten, war er versucht einzuschlafen, dem Wagen seinen Willen zu lassen, mit der donnernden Uhr gegen den nächsten Brückenpfeiler zu gehen.
– Gebt sie mir doch: hatte er leise gesagt, als er in Berlin wieder Leute an der Theke, Gläser klappern hörte. – Sie will nicht mit dir sprechen: sagte die Wirtin gleichmäßig und verbot ihm anzurufen.
Nachts stieg er vor dem Flughafen von Hamburg aus dem Wagen, lahm vor Erschöpfung, krumm im Rücken. Er bekam einen Platz nach Westberlin, er verschlief den Flug vor Gleichgültigkeit. An der Straßenkreuzung oberhalb der Kneipe lief er bei rotem Licht gegen ein langes übermächtiges Tier von Autobus, und hatte es um die Kurve schwenken sehen. Im Fallen war er ganz zufrieden.
Der großgewachsene junge Mann in dem schwarzen Anzug, dem der Hemdkragen hing wie aufgerissen, taumelte so haltlos, schlug mit dem Kopf in den Rinnstein, als habe er sich fallen lassen. Ich habe ihn aufheben helfen und bin mit dem heulenden Krankenwagen zur Unfallstation gefahren. Die Ärzte fanden eine leichte Gehirnerschütterung.

10

Die Neue Welt war die kleine Fähre, das Abendessen in dem rotgetäfelten Speisesaal, der Kapitän, der die Touristin F. auf die Brücke bat. Die Beamten in Gedser, der dänischen Grenzstation, grinsten verhalten, als die D. die Fahrkarte nach Hamburg kaufte und sich verbinden ließ mit einer Nummer in Westberlin. In der Ferne, jenseits der Ostsee, sagte eine lustige, heisere Mädchenstimme: Und nicht frühstücken vorher! Die westdeutsche Fähre wartete am Kai daneben. Die F. ging während der Überfahrt auf den kaltwindigen Decks umher, ängstlich aufzufallen. Die Neue Welt war die Sorge, mit einem falschen Paß aufgegriffen zu werden.
Auf dem hamburger Flughafen legte sie sich lang auf die Wartebänke und schlief, bis eine Schwester des Roten Kreuzes sie zu einem Bett führte. Auf dem Flug nach Westberlin wies sie das Frühstück zurück, um gehorsam zu sein. Über den ebenmäßig gefältelten Wolken war das Licht weiß. Die Maschine tauchte in das naßgraue Wetter über den beiden Berlin, nicht weit von dem einen setzte sie im anderen auf. Da wartete auf die D. eine junge, rotblonde Person, hielt sie an den Schultern, drehte sie leicht in dem schwarzblauen Mantel. – Der steht dir so jut, den behältste! sagte sie. Das Frühstück war aufgestellt in einem großen Zimmer,

240

dessen halbes Dach aus Glas war. Die Scheiben klirrten unter den einfliegenden Maschinen. Ein schmaler junger Mann, der sich auf eine eigentümliche Weise, mit ganzen Schultern verbeugt hatte, ließ die D. die Fahrt erzählen, die Behandlung des Billetts, die Fragen der Polizisten. Anfangs wartete sie noch auf den jungen Herrn B. und war nicht ganz bei der Sache, dann war ihr auch die Wut vergangen. Sie mußte eine Erklärung unterschreiben: ich bin aus eigenem Willen gekommen. Die Rotblonde goß ihr ein, legte ihr vor, redete in einem munteren, behaglichen Ton auf sie ein. – Wir haben dich losgehen sehen auf dem Bahnsteig, wir haben gewußt, die schafft es! sagte sie. Sie konnte ganz leise, kichernd lachen. Die D. hätte sie gerne zur Freundin gehabt.
Die Neue Welt war das Lager. – Machen Sie doch die Beine breiter! sagte die Ärztin ärgerlich. In den Büros wurde sie gefragt nach sowjetischen Truppen. Die D. hatte davon nichts gesehen. – Alle Deutschen gehen am Sonntag spazieren, da müssen Sie doch an Kasernen vorbei! sagte der Vernehmer hartnäckig, ließ sich Zeit. Sie sollte sagen, wie sie nach Westberlin gekommen war. Die D. deckte die Studenten noch, als ihr gedroht wurde mit der Verweigerung eines westberliner Ausweises. Sie mußte viel warten vor den Türen. Einmal saß sie neben einem jungen Grenzsoldaten, der durch den Draht gekommen war; er schämte sich sehr für seinen

Uniformmantel, die D. merkte nichts als Mitleid. Im Hauptquartier der Polizei wurden ihre Fingerabdrücke genommen, sie wurde fotografiert für die Kartei; auf dem Flur wurden Leute in Handschellen an ihr vorbeigeführt. Sie mußte ihr Geburtsdatum beschwören. Der Revierbeamte, der ihr den Ausweis ausstellte, sprach sie mit ihrem eigenen Namen an, als er ihr das Personalpapier übergab.
Sie wurde eine Woche lang aufgenommen von einem jungen Ehepaar, das ein kleines Kind hatte. Es war so alt wie ihre Nichte. Sie ging mit dem Mädchen an der Hand um den Hausblock spazieren. Nach der Stadt verlangte sie lange nicht. Ihre Gastgeber hatten abends oft Gäste, manchmal setzte sie sich dazu. Einmal stellte sie eine Flasche Sekt auf den Tisch, den sie vom Kleidergeld des Lagers gekauft hatte. An dem Glas Sekt im Triebwagen hatte sie etwas gefunden, das sie vertrug. Sie erzählte höflich, ein wenig befangen, von Ostberlin. Später nahm sie mir ein Versprechen ab. — Aber das müssen Sie alles erfinden, was Sie schreiben! sagte sie. Es ist erfunden.
Der Form halber, und weil die Wirtin ihr zugeredet hatte, besuchte sie den jungen Herrn B. im Krankenhaus. Es war ein Kranker wie alle. Es war verboten, ihn zu erregen, und so versprach sie dem Patienten, der so komisch dalag in den Kissen, seinen Heiratsantrag zu überlegen. Sie dachte nicht daran, Berlin aufzugeben.
Sie hielt sich nicht lange auf. Sie wollte die weitläu-

fige, aus Pavillons zusammengesetzte Anlage des Krankenhauses noch besichtigen, bevor die Besuchszeit ablief, und in der Manteltasche hatte sie die Zeitungen des Wochenendes, die so dick sind von Anzeigen, Stellenangeboten und Vermietungen, da wollte sie sich ein Zimmer suchen.

Uwe Johnson
Sein Werk im Suhrkamp Verlag

Begleitumstände. Frankfurter Vorlesungen. es 1019
Berliner Sachen. Aufsätze. st 249
Das dritte Buch über Achim. Roman. Leinen und st 169
Der 5. Kanal. es 1336
Ingrid Babendererde. Reifeprüfung 1953. Mit einem Nachwort von Siegfried Unseld. Leinen und st 1387
Jahrestage 1. Aus dem Leben der Gesine Cresspahl. August 1967 – Dezember 1967. Roman. Leinen
Jahrestage 2. Aus dem Leben der Gesine Cresspahl. Dezember 1967 – April 1968. Roman. Leinen
Jahrestage 3. Aus dem Leben der Gesine Cresspahl. April 1968 – Juni 1968. Roman. Leinen
Jahrestage 4. Aus dem Leben der Gesine Cresspahl. Juni 1968 – August 1968. Roman. Leinen
Kleines Adreßbuch für Jerichow und New York. Ein Register zu Uwe Johnsons Roman ›Jahrestage‹. Angelegt mit Namen, Orten, Zitaten und Verweisen von Rolf Michaelis. Engl. Broschur
Jahrestage 1–4 in Kassette. 4 Bde. Mit einem ›Kleinen Adreßbuch‹. Ein Register zu Uwe Johnsons Jahrestagen mit Namen, Orten und Verweisen von Rolf Michaelis. Leinen
Jahrestage. Aus dem Leben von Gesine Cresspahl. 4 Bde. im Schuber. es 1500
Karsch, und andere Prosa. Nachwort von Walter Maria Guggenheimer und Norbert Mecklenburg. st 1753
Mutmassungen über Jakob. Roman. Leinen, BS 723 und st 147
Porträts und Erinnerungen. Herausgegeben von Eberhard Fahlke. es 1499
Eine Reise nach Klagenfurt. st 235
Skizze eines Verunglückten. BS 785
Versuch, einen Vater zu finden. Marthas Ferien. Tonkassette mit Textheft. Mit einem editorischen Bericht von Norbert Mecklenburg. es 1416
Zwei Ansichten. Leinen und st 326

Editionen, Nacherzählung, Übersetzungen
Max Frisch: Stich-Worte. Ausgesucht von Uwe Johnson. st 1208
John Knowles: In diesem Land. Roman. Aus dem Amerikanischen von Uwe Johnson. st 1476
Hermann Melville: Israel Potter. Seine fünfzig Jahre im Exil. Aus dem Amerikanischen von Uwe Johnson. it 1315

Uwe Johnson
Sein Werk im Suhrkamp Verlag

Philipp Otto Runge / Uwe Johnson: Von dem Fischer un syner Fru. Ein Märchen nach Philipp Otto Runge mit sieben kolorierten Bildern von Marcus Behmer und einem Nachwort von Beate Jahn. Mit einer Nacherzählung und einem Nachwort von Uwe Johnson. IB 1075

Zu Uwe Johnson
»Ich überlege mir die Geschichte ...« Uwe Johnson im Gespräch. Herausgegeben von Eberhard Fahlke. es 1440
Johnsons ›Jahrestage‹. Herausgegeben von Michael Bengel. stm. st 2057
Uwe Johnson. Herausgegeben von Rainer Gerlach und Matthias Richter. stm. st 2061

Schriften des Uwe Johnson-Archivs
Siegfried Unseld / Eberhard Fahlke: Uwe Johnson: »Für wenn ich tot bin«. Schriften des Uwe Johnson-Archivs, Band 1. Mit zahlreichen Abbildungen. Engl. Broschur
Peter Nöldechen: Kleines Bilderbuch von Uwe Johnsons Jerichow und Umgebung. Spurensuche im Mecklenburg der Cresspahls. Schriften des Uwe Johnson-Archivs, Band 2. Engl. Broschur
»Entwöhnung von einem Arbeitsplatz«. Mit einem philologisch-biographischen Essay. Herausgeben von Bernd Neumann. Mit Abbildungen. Schriften des Uwe Johnson-Archivs, Band 3. Engl. Broschur
»Wo ist der Erzähler auffindbar?« Gutachten für Verlage 1956-1958. Mit einem Nachwort herausgegeben von Bernd Neumann. Mit Abbildungen. Schriften des Uwe Johnson-Archivs, Band 4. Engl. Broschur

suhrkamp taschenbücher
Eine Auswahl

Abish: Wie deutsch ist es. st 1135
Achternbusch: Die Alexanderschlacht. st 1232
– Die Atlantikschwimmer. st 1233
– Das Haus am Nil. st 1394
– Wind. st 1395
Adorno: Erziehung zur Mündigkeit. st 11
Aitmatow: Dshamilja. st 1579
– Der weiße Dampfer. st 51
Alain: Die Pflicht, glücklich zu sein. st 859
Allende: Das Geisterhaus. st 1676
– Von Liebe und Schatten. st 1735
Anders: Erzählungen. st 432
Arendt: Die verborgene Tradition. st 303
The Best of H. C. Artmann. st 275
Augustin: Eastend. st 1176
Ba Jin: Die Familie. st 1147
Bachmann: Malina. st 641
Bahlow: Deutsches Namenlexikon. st 65
Ball: Hermann Hesse. st 385
Ball-Hennings: Briefe an Hermann Hesse. st 1142
Ballard: Billennium. PhB 96. st 896
– Die Dürre. PhB 116. st 975
– Hallo Amerika! PhB 95. st 895
– Der tote Astronaut. PhB 107. st 940
Barnet: Das Lied der Rahel. st 966
Barthelme: Moondeluxe. st 1503
Barthes: Fragmente einer Sprache der Liebe. st 1586

Baur: Überleben. st 1098
Becker, Jürgen: Gedichte. st 690
Becker, Jurek: Aller Welt Freund. st 1151
– Bronsteins Kinder. st 1517
– Jakob der Lügner. st 774
– Schlaflose Tage. st 626
Beckett: Der Ausgestoßene. L'Expulsé. The Expelled. st 1006
– Endspiel. st 171
– Glückliche Tage. st 248
– Malone stirbt. st 407
– Mercier und Camier. st 943
– Molloy. st 229
– Warten auf Godot. st 1
– Watt. st 46
Behrens: Die weiße Frau. st 655
Beig: Hermine. st 1303
– Hochzeitslose. st 1163
– Rabenkrächzen. st 911
Benjamin: Angelus Novus. st 1512
Deutsche Menschen. Eine Folge von Briefen. st 970
– Illuminationen. st 345
Benjamin / Scholem: Briefwechsel 1933-1940. st 1211
Berkéwicz: Adam. st 1664
– Josef stirbt. st 1125
Bernhard: Alte Meister. st 1553
– Amras. st 1506
– Beton. st 1488
– Die Billigesser. st 1489
– Holzfällen. st 1523
– Ja. st 1507
– Korrektur. st 1533
– Der Stimmenimitator. st 1473
– Stücke 1. st 1524
– Stücke 2. st 1534
– Stücke 3. st 1544

suhrkamp taschenbücher
Eine Auswahl

Bernhard: Stücke 4. st 1554
- Ungenach. st 1543
- Der Untergeher. st 1497
- Verstörung. st 1480
- Watten. st 1498

Bioy Casares: Morels Erfindung. PhB 106. st 939
- Der Traum der Helden. st 1185

Blackwood: Die gefiederte Seele. PhB 229. st 1620
- Der Tanz in den Tod. PhB 83. st 848

Blatter: Kein schöner Land. st 1250
- Die Schneefalle. st 1170
- Wassermann. st 1597

Bohrer: Ein bißchen Lust am Untergang. st 745

Brasch: Der schöne 27. September. st 903

Braun, V.: Gedichte. st 499
- Hinze-Kunze-Roman. st 1538

Bertolt Brechts Dreigroschenbuch. st 87

Brecht: Gedichte. st 251
- Gedichte für Städtebewohner. st 640
- Gedichte über d. Liebe. st 1001
- Geschichten vom Herrn Keuner. st 16

Brecht-Liederbuch. st 1216

Brentano, B.: Berliner Novellen. st 568

Broch: Die Verzauberung. st 350
- Die Schuldlosen. st 209
- Massenwahntheorie. st 502

Brod: Der Prager Kreis. st 547

Buch: Die Hochzeit von Port-au-Prince. st 1260
- Karibische Kaltluft. st 1140

Cabrera Infante: Drei traurige Tiger. st 1714

Cain: Serenade in Mexiko. st 1164

Campbell: Der Heros in tausend Gestalten. st 424

Carossa: Der Arzt Gion. st 821
- Ungleiche Welten. st 521

Carpentier: Explosion in der Kathedrale. st 370
- Die Harfe und der Schatten. st 1024

Carroll: Schlaf in den Flammen. PhB 252. st 1742

Celan: Gesammelte Werke in fünf Bänden. st 1331/1332

Christo: Der Reichstag. st 960

Cioran: Syllogismen der Bitterkeit. st 607

Clarín: Die Präsidentin. st 1390

Cortázar: Alle lieben Glenda. st 1576
- Bestiarium. st 543
- Rayuela. st 1462

Dorst: Merlin oder Das wüste Land. st 1076

Duerr: Sedna oder die Liebe zum Leben. st 1710

Duras: Heiße Küste. st 1581
- Hiroshima mon amour. st 112
- Der Lastwagen. st 1349
- Der Liebhaber. st 1629
- Ein ruhiges Leben. st 1210

Eich: Fünfzehn Hörspiele. st 120

Eliade: Bei den Zigeunerinnen. st 615
- Kosmos und Geschichte. st 1273
- Yoga. st 1127

Eliot: Werke. 4 Bde.

suhrkamp taschenbücher
Eine Auswahl

Enzensberger: Ach Europa! st 1690
- Gedichte. st 1360
- Der kurze Sommer der Anarchie. st 395
- Politische Brosamen. st 1132

Fanon: Schwarze Haut, weiße Masken. st 1186

Federspiel: Böses. st 1729
- Die Liebe ist eine Himmelsmacht. st 1529
- Massaker im Mond. st 1286
- Paratuga kehrt zurück. st 843

Feldenkrais: Bewußtheit durch Bewegung. st 429
- Die Entdeckung des Selbstverständlichen. st 1440

Fleißer: Abenteuer aus dem Englischen Garten. st 925
- Ein Pfund Orangen. st 991
- Eine Zierde für den Verein. st 294

Franke: Der Atem der Sonne. PhB 174. st 1265
- Endzeit. PhB 150. st 1153
- Keine Spur von Leben. PhB 62. st 741
- Tod eines Unsterblichen. PhB 69. st 772
- Zone Null. PhB 35. st 585

Freund: Drei Tage mit James Joyce. st 929

Frisch: Gesammelte Werke in zeitlicher Folge. 7 Bde. st 1401-1407
- Andorra. st 277
- Herr Biedermann und die Brandstifter. Rip van Winkle. st 599
- Homo faber. st 354
- Mein Name sei Gantenbein. st 286
- Der Mensch erscheint im Holozän. st 734
- Montauk. st 700
- Stiller. st 105

Fromm, Erich / Daisetz Teitaro Suzuki / Richard de Martino: Zen-Buddhismus und Psychoanalyse. st 37

Fühmann: 22 Tage oder Die Hälfte des Lebens. st 463
- Bagatelle, rundum positiv. st 426

Fuentes: Nichts als das Leben. st 343

Gabeira: Die Guerilleros sind müde. st 737

Gandhi: Mein Leben. st 953

García Lorca: Dichtung vom Cante Jondo. st 1007
- Das Publikum. Komödie ohne Titel. st 1207

Gauland: Gemeine und Lords. st 1650

Genzmer: Manhattan Bridge. st 1396

Ginzburg: Caro Michele. st 853
- Mein Familien-Lexikon. st 912

Goetz: Irre. st 1224

Goytisolo: Johann ohne Land. st 1541
- Rückforderung des Conde don Julián. st 1278

Gulyga: Immanuel Kant. st 1093

Handke: Die Abwesenheit. st 1713
- Die Angst des Tormanns beim Elfmeter. st 27
- Der Chinese des Schmerzes. st 1339

suhrkamp taschenbücher
Eine Auswahl

Handke: Das Ende des Flanierens. st 679
- Kindergeschichte. st 1071
- Langsame Heimkehr. st 1069
- Die Lehre der Sainte-Victoire. st 1070
- Die linkshändige Frau. st 560
- Die Stunde der wahren Empfindung. st 452
- Über die Dörfer. st 1072
- Wunschloses Unglück. st 146

Hart Nibbrig: Spiegelschrift. st 1464

Hesse: Gesammelte Werke. 12 Bde. st 1600
- Berthold. st 1198
- Casanovas Bekehrung und Pater Matthias. st 1196
- Demian. st 206
- Gertrud. st 890
- Das Glasperlenspiel. st 79
- Innen und Außen. st 413
- Karl Eugen Eiselein. st 1192
- Klein und Wagner. st 116
- Kleine Freuden. st 360
- Klingsors letzter Sommer. st 1195
- Knulp. st 1571
- Die Kunst des Müßiggangs. st 100
- Kurgast. st 383
- Ladidel. st 1200
- Der Lateinschüler. st 1193
- Legenden. st 909
- Die Morgenlandfahrt. st 750
- Narziß und Goldmund. st 274
- Die Nürnberger Reise. st 227
- Peter Camenzind. st 161
- Robert Aghion. st 1379
- Roßhalde. st 312
- Schön ist die Jugend. st 1380
- Siddhartha. st 182
- Der Steppenwolf. st 175
- Unterm Rad. st 52
- Der vierte Lebenslauf Josef Knechts. st 1261
- Walter Kömpff. st 1199
- Der Weltverbesserer und Doktor Knölges Ende. st 1197
- Der Zyklon. st 1377

Hildesheimer: Das Ende der Fiktionen. st 1539
- Marbot. st 1009
- Mitteilungen an Max über den Stand der Dinge. st 1276
- Die Theaterstücke. st 1655

Hohl: Die Notizen. st 1000

Horváth: Gesammelte Werke. 15 Bde. st 1051-1065
- Don Juan kommt aus dem Krieg. st 1059
- Geschichten aus dem Wiener Wald. st 1054
- Glaube Liebe Hoffnung. st 1056
- Italienische Nacht. st 1053
- Ein Kind unserer Zeit. st 1064
- Jugend ohne Gott. st 1063

Hrabal: Erzählungen, Moritaten und Legenden. st 804
- Harlekins Millionen. st 1615
- Ich habe den englischen König bedient. st 1754
- Das Städtchen am Wasser. st 1613-1615

Hürlimann: Die Tessinerin. st 985

Hughes: Ein Sturmwind auf Jamaika. st 980

Im Jahrhundert der Frau. st 1011

suhrkamp taschenbücher
Eine Auswahl

Innerhofer: Die großen Wörter. st 563
– Schöne Tage. st 349
Inoue: Die Eiswand. st 551
– Der Stierkampf. st 944
Janker: Zwischen zwei Feuern. st 1251
Johnson: Berliner Sachen. st 249
– Das dritte Buch über Achim. st 169
– Ingrid Babendererde. st 1387
– Karsch und andere Prosa. st 1753
– Mutmassungen über Jakob. st 147
– Eine Reise nach Klagenfurt. st 235
Jonas: Materie, Geist und Schöpfung. st 1580
– Das Prinzip Verantwortung. st 1085
Joyce: Anna Livia Plurabelle. st 751
T. S. Eliots Joyce-Lesebuch. st 1398
Kaminski: Herzflattern. st 1080
– Nächstes Jahr in Jerusalem. st 1519
Kaschnitz: Jennifers Träume. st 1022
– Kein Zauberspruch. st 1310
– Liebesgeschichten. st 1292
Kirchhoff: Mexikanische Novelle. st 1367
– Ohne Eifer, ohne Zorn. st 1301
Koch: Der Prozeß Jesu. st 1362
– See-Leben. st 783
Koeppen: Gesammelte Werke in 6 Bänden. st 1774
– Amerikafahrt. st 802
– Angst. st 1459
– Die elenden Skribenten. st 1008
– Die Mauer schwankt. st 1249
– Tauben im Gras. st 601
– Der Tod in Rom. st 241
– Das Treibhaus. st 78
Kolleritsch: Gedichte. st 1590
Konrád: Der Besucher. st 492
– Der Komplize. st 1220
Kracauer: Die Angestellten. st 13
– Kino. st 126
– Das Ornament der Masse. st 371
Kraus: Aphorismen. st 1318
– Die letzten Tage der Menschheit. st 1320
– Die Sprache. st 1317
– Die chinesische Mauer. st 1312
– Literatur und Lüge. st 1313
– Sittlichkeit und Kriminalität. st 1311
– Weltgericht I / Weltgericht II. st 1315/1316
Karl-Kraus-Lesebuch. st 1435
Kroetz: Der Mondscheinknecht. st 1039
– Der Mondscheinknecht. Fortsetzung. st 1241
– Stücke I-IV. st 1677-1680
Kühn: Der Himalaya im Wintergarten. st 1026
– Die Kammer des schwarzen Lichts. st 1475
– Und der Sultan von Oman. st 758
Kundera: Das Buch vom Lachen und vom Vergessen. st 868
Laederach: Laederachs 69 Arten den Blues zu spielen. st 1446

suhrkamp taschenbücher
Eine Auswahl

Laederach: Nach Einfall der Dämmerung. st 814
- Sigmund oder Der Herr der Seelen tötet seine. st 1235

Lao She: Die Stadt der Katzen. PhB 151. st 1154

Least Heat Moon: Blue Highways. st 1621

Lem: Also sprach GOLEM. PhB 175. st 1266
- Die Astronauten. PhB 16. st 441
- Frieden auf Erden. PhB 220. st 1574
- Der futurologische Kongreß. PhB 29. st 534
- Das Katastrophenprinzip. PhB 125. st 999
- Lokaltermin. PhB 200. st 1455
- Robotermärchen. PhB 85. st 856
- Sterntagebücher. PhB 20. st 459
- Waffensystem des 21. Jahrhunderts. PhB 124. st 998

Lenz, H.: Die Augen eines Dieners. st 348
- Ein Fremdling. st 1491
- Der Kutscher und der Wappenmaler. st 934
- Neue Zeit. st 505
- Der Tintenfisch in der Garage. st 620
- Der Wanderer. st 1492

Leutenegger: Gouverneur. st 1341
- Ninive. st 685

Lezama Lima: Paradiso. st 1005

Lovecraft: Azathoth. PhB 230. st 1627
- Berge des Wahnsinns. PhB 258. st 1780
- Der Fall Charles Dexter Ward. PhB 260. st 1782
- Stadt ohne Namen. PhB 52. st 694

Majakowski: Her mit dem schönen Leben. st 766

Mayer: Außenseiter. st 736
- Ein Deutscher auf Widerruf. Bd. 1. st 1500
- Ein Deutscher auf Widerruf. Bd. 2. st 1501
- Georg Büchner und seine Zeit. st 58
- Thomas Mann. st 1047

Mayröcker: Die Abschiede. st 1408
- Ausgewählte Gedichte. st 1302

Meier, G.: Toteninsel. st 867

Meyer, E. Y.: In Trubschachen. st 501
- Ein Reisender in Sachen Umsturz. st 927
- Die Rückfahrt. st 578

Miller: Am Anfang war Erziehung. st 951
- Bilder einer Kindheit. st 1158
- Das Drama des begabten Kindes. st 950
- Du sollst nicht merken. st 952

Miłosz: Verführtes Denken. st 278

Mitscherlich: Ein Leben für die Psychoanalyse. st 1010
- Massenpsychologie ohne Ressentiment. st 76
- Thesen zur Stadt der Zukunft. st 10

Morshäuser: Die Berliner Simulation. st 1293

suhrkamp taschenbücher
Eine Auswahl

Morshäuser: Blende. st 1585
- Nervöse Leser. st 1715

Moser: Gottesvergiftung. st 533
- Grammatik der Gefühle. st 897
- Kompaß der Seele. st 1340
- Lehrjahre auf der Couch. st 352
- Stufen der Nähe. st 978

Muschg: Albissers Grund. st 334
- Baiyun oder die Freundschaftsgesellschaft. st 902
- Entfernte Bekannte. st 510
- Fremdkörper. st 964
- Gegenzauber. st 665
- Im Sommer des Hasen. st 263
- Das Licht und der Schlüssel. st 1560

Museum der modernen Poesie. st 476

Neruda: Liebesbriefe an Albertina Rosa. st 829

Nizon: Canto. st 319

Nossack: Aus den Akten der Kanzlei Seiner Exzellenz ... st 1468
- Begegnung im Vorraum. st 1177
- Bereitschaftsdienst. st 1460

Onetti: Das kurze Leben. st 661
- So traurig wie sie. st 1601

Oz: Im Lande Israel. st 1066
- Mein Michael. st 1589
- Der perfekte Frieden. st 1747

Paz: Essays. 2 Bde. st 1036

Pedretti: Harmloses, bitte. st 558
- Die Zertrümmerung von dem Kind Karl. st 1156

Ernst Penzoldts schönste Erzählungen. st 216

Percy: Der Idiot des Südens. st 1531
- Lancelot. st 1391

Phantastische Begegnungen. PhB 250. st 1741

Platschek: Über die Dummheit in der Malerei. st 1139

Plenzdorf: Gutenachtgeschichte. st 958
- Legende vom Glück ohne Ende. st 722
- Die neuen Leiden des jungen W. st 300

Poniatowska: Stark ist das Schweigen. st 1438

Proust: Auf der Suche nach der verlorenen Zeit. 10 Bde.
- Briefe zum Leben. st 464

Puig: Der Kuß der Spinnenfrau. st 869
- Der schönste Tango der Welt. st 474
- Verraten von Rita Hayworth. st 344

Ribeiro: Maíra. st 809

Rochefort: Frühling für Anfänger. st 532
- Eine Rose für Morrison. st 575
- Die Welt ist wie zwei Pferde. st 1244
- Zum Glück gehts dem Sommer entgegen. st 523

Rodoreda: Auf der Plaça del Diamant. st 977
- Der zerbrochene Spiegel. st 1494

Rolfs: Rost im Chrom. st 1648

Russell: Eroberung des Glücks. st 389

suhrkamp taschenbücher
Eine Auswahl

Sanzara: Die glückliche Hand. st 1184
- Das verlorene Kind. st 910

Schimmang: Das Ende der Berührbarkeit. st 739
- Der schöne Vogel Phönix. st 527

Schivelbusch: Intellektuellendämmerung. st 1121

Schneider, R.: Philipp der Zweite. st 1412
- Dem lebendigen Geist. st 1419

Semprun: Die große Reise. st 744
- Was für ein schöner Sonntag. st 972
- Yves Montand: Das Leben geht weiter. st 1279
- Der zweite Tod des Ramón Mercader. st 564

Shaw: Der Aufstand gegen die Ehe. st 328
- Mensch und Übermensch. st 987

Sloterdijk: Der Zauberbaum. st 1445

Soriano: Das Autogramm. st 1252

Steiner, J.: Auf dem Berge Sinai sitzt der Schneider Kikrikri. st 1572
- Ein Messer für den ehrlichen Finder. st 583
- Das Netz zerreißen. st 1162

Sternberger: Drei Wurzeln der Politik. st 1032
- Herrschaft und Vereinbarung. st 1289
- Die Politik und der Friede. st 1237

Stierlin: Delegation und Familie. st 831
- Eltern und Kinder. st 618
- Das Tun des Einen ist das Tun des Anderen. st 313

Struck: Lieben. st 567
- Die Mutter. st 489

Strugatzki / Strugatzki: Der ferne Regenbogen. PhB 111. st 956
- Die häßlichen Schwäne. PhB 177. st 1275
- Eine Milliarde Jahre vor dem Weltuntergang. PhB 186. st 1338

Tendrjakow: Die Abrechnung. st 965
- Frühlingsspiel. st 1364

Unseld: Der Autor und sein Verleger. st 1204
- Begegnungen mit Hermann Hesse. st 218
- Peter Suhrkamp. st 260

Vargas Llosa: Gespräch in der Kathedrale. st 1015
- Der Hauptmann und sein Frauenbataillon. st 959
- Der Krieg am Ende der Welt. st 1343
- Tante Julia und der Kunstschreiber. st 1520

Wachenfeld: Camparirot. st 1608

Walser, M.: Die Anselm Kristlein Trilogie. st 684
- Brandung. st 1374
- Dorle und Wolf. st 1700
- Ehen in Philippsburg. st 1209
- Ein fliehendes Pferd. st 600
- Halbzeit. st 94
- Jenseits der Liebe. st 525
- Liebeserklärungen. st 1259

suhrkamp taschenbücher
Eine Auswahl

Walser, M.: Die Ohrfeige. st 1457
- Das Schwanenhaus. st 800
- Seelenarbeit. st 901

Walser, R.: Der Räuber. st 1112
- Der Spaziergang. st 1105
- Fritz Kochers Aufsätze. st 1101
- Geschwister Tanner. st 1109
- Jakob von Gunten. st 1111
- Seeland. st 1107
- Wenn Schwache sich für stark halten. st 1117

Watts: Der Lauf des Wassers. st 878
- Vom Geist des Zen. st 1288

Weber-Kellermann: Die deutsche Familie. st 185

Weiß, E.: Franziska. st 785
- Der Aristokrat. st 792
- Georg Letham. st 793
- Der Augenzeuge. st 797

Weiss, P.: Das Duell. st 41
- In Gegensätzen denken. st 1582

Wilhelm: Die Wandlung. st 1146

Wilson: Brüchiges Eis. st 1336

Winkler: Das wilde Kärnten. 3 Bde. st 1042-1044

Zeemann: Einübung in Katastrophen. st 565
- Das heimliche Fest. st 1285

Zweig: Brasilien. st 984